魯邦的女兒

橫關大

Daughter of Lupin

李漢庭 譯

目錄

第一章　跟刑警結婚的方法

我還沒有準備好。這是當然的，畢竟對女人來說，要去見交往對象的父母，可是人生中一大要事，當然需要心理準備。

「怎麼辦？我緊張到有點胃痛。」

三雲華忿忿地看著走在她身邊的男子——交往中的櫻庭和馬笑著說：

「沒什麼好緊張的，我只是想跟家人說清楚我正在交往的女孩是怎樣的人，妳不用想太多，保持平常心就好了。」

兩人正走在墨田區東向島的住宅區裡，這個地名給人一種老街才有的懷舊感，但實際上就只是普通的住宅區。

「你父親也是公務員對吧？」

「嗯，不只我爸，我媽跟我妹都是，然後我爺爺奶奶以前也是公務員，我們是個公務員家族。」

和馬說完後笑了，笑得好開朗。曾聽和馬說他也是公務員，但不清楚是哪一類的公職，聽起來像是跟法律有關的機構吧。小華與和馬交往，轉眼間已經一年了。

今天是星期五，小華答應和馬下班後要見面，他們先在小華上班的地方附近的咖啡店碰面，簡單吃點輕食，沒想到和馬突然提出要求：「希望妳跟我回家一趟」。小華當下只覺得青天霹靂，魂飛魄散。今天她穿的是牛仔褲配黑色針織衫，樸素到不行，髮型也只是隨便綁個馬尾。如果和馬能事先說好，她還可以打扮得像樣點，但是轉念一想，自己的衣櫃裡還真的沒有什麼適合穿去見男友父母的服裝。搭電車前來這裡的途中，小華委婉地對和馬說自己穿得不好看，和馬一笑置之。「我覺得平常的小華就很好啦，一時精心打扮，早晚還是會露出馬腳。」

小華覺得胃好痛，腳步也好重。和馬大步邁進，完全不顧慮小華的心情。和馬最後停在一戶人家門口，打開鐵製大門，門口掛著門牌，寫的是「櫻庭」。

「到了，快進來，不用那麼拘謹。」

和馬說，打開前門。小華小心翼翼地走進門，從和馬背後往屋裡一看，玄關直通走廊，走廊旁邊有座通往二樓的樓梯，看來是狹長的格局。

「我回來了。」和馬對著走廊裡面喊，然後回頭說：「進來吧，我跟家裡說過妳會來，不必膽顫心驚啦。」

「打、打擾了。」

小華用細小的聲音說，走進櫻庭家。鞋櫃上擺了幾個獎盃，小華知道和馬從年輕時就練劍道，或許是劍道大賽的獎盃吧。小華準備脫鞋時，不禁注意到牆上掛的一張照片。咦？這是……

小華的腦袋一片空白，這張用相框掛起來的大照片，看來是櫻庭家的全家福。和馬先脫了鞋踏進屋裡，回頭看著小華說：

「怎麼啦？」

「咦？啊，抱歉抱歉。」小華硬是敷衍過去，但終究忍不住問：「阿和，你說你是公務員對吧？」

「對啊，我是。」

和馬也發現小華很在意那張照片，爽朗地說：

「其實我是警察啦。不好意思，一直沒告訴妳，不過警察也確實是公務員啊。我想過遲早要跟妳講，只是一直沒找到時機。妳該不會生氣了吧？」

這不是氣不氣的問題，已經超越生氣的境界，驚訝到說不出話來了。小華一心只想轉身逃回家，但勉強待了下來。她的心境就好像見到了某種恐怖至極的東西，或是坐在即將出發的雲霄飛車上，無論如何也只能硬著頭皮上了。

小華深深吸了一口氣，問和馬：

「但是應該不只你一個吧？你們全家人怎麼都穿制服？」

沒錯，櫻庭家的全家福照裡，所有人的服裝都像是警察制服，而且每個人都對著鏡頭敬禮，表情也都充滿驕傲，敬禮的姿勢更是威風凜凜。和馬位於照片正中央，從外貌看來，這張照片應該剛拍沒多久。

「嗯，是啊，我們家代代出警察，到現在全家也都是，不過我爺爺奶奶已經退休了。

來，快點進來吧。」

這下真的怎樣都無所謂了。小華在心中為自己吶喊打氣，脫了鞋子進屋去。

「是喔，小華在圖書館上班啊，難怪看起來有模有樣，氣質很好呢。」

坐在小華的眼前一名五十來歲的男性笑著說。和馬介紹說這位就是他父親，櫻庭典和。這人皮膚黝黑，一臉精明幹練，雙眼炯炯有神，這些或許是受到警察一職的影響，實際聊起來，人還挺隨和的。

「就是說啊，真想叫我們家阿香跟妳多學學，女孩子就是要有女孩子的樣子。」

坐在典和旁邊的婦人脫口這麼說，她是典和的妻子美佐子，也就是和馬的母親。美佐子戴眼鏡，給人的感覺有點冷漠，讓小華聯想到保健室阿姨。

和馬帶著小華到和室，和馬的父母已經等在裡面，雙方簡單自我介紹後，一起吃外送來的壽司。和馬一家為小華斟了啤酒，但小華決定先不喝。

「誒。」小華小聲問坐隔壁的和馬。「阿香是誰？」

「我妹。還沒回來，她總是很晚才到家。」

「你妹妹也是警察嗎？」

「是啊，小華。」典和喝了啤酒滿臉通紅，插嘴說道。「阿香也是警察喔，她在杉並警察署交通課服務，至於我是在警視廳的警備部，老媽子是鑑識課的後備職員，結婚前還是正職啦，生小孩之後就轉兼職，現在算後備了。」

小華又小聲問和馬：

「那，你呢？」

「嗯？和馬，你沒跟小華說自己的身分？」典和又插嘴了。「小華啊，和馬他可是警視廳搜查一課的刑警喔。別怕，搜查一課聽來頭銜大，不過和馬還是菜鳥，今後你們也要繼續好好相處。和馬，你以後小心點，謊稱身分可是詐欺罪啊。」

警視廳搜查一課，小華光聽這個名號就頭痛。

「小華，妳多吃點，別客氣。」

「就是說啊，快吃快吃。」

和馬的父母都勸小華快吃，小華拿起筷子，夾了壽司桶裡的乾瓢捲往嘴裡放。原以為警察家族都很嚴肅，幸好這家人有老街式的親切隨和。

「啊，還要介紹一名成員才行。」

和馬說，起身拉開旁邊的紙門，再拉開紙門後面的落地窗。落地窗剛好在小華背後，小華轉身回頭看，窗外的院子裡有間狗屋，一隻大狗就坐在狗屋前，是隻德國牧羊犬。

「他叫老大（Don），原本是警犬，去年退役後就由我們收養了，老大可是隻非常優秀的警犬喔。」

真是有夠純，想不到連養的狗都是警犬。小華湊上前想觀察老大，雙方才對上眼，老大就對著小華狂吠。

「好了，老大，安靜！這可是我的貴客喔。」

和馬說，但老大依舊對小華吠個不停，而且愈吠愈大聲。如果沒有鐵鍊栓著，牠可能已經朝小華撲上去了。不會吧？小華心想，難道優秀警犬發揮天性，察覺到我的真面目了？

「小姑娘，歡迎啊。」

有一位老太太拉開紙門走進和室，身穿日式廚袍，頭上綁著頭帶。和馬對著進房來的老太太說：

「奶奶，能不能管管老大啊？牠這麼激動，我管不住啦，牠平常很少這樣的。」

這位老太太就是和馬的奶奶啊？和馬的奶奶對著院子裡的老大說：

「老大，安靜。」

口氣懾人。老大一聽奶奶的聲音，彷彿被關了電源般乖乖坐好，抬頭看著奶奶，好像在等著下一道命令。

「我是和馬的奶奶，伸枝。」

奶奶回頭對小華鞠躬，小華連忙彎腰大鞠躬。「我叫三雲華，請多多指教。」

「小華。」爸爸典和紅著臉說。「我媽以前是警犬訓練師，而且還是日本史上第一位女性訓練師，年輕時可有名的呢。」

「是、是這樣啊。」

刑警、鑑識、交通課、警犬還有警犬訓練師，這下不管再來個誰都沒什麼好驚訝了。

「小華，既然見到奶奶了，就把所有人都介紹給妳吧。妳跟我來一下？」

和馬說完後往走廊走去，小華對和室裡的眾人鞠躬道別，連忙跟著和馬到走廊。

「喂，阿和，你等一下啦。」

「這房子很老舊吧？屋齡五十年了。」

看到客廳，真的不特別整潔，但是有濃濃的生活感，顯示一家人確實在這裡生活，絕對不是什麼電視廣告裡漂亮的布景。

「其實我爺爺在家。」和馬爬著狹窄的樓梯說。「只是兩個月前在外面跌倒，大腿骨骨折了。他老是自誇說從來沒受過傷，這一摔讓他大受打擊，就窩在房間裡不出來了。」

「你爺爺幾歲啦？」

小華問。和馬爬完樓梯才回答：

「七十六歲，我希望他能長命百歲。他以前是警視廳搜查一課的課長，聽說名氣響亮，號稱小孩看到就不敢哭鬧的魔鬼櫻庭。」

小華不知道搜查一課課長的權力有多大，因為她對警察的知識僅限於偶爾翻翻的推理小說。不過說到警視廳搜查一課，應該是專辦刑事案件的大紅牌吧。

兩人沿著走廊前進，和馬在盡頭的房門前停下腳步。「爺爺，我要進去嘍。」和馬說，敲敲門後打開房門，小華也跟著和馬走進房間。

房間中央有張大床，似乎是照護床，可以全自動調整高度跟角度。床上躺著一位老先生，穿著藍色睡衣，理著接近光頭的小平頭，只是睡著也一樣挺嚇人的。

「爺爺，你醒著嗎？」

和馬問，床上的老先生還是沒反應，只聽見微微的鼾聲。老先生身形清瘦，臉上有鬍碴，散發出一股無形的壓力，連睡姿都顯得相當不凡，直讓小華聯想到兩個字——武士。

「啊，茶沒了。」

床邊有一個小推車，上面放著五百毫升的空寶特瓶，和馬拿起寶特瓶小聲說道：

「爺爺在睡覺，就別吵醒他了，等等我送妳回去。」

和馬說，離開房間，小華也正要跟上時，突然發現右手手腕被狠狠扣住，忍不住回過頭。

原來是躺在床上的爺爺抓住了她的手腕。力道之強，根本不像七十多歲的老人家，只見爺爺手腕上掛著一支老舊的手錶。

「小華，快過來啊。」

和馬在房間外喊，小華連忙甩掉老先生的手，走出房間趕上和馬。小華一邊走下狹窄的樓梯，一邊望向自己的手腕。難道是看錯了？總覺得剛才爺爺好像瞬間張開眼瞪了她一眼呢。

※

「真不好意思，今天突然帶妳回家。」

和馬握著方向盤，向副駕駛座上的三雲華道歉。車裡昏暗，看不清楚小華的表情，但是和馬知道她的心情不好。

「嗯，不會啦。」

小華心不在焉地點頭，和馬故意更開朗地說：

「哎呀，不過真的幸好啦。妳看我們家全都是警察，帶妳這樣的女孩回家我還挺擔心的，幸好大家都很歡迎妳。」

「像我這樣的女孩……是怎樣的女孩？」

「就是，不是當警察的女孩。」

「我不太懂。」

看來小華心情真的不好，從口氣就聽得出來。但是今天和馬帶小華回家，也有他的用意。

原來是前陣子和馬不經意聽到父母的談話，得知父母正偷偷安排他去相親，對方當然是名女警。和馬身邊很多人都是跟同事結婚，而且有一半是透過相親，畢竟警察公務繁忙，沒時間交朋友，會演變成這樣也屬自然。

和馬並不是反對相親結婚這種模式，而是他只想跟小華結婚，所以才會突然把小華帶回家見父母，好讓父母踩煞車。

「真的對不起啦。」和馬在紅燈前停車，對小華低頭道歉。「原諒我沒告訴妳我是警察，但是請妳相信我，我真的認真考慮我們兩個的將來。」

「我沒有生氣。」

肯定是在生氣吧。和馬在心中吐嘈，看來還是傷了小華的心。和馬知道隱瞞職業很惡劣，可是之前有幾任女友跟他分手，就是因為警察這個職業。他以為隱瞞會比較妥當，但這次好像失算了。

「綠燈了。」

聽小華一說，和馬連忙開動汽車。和馬瞥了副駕駛座上的小華，她嚴肅地盯著前方。

和馬大概是在一年半前遇見小華，地點是小華工作的圖書館。和馬經常去借書還書，圖書館跑久了就與擔任館員的小華聊起天來。

樸實而沉穩的女孩，這是和馬對小華的第一印象。和馬從來沒有交往過這類型的女孩，反而覺得新鮮。兩人大概從一年前開始交往，和馬覺得小華個性成熟，而且隱約有股堅持，比外表看來更加堅強。這種傳統又堅定的脾氣，以現代女性來說實在罕見。

和馬大概從半年前考慮起結婚，但還沒有正式求婚。和馬覺得雙方情投意合，而且透過平時的閒聊，感覺對方也有一樣的想法。萬事俱備，只欠東風了。

可惜今天帶小華回家似乎是個敗筆。和馬並不認為這樣就完蛋，先等小華的情緒穩定下來，再死命道歉求原諒，最後補上正式的求婚就好。

「謝謝，到這裡就可以了。」

聽小華這麼說，和馬把車停在路邊。這裡是月島，車子停在住宅區，附近有一帶都是高樓大廈。小華拿起皮包默默下車，和馬對著小華的背影說：

「改天見啦，我再跟妳聯絡。」

「嗯。」

小華說完就關上副駕駛座車門，頭也不回地跨出腳步，走向一間民宅。小華開了大門後，走進民宅裡去。

小華一個人住，她父親在一家大建商上班，所以常常搬家，可說是周遊日本各地。小華好像還有個大哥，獨自住在都內某處。

和馬躺在椅背上大嘆一口氣，平時小華只要下車，他就會立刻開車離去，但這次心情卻十分沉重。

和馬在駕駛座上，隔著車窗緊盯小華進入的透天民宅。

※

小華屏氣凝神，從二樓窗戶往外看，和馬的車子還停在路邊，平常很快就開走，怎麼今天遲遲不肯離開呢？

該不會——小華有股不好的預感，難道是覺得道歉不夠，想要進屋來再解釋？小華一直以家裡很亂為由，從未請和馬進門。其實真相並不是亂，而是空無一物，家徒四壁。這是間空屋，連一件家具都沒有。

小華耐著性子等待，總算等到和馬打亮車頭燈，發車離去。太好了，小華鬆了口氣，走下樓梯離開大門，蹬上停在大門邊的腳踏車，騎上夜路。這間房子登記在她父親名下，但目前沒人居住。

小華騎著腳踏車要回家去。這一帶經過都市更新，摩天大樓峰峰相連到天邊，小華的腳踏車進入其中一棟大廈底下。小華把腳踏車停進停車場，在大門的電子自動鎖上輸入密碼，自動大門靜悄悄地打開，小華走進去。

大廈的入口很寬廣，簡直像高級飯店大廳。這棟大廈才完工兩年，仍像新屋一樣耀睛奪目。小華搭上電梯，摁下五十二樓的按鈕，電梯迅速上升。

這棟摩天大樓高達五十五層，五十樓以上是坪數特大的豪宅，價格直逼兩億日圓。小華住的這一戶是四房三廳，有陽台，室內達四十坪以上。

小華走出電梯，在門前又摁了四位數密碼，開門進屋。剛搬來時感覺好像在住飯店，很不舒服，最近總算習慣了。

「我回來了。」

小華說完，走向客廳。客廳很大，家具以白色系為主，正中央的沙發坐著一名虎背熊腰的男子，穿著睡袍。沙發是瑞典製的高檔貨，男子捧著紅酒杯，摸著躺在腿上的一隻貓，舉止就像個唯我獨尊的大老闆。

「爸，這隻貓哪裡來的？」

小華問，爸爸三雲尊抬起頭。

「嗯，這隻貓？我在銀座寵物店看到，看牠挺可愛的，就順手帶回來啦。」

「你知道這棟大廈禁止養寵物嗎？」

「當然知道，所以我明天就還回去，別擔心啦。對了，妳要不要喝葡萄酒？這是我跟隔壁田中家叨擾來的，木桐酒莊（Château Mouton Rothschild）的喔。」

「才不要。」

小華一口回絕，沿著走廊要走向自己的房間。途中碰到一名女子從浴室裡出來，女子身穿浴袍，對小華說：

「哎喲，回來啦？跟男朋友去約會啊？」

小華沒有回話。這名穿浴袍、露出妖豔笑容的女子，正是她的母親三雲悅子。她胸口坦蕩蕩的程度實在太不像話，今年都五十一歲了，但要自稱三十幾歲也沒人懷疑，實際上她就常常謊報年齡。

「小華，妳要是整天穿成那樣去約會，男朋友遲早會膩的。下次要約會先告訴我，我之前弄到了十克拉的鑽戒，借妳戴去。」

「才不要。」

這一家人到底是……小華心情沉重，加快腳步走進房間。這房間有四坪大，真是大得浪費。房裡只有一張床和一張桌子，另外有間衣帽間可以放衣服，所以房內幾乎是空蕩蕩的。唯一最顯眼的擺設，就是牆邊書櫃裡滿滿的書了。

小華把皮包往桌上一丟，整個人趴上床。今天可真累，突然被找去和馬家倒還好，但是接下來的發展就慘不忍睹。想不到和馬全家人都是警察，而且和馬還是刑警，真是太令人意外了。

不對，其實早就有些徵兆。和馬不太提起工作的事，小華就知道他是個公私分明的人。每次兩個人去吃飯，和馬總是狠狠地瞪那些沒禮貌的客人，現在回想起來確實也是警察會有的作為。而且和馬從小練劍道，出了社會後每星期還會去道場練習三次，完全就是警察的特質，小華真恨自己竟然沒看出來。

「小華，妳在吧？」

門外聽到聲音，小華起身，走在木質地板上，開門後，門外有一位老太太，是奶奶三雲松。

「吃過飯沒？」

阿松問，小華摸著肚子說：「是吃了一點……」

其實還挺餓的，在和馬家是吃了壽司，但是只吃了烏賊握壽司和幾個壽司捲而已。

「我就知道，這是晚餐剩下的。」

阿松拿出一個盤子，小華接過來，是用保鮮膜包住的豆皮壽司。

「謝謝奶奶。」

「妳快點吃，洗個澡，明天還要早起吧。」

「嗯，好。」

阿松滿意點頭，轉身離開，但完全聽不到腳步聲，讓人無法察覺她的氣息。不愧是奶奶，小華每次看了都暗自佩服。

小華撕開保鮮膜，明知用手拿沒教養，還是直接拿起來吃。小華喜歡奶奶做的豆皮壽司，口味清淡，搭紅薑最對味。小華一口氣吃了四個豆皮壽司，舔舔手上的甜汁，又躺回床上去了。

這下該怎麼辦才好呢……

小華只能嘆氣。櫻庭一家全是警察，跟自己的三雲家已經不是能不能合得來的問題了。因為她的父親阿尊、母親悅子、爺爺巖、奶奶阿松、還有哥哥阿涉，一家全都是賊。

三雲家代代以竊盜為業，傳承至今。父親阿尊專偷藝術品，母親悅子專攻珠寶首飾；奶奶阿松是開鎖高手，爺爺巖是傳奇扒手。哥哥阿涉是電腦駭客，興趣是上網偷取情資，整天都窩在房間裡，即使跟大家同住一戶，也幾乎沒人見到他。

三雲家裡就只有小華有正當職業，靠勞力換取薪資。其他人的收入不是偷錢，就是盜取東西去變現。小華總是想，這一群沒有社會常識的非法之徒裡，就只有自己一個是正常的了。

可是小華就沒有偷竊功夫了嗎？其實不然。當年小華才滿三歲，爺爺巖就精心傳授了扒竊的技巧與竅門，十歲時爺爺就認為她是三雲家最天賦異稟的好手，宣稱：「小華可是在我之上的奇才啊！」日本人俗話說三歲魂百年生（三歲的脾氣會跟著自己一輩子），小華到現在還是會不經意扒走別人的錢包之類的東西，所以她不敢在電車上放空，否則扒竊的本能會要她尋找獵物，雙手不自覺就摸了出去。

小華下了床，吃過豆皮壽司覺得口乾，離開房間想去廚房找點東西喝。她在走廊上聽到媽媽悅子在浴室裡哼歌，應該是在吹頭髮吧。

客廳裡空無一人，爸爸阿尊已經不在，但是剛才躺在爸爸腿上那隻貓，還悠哉地睡在沙發上。小華坐在貓旁邊，輕輕地摸著貓背，貓兒舒服地發出呼嚕聲。

這貓的毛色就像老虎或豹那樣美，是不是什麼孟加拉貓啊？小華抱起貓放在腿上，搔搔貓兒的下巴，牠就喵了一聲，簡直就像小孩般可愛。小華可以理解為什麼爸爸會忍不住把牠從寵物店偷回來了。

「小華，要一起吃嗎？」

爸爸阿尊說著走進客廳，似乎是剛從外面回來，手裡拿著一只小瓶，好像是塗麵包用的果醬。

「這可是魚子醬，魚子醬喔。」阿尊坐上沙發，打開小瓶。「我從四十九樓鈴木家冰箱裡叨擾來的。嗯嗯，真美味啊。」

阿尊直接以手指挖了魚子醬往嘴裡塞，一陣感動莫名。小華腿上的孟加拉貓立刻跳到阿尊的腿上，毫不怕生。阿尊又挖了點魚子醬，送到孟加拉貓嘴邊。

「爸，不要啦，吃壞肚子怎麼辦？」

「沒關係啦，這貓可是銀座在賣的，吃點魚子醬有什麼好奇怪？小華，妳真的不吃嗎？」

「才不要，那是偷來的。」

「真是怪丫頭，不知道是像誰。」

這座摩天大廈總計住了三百戶左右，每一戶的大門都要輸入四位數密碼才能進出，保全公司宣稱安全萬無一失，但對三雲家的人來說，這種保全真是漏洞百出。要弄到四位數的密碼，比吃飯還簡單。

「這裡真是快樂天堂啊。」阿尊大口喝著葡萄酒說。「有錢人不會因為少了瓶紅酒或魚子醬就吵吵鬧鬧，這座大廈對小偷來說就是極樂世界。」

「老公，也給我一點紅酒吧。」

媽媽悅子說著走進客廳，明明已經卸妝了，還是十分迷人。悅子坐在阿尊旁邊，頭倚在丈夫肩上，一口氣喝完杯中葡萄酒。兩人看上去不像一對夫妻，反而像大老闆跟情婦。

「悅子，妳聽我說，小華的叛逆期到底要持續多久？難得我帶了魚子醬回來，她都不肯吃。」

「沒關係啦，老公，這孩子就是比較奇怪一點啊。」

哪有，奇怪的是你們好嗎？小華沒有開口，只是在心中反駁。

「小華，妳聽好。」阿尊撫摸著孟加拉貓的背說。「我們不會對好人出手，專偷壞人的東西。我去偷葡萄酒的田中家呢，田中先生是個專門幫人逃稅的會計師；被我偷了魚子醬的鈴木先生是黑道幫派的顧問律師，這妳也知道吧？」

怎麼可能不知道？三雲家的家規之一就是「選人方偷」，下手之前務必先與對方雙眼相望，判斷這個人該不該去偷。小華也學了這個規矩，只是很難用言語解釋怎樣的人才該偷，這是經年累月練出來的心得，或者說奧義吧。

「老公，好了啦。」悅子往酒杯裡倒酒說。「我在她這個年紀也曾煩惱過，她遲早有一天會懂的。」

「會懂就好嘍。」

「不提這個，老公啊，我有個好消息要告訴你。最近中國那邊的竊盜集團，打算闖進青山骨董通上的一家珠寶店呢。」

「然後我們去當程咬金是吧？有意思，說給我聽。」

受不了。小華站起身走向廚房，從冰箱裡拿出瓶裝水，再回自己房間去。小華一回房間就躺上床。

她是在小學五年級才知道自己的家人很特別。跟班上同學聊天，才發現大家的父母是不偷東西的。去超市買東西會付錢，去餐廳吃飯也要買單，當時小華聽了很震撼。

於是年幼的小華痛下決心，要當家裡唯一清清白白過日子的人。

皮包裡響起鈴聲，是《魯邦三世》的主題曲，小華起身拿了桌上的皮包，拿出手機，原來是和馬傳了訊息來。內容是：「今天真抱歉，下次我們再慢慢說。」小華根本不想回，就把手機放在桌上。

小華想起和馬，人高馬大，長得英俊，真是無可挑剔，她甚至覺得樸素的自己配不上這麼好的男朋友。但是不行，和馬是刑警，而且一家子都是警察，不然就是退休警察，兩人之間絕對不會有美好的未來。

悅子連門都不敲就開門探出頭來，露出妖豔的笑容說：

「小華，媽媽弄到義大利製的高級內衣了，可是我穿起來胸圍太緊，妳要不要拿去穿？」

「才不要，內衣我自己會買。」

「是喔，那就算了。」

房門關上了。小華不經意看看皮包，發現裡面有條陌生的黑色小皮帶，拿出來一看，是支手錶。

看來手又滑了。小華不禁扶著額頭，後悔自己的過失。是那時吧，被和馬爺爺抓住手腕的時候，竟然不自覺，眨眼間就摘下和馬爺爺手上的錶，還放進皮包裡，壞習慣又跑出來了。

小華看看手錶，是支老舊的發條式手錶，錶帶已經褪色，但指針還是指著正確時間。

「喂，小華，我從四十六樓的宮田家冰箱裡拿了霜降沙朗牛肉回來，神戶牛喔。我要煎來吃，妳要嗎？」

「才不要，進來之前先敲門好嗎？」

小華推著阿尊的腰，把阿尊給趕出門。

受不了。小華當場抱頭，心想這一家真是糟透了。

※

和馬傳完訊息後，下車走回家裡。他從廚房冰箱拿出罐裝啤酒，剛才沒喝，是因為要開車送小華回家。

和馬走上走廊，準備上三樓回房間的時候，在和室門前被父親典和喊住。

「和馬，過來一下。」

和馬走進和室，發現父母親跟奶奶都在，壽司桶裡還留有幾個壽司。

「怎麼全都到齊啦？」

和馬喝了一口啤酒，把壽司桶裡剩下的鐵火捲放進嘴裡說。

「還敢說怎麼了？」媽媽美佐子噘嘴說。「你這孩子真是的，要帶女朋友回家得事先說一聲啊。」

「我不是先傳了訊息嗎？」

「進門三十分鐘前才傳的吧？幸好我們緊急叫了壽司來，要是壽司店公休，那可怎麼辦才好？」

「又不會怎樣，不吃壽司也沒差啊。」

「當然不行，和馬，你可是第一次帶女朋友回家來，我們做父母的當然想要好好準備啊。」

看來媽媽對於自己突然帶女朋友回家頗為不滿。但是和馬本來就打算偷襲，如果家裡準備齊全可就慘了。和馬希望小華能夠看看家人真正的樣子，也希望家人看看平時的小華。

「我回來了。咦？都沒人啊？」

走廊傳來聲音，看來是妹妹回來了。「阿香，這裡啦。」爸爸一喊，妹妹阿香就拉開紙門走進和室。

「有客人來過啊?竟然還叫壽司。」

「對啊。」爸爸回答。「還有剩，妳也吃一點。還沒吃飯吧?」

「不用了，我晚上不吃碳水化合物，重點是誰來啦?」

阿香盤坐在座墊上，和馬在心裡苦笑，真是個女中豪傑。阿香目前任職於杉並警察署的交通課，但個性像個打仔，未來想調去機動隊，所以每天下班後還去附近的健身房鍛鍊體魄。長相遺傳媽媽，是個小臉美女，但是虎背熊腰，和馬甚至沒信心比腕力能贏得過她。

「哇，老哥有女朋友了喔，真想看看。」阿香聽了媽媽解釋，意有所指地笑笑。「那，我們集合起來幹什麼?」

阿香看看大家，爸爸典和代表回答：

「開家庭會議。」

果然。和馬暗自嘆氣，這可是家裡的傳統，工作上有搜查會議，在家裡則有家庭會議。櫻庭家無論出了什麼事，都要集合所有人開會。今天的議題肯定是——

「今天的議題呢……」典和清清喉嚨後說。「就是討論小華適不適合當和馬的老婆。希望大家踴躍發表意見，暢所欲言。」

「我又沒見過老哥的女朋友，所以暫時先保留，老爸先說你的意見啊。」

「我嗎?我喔……嗯，算贊成吧。」

「老公，你贊成?」

媽媽美佐子確認，爸爸點頭。

「嗯，是啊，小華是個好女孩，現在難得有感覺這麼小家碧玉的女孩子了，我喜歡。」

「證據呢？有什麼證據證明她是個好女孩？」

媽媽美佐子是鑑識課員，很講究肉眼可見的證據。被美佐子這麼逼問，典和支支吾吾地回答：

「我、我是沒證據啦，硬要說的話是直覺吧。我當警察這麼久，有一種直覺啦。」

「直覺根本不可靠，如果靠直覺就能判斷事情，哪還需要鑑識課出馬呢？」

「那妳怎麼想？」

典和回問。美佐子答：

「我目前先不下定論，她確實是個好女孩，不過現在判斷還太早。媽，您怎麼看？」

奶奶伸枝跪坐在窗邊喝茶，聽到話題拋過來就抬起頭。

「問我啊？我是覺得不錯啦，那孩子感覺還挺好的。但是我的眼光不可靠，我看狗有眼光，看人就不準啦。」

不愧是卸任的警犬訓練師，和馬鬆了一口氣。目前兩票贊成，兩票保留，就算保留中的媽媽跟妹妹轉投反對，還是五五波平手，勝算很高。

「唉呀，糟糕，我都忘了。」媽媽美佐子說，拉開落地窗，院子裡的老德國牧羊犬老大，聽到窗戶打開就從狗屋裡走出來。「老大啊，你也看過和馬的女朋友了，你覺得她適合跟和馬結婚嗎？」

老大不回答，只是吐舌喘氣看著美佐子。

「那你反對嗎？」
老大突然狂吠起來，和馬看了差點噴出口中的啤酒。
「媽，等一下啦，老大的意見也算一票？牠是狗吧？」
美佐子一派輕鬆地笑著說：
「老大也是家人喔，而且還是爸爸的代理人——啊，代理狗。你也知道，老大是隻優秀的警犬，看人的眼光搞不好比我們這些人還精準。媽，您說是吧？」
「就是說啊，老大可是優秀的警犬，牠得過一次警視總監獎，其他大小表揚多達三十次。」
奶奶這麼一說，和馬無言以對，警視總監獎對和馬這個菜鳥刑警來說根本是癡人說夢。但是這下多了一張反對票，局勢就變了。和馬察覺大事不妙，站起身。
「就算大家都反對，我的心意也不會變。」
和馬丟下這句話就離開和室。臨走前撂句話好像很酷，但其實和馬很擔心，想起小華在車上的樣子，那愁眉苦臉的表情，一定是因為和馬隱瞞自己的警察身分，才讓小華滿是懷疑。
和馬回到房間，拿出口袋裡的手機查看螢幕，小華還沒有回訊，和馬垂頭喪氣地坐在椅子上。
他解開領帶，手裡的啤酒已經所剩無幾，只能潤潤口。和馬咂了一聲，打開電視，躺到床上去。

手機響起來電鈴聲，是《向太陽怒吼》[1]的主題曲。看來不小心睡著了，該不會是小華打來的？和馬想著拿起手機，結果來電顯示不是小華，不過不是失望的時候。和馬坐直身子，接起電話。

「是，我櫻庭。」

「我是卷。」

來電的是他的刑警學長卷榮一，也是和馬的直屬長官，負責教導和馬。

「值班人員剛才來電。」卷的口氣很嚴肅。今天晚上是和馬那個小組值班，有兩名組員在搜查一課待命，只要發生案件就要召回其他組員。「荒川河濱發現了男性屍體，可能是他殺，馬上到現場集合。地址是……」

和馬將卷所說的詳細地址寫在桌上的便條紙上，說：

「了解，我馬上過去。」

和馬掛斷電話站起身，現在已經快到晚上十一點，如果有很大的嫌疑是凶殺，就算大半夜還是要趕赴現場。一旦成立搜查總部，就得窩在轄區警署好幾天。

和馬重新拿起了領帶。

※

「我回來了。」

小華小聲說，脫下鞋子。走到客廳一看，爸爸阿尊正在沙發上睡得打呼。七十吋的液晶電視也沒關，還播放著電影《瞞天過海》。阿尊很喜歡這部電影，還逼小華一起看過好多次，但是用七十吋這麼大的螢幕來看，反而看得不清楚。不過小華要是對阿尊這麼說，阿尊就會生氣，明明電視跟播放器都是偷來的，有必要惱羞成怒嗎？

小華將手裡的便當盒放進冰箱，突然發現有人的氣息，回頭一看原來是奶奶。奶奶還是一樣神出鬼沒，不愧是跟了傳奇扒手大半輩子的傳奇開鎖師。

「他在嗎？」

阿松問。小華嘆口氣回答：

「不在，今天應該也在其他地方過夜吧。」

冰箱裡的便當盒裝的是阿松奶奶親手做的豆皮壽司，小華洗完澡後，想到要把壽司送去給爺爺吃，所以才裝在便當盒裡。

爺爺巖不常到這棟大廈來，聽說他老是在都內四處遊蕩，有時候會跑去月島那間空屋過夜，但今晚看來不在。

阿松奶奶去泡茶，小華坐在餐廳的椅子上。沒多久，奶奶放了一杯茶在小華面前，是溫熱的焙茶。另外還有一盒茶點，小華明知道這麼晚不該吃零食，卻還是忍不住拿了甜包子來吃。

---

1 日本老牌刑警連續劇。

「上次爺爺回來，是什麼時候？」

小華邊吃點心邊問奶奶，阿松喝了一口熱茶才回答：

「哪時候呢？我記得上個月好像見過他吧。」

「真不知道爺爺跑到哪裡，又做什麼去了。」

「那還用問嗎？小華，他也就只會一檔子事啦。」

理所當然，巖是個扒手，今天肯定又去哪裡扒人錢包。巖今年七十六歲，卻還是生龍活虎，就算把他剝個精光丟在路邊，他只要三十秒就能扒走某人的錢包，再過三十秒就會用偷來的卡買一身好衣裳。

「可是奶奶，妳不會覺得寂寞嗎？」

「到這個年紀就不會啦。只是比較少見面，總能熬得過去。」

雖然阿松這麼說，但小華知道奶奶如今依然為丈夫盡心盡力。比方說今天她多做了一大堆豆皮壽司，肯定是想到小華會拿去給爺爺，巖最喜歡吃豆皮壽司了。

「奶奶，妳怎麼會跟爺爺結婚呢？」

「哎喲，妳怎麼突然問這個？」

「又沒關係，告訴我，是誰跟誰求婚的？」

「那麼久的事，不記得了。」

阿松臉都紅了，小華心想奶奶真可愛。小華認為爸爸、媽媽、爺爺、哥哥，一家子都是怪人，就只有自己跟奶奶算是正常人，一星期有好幾天晚上小華都會跟奶奶喝茶聊聊。

「差不多該睡了吧？明天還要上班呢。」

「對呀。」

聽阿松這麼說，小華站起身。短短幾小時之前她才見過和馬的家人，但感覺不太真實。她將茶杯洗乾淨，正準備回房間，突然發現運動服口袋裡的手機不見了，小華回頭說：「奶奶妳喔。」

阿松頑皮地笑笑，把手機拿在手上。在這盜賊家族裡可大意不得，一有破綻就會這樣。

「因為看妳在發呆。幸好是我，如果是爺爺發現，妳可要被罵慘嘍。」

「真是的。」

小華從阿松的手裡搶回手機，回到自己房間。她坐在床上打開手機，想到還沒回訊息給和馬。

小華看著手機煩惱，該回什麼才好呢？她知道自己跟和馬的關係無可避免會出現變數。她確實喜歡和馬，也是以結婚為前提來交往，但現在知道和馬是警察，而且全家都是警察，真不知道是否該繼續這段關係。

可是就算突然說要分手，沒有個好理由，和馬一定不答應。因為我們全家都是賊——就算說真話，和馬也不會信，而且根本不可能說，一弄不好，恐怕全家都會被抓。

小華嘆口氣，簡短地打了「晚安」兩字就送出，然後躺在床上。她的心境就好像闖進了一座看不見出口的隧道。

※

「櫻仔，太慢了。」

「抱歉啦，卷哥。」

卷已經在現場等著。和馬剛下計程車，手機就響起鈴聲，打開一看是小華傳訊息來，只有簡短的「晚安」兩字。沒有任何表情符號，內容又單調，明知小華就是這樣的人，但和馬依仍不免有些失落。他把手機收回口袋，快步跑到卷身邊。

「抱歉，櫻仔，等我一下，我忍很久了。」

卷說完後跑去旁邊的老舊公廁裡，和馬目送卷離開，然後觀察周遭狀況。

現場是江戶川區小松川的一處公園，位在荒川的河濱上，有人在公園角落發現了男性屍體。目前四下沒有人煙，停在河邊的警車也沒有鳴笛，只閃著紅色警示燈。

「久等啦，我們走吧。」

和馬跟卷走到公園裡，當地警署的警探已經來到現場。往公園裡走個幾步，可以看到河邊的堤防，堤防外就是河濱。鑽過黃色封鎖線，十月初的夜晚已有點涼意。

「抱歉，來晚了。」

卷說，跑向那群西裝男子，其中一位年長男子回頭，是組長松永。

「你們兩個都來啦，這邊。」

腳下已經鋪了塑膠布來保全證據，還點起了燈，草叢裡微微發光，一群看似鑑識員的男子走來走去。

屍體仰躺在河濱的草叢裡，和馬不禁摀住嘴，因為屍體的臉被打到血肉模糊，兇手肯定恨透死者。接著，松永開始說明：

「第一發現者是住附近的男子，三十多歲，慢跑路過這裡發現了屍體。死者是男性，推測年紀頗大，如剛才所見的臉部血肉模糊，身上沒有遺留任何物品可供查明身分。死因是腦挫傷，後腦勺有強力毆打的痕跡，還未發現凶器。」

和馬觀察屍體，身穿樸素的深藍外套與黑長褲，是流浪漢嗎？才剛這麼想，死者腳上穿的運動鞋看來又很新，而且以老人家來說，這雙球鞋感覺太年輕了點，所以和馬推斷這人並非流浪漢。

「抱歉，我暫離一下。」

卷摀著嘴離開草叢，即使當了刑警，到現在看見屍體還是不太舒服。和馬看到屍體倒是不怕，生長在櫻庭家，從小到大只看刑警劇，戲裡老是出現屍體，所以算是訓練有素。而且家人吃飯的時候都在討論什麼驗屍、推斷死亡時間之類的專業術語，和馬等於不知不覺就受了刑警的初級教育。

「掉了這樣的東西。」

一名陌生的鑑識員說，跑了過來，應該是小松川警署的刑警。他拿著一只長皮夾，開始解釋：

「從皮夾裡的駕照可以判定持有人，打電話問過之後，得知是名失主，在龜戶站內被扒了皮夾，已向站前派出所報案失竊。」

「所以說，」松永摸摸下巴，低頭看著屍體。「這男的就是扒手了？用指紋比對前科犯，或許很快就能查清楚身分了。」

首先要在附近打聽消息，大家各自散開。但是已經過了半夜十二點，就算要打聽消息，也只剩超商和深夜營業的店家了。不過警方沒辦法靜靜等到早上，辦案講求的就是迅速反應。

「櫻仔，知道兇手是誰了嗎？」

和馬鑽出草叢，卷上前喊他。卷臉上掛著笑容，但是臉色鐵青，看來剛才目擊屍體的驚嚇還沒復原。

「哪有這麼簡單就查到的。現在要去打聽消息，卷哥跟我一組。」

「了解，看來名偵探這次也沒那麼快破案啦。」

名偵探是大家給和馬取的綽號，和馬曾經迅速破了好幾件案子，但是這對和馬來說理所當然。他在警察家庭裡長大，從小耳濡目染，學會了邏輯思考的重要性。尤其是專攻鑑定的媽媽對和馬影響深遠，總要先找到物證才能開始推理。

和馬離開公園，路上行人稀少，但是五百公尺前方有塊便利商店的招牌還亮著燈，就決定從那裡開始。

和馬與卷一起出發了。

※

三雲家的傳統，就是每天早上都要聚在一起吃早餐，今天早上除了哥哥阿涉之外，所有人都圍著餐桌坐好。

今天早餐是媽媽悅子做的，培根蛋、生菜沙拉、還有鬆餅。如果是奶奶阿松掌廚，吃的就是日式早餐，兩者小華都喜歡。

「所以不能用地藏菩薩？」

悅子問爸爸阿尊。阿尊吃著鬆餅回答：

「對手是中國竊盜集團，應該有手槍，圍小鳥會比地藏菩薩好。」

「圍小鳥喔，那很麻煩。」

應該是在說青山骨董通那間珠寶店的事情吧，爸媽打算從中國竊盜集團手上搶走他們偷來的金銀珠寶。吃早餐的時候談搶劫好像不太正常，不過三雲家的日子就是如此，小華已經習以為常。至於地藏菩薩、圍小鳥這些莫名其妙的術語，是說偷竊的戰術，但是小華不清楚戰術的詳細內容，也不想知道。

「如果爸爸在，用地藏菩薩也沒問題了。」

悅子說，偷看婆婆阿松一眼，阿松若無其事地夾起一片培根送進嘴裡。

「老爸不行啦，年紀都那麼大了。我的規矩就是小心謹慎，怎麼能拜託快退休的扒手幫忙呢？」

阿尊抛下這句話，在第二片鬆餅上淋了一堆糖漿。阿尊和巖雖是父子，但是兩人處不來，巖之所以不常來這座大廈，就是因為跟阿尊不合。

阿尊專門偷竊藝術品，巖則是堅持傳統的扒竊功夫，阿尊總覺得巖太落伍，而巖則覺得兒子不肯傳承老祖先的功夫，不是滋味。兩人見面就吵，最後巖就主動退讓，跟兒子阿尊拉開距離。

「他們打算怎麼搶珠寶店啊？」

阿尊這麼問，媽媽悅子喝著綠色的液體回話。那是悅子特製的美容飲料，好像是苦瓜、菠菜等用果汁機打成的。

「應該是看珠寶店一開門就丟個煙霧彈進去，趁機搶了就跑吧。」

「這些中國竊盜集團真是一點功夫都沒有。偷，一定要偷得漂亮，偵查、計畫、執行，這是三大關鍵。小華，妳記好啦。」

阿尊突然扯上小華。小華不耐煩地回答：

「我才不想當小偷。」

「妳這ㄚ頭竟然跟爸爸頂嘴，真是太囂張了。悅子啊，是我們沒把孩子教好嗎？小華也好阿涉也好，空有一身功夫卻不用，真是暴殄天物啊。」

此時剛好有名男子走進客廳，就是哥哥阿涉。小華心想難得哥哥會露面來吃早餐，直盯著他看，結果阿涉竟走向電視機。

「喂，阿涉，打個招呼行不行？喂，阿涉。」

阿涉對父親的話充耳不聞，只是拿起電視遙控器。阿涉披頭散髮，臉色蒼白，身材又高又瘦，感覺弱不禁風。身上穿著高中的藍色運動服還縫著寫有「三雲」的大名牌。

阿涉打開電視，不停轉台，最後總算轉到他想看的頻道，緊盯著電視不放。阿尊對著阿涉的背後說：

「阿涉，你好歹也回個話吧。」

新聞女主播讀著稿：昨天晚上江戶川區小松川的公園裡發現一具男性屍體，根據指紋，查出身分為無業遊民，七十五歲的立嶋雅夫。本案明顯有他殺嫌疑，警視廳已經著手偵辦。

遙控器掉在木質地板上，原來是阿涉手滑了。阿涉回過頭，臉色比平常更蒼白，看起來像哭又像笑。

阿涉腳步沉重地走到餐廳，爸爸、媽媽和奶奶好像發現情況不對勁，全部默默地看著他。

「是、是爺爺啊。」

阿涉用力擠出幾個字，嘴唇像是凍僵般直發抖。

「老爸？你在胡說些什麼啊？」

阿尊說。阿涉搖搖頭後回答：

「我說，是爺爺啊。」

「胡說八道，這個人姓立嶋不是嗎？怎麼會是老爸？」

「不、不對啦……」

阿涉拚命想要解釋些什麼，但腦袋一片混亂，無法說個清楚。媽媽悅子聽阿涉的口氣，感覺事態嚴重，走到阿涉身邊搓搓他的背，說：

「先冷靜，先冷靜下來。阿涉，你就按部就班說清楚吧。」

「我說，那就是爺爺啊。」阿涉用力喊出這句話，眼眶泛淚。「死掉的那個就是爺爺，你們相信我。」

小華吞了口口水，哥哥到底在胡說什麼？只覺得心跳聲愈來愈大，連自己都聽得見。

「大概兩個月之前吧，我一個人在家的時候，爺爺突然回來，跑到我的房間裡，說要拜託我一件事。」

巖的要求相當困難，就是要入侵警視廳資料庫，把某個罪犯的指紋和大頭照跟巖的資料交換。阿涉不清楚爺爺打什麼主意，但是入侵警視廳資料庫感覺很好玩，就答應了爺爺的要求。

「我一開始試試看，結果不行，半途要我輸入現任警察的帳號跟密碼。爺爺不知道從哪裡弄來給我，再來就簡單了。我花了八個小時，才勉強完成爺爺的要求。」

「也就是說？」阿尊插嘴。「你把老爸的指紋跟大頭照資料，跟另外這個立嶋什麼的調換了？」

「對啊，立嶋雅夫，我看了好多次，絕對不會錯。所以爺爺被殺了，被殺掉了。」

小華覺得口乾舌燥，心臟噗通噗通跳不停，頭暈目眩。爺爺被殺了？難以置信。

傳出椅子倒地的聲音，原來是阿尊倏然起身，撞倒了椅子。阿尊揪住阿涉的領口，感覺就是「如果你亂說，絕對不饒你」。

「阿涉，你開玩笑的吧？喂，是開玩笑的吧？」

「老公，不要這樣啦。」悅子連忙來打圓場。「阿涉不會說謊的。」

「悅子，連妳也……」

阿尊放開了阿涉，垂頭喪氣。

爺爺死了？怎麼會有這種事……小華不敢相信眼前的光景，剛才還是一成不變的日常生活不是嗎？

「我也覺得阿涉不會說謊。」

奶奶阿松開口了。她明明應該是最受打擊的人，卻抬頭挺胸，口氣堅定地說：

「他總是對我這麼說：『我是個賊，早晚會死於非命，不過那天要是來了，我也不會麻煩到任何人』。」

「連、連老媽……妳也……」

阿尊喃喃自語。三雲家一家都是賊，隨便查都有一大串罪名，所以無論如何都不能被警察盯上。難道是巖已經準備好替身，等著這天到來？

「所以我相信阿涉說的話。」奶奶阿松接著說，爸爸和媽媽都默默聆聽。「我想他應該是準備了替身，以備不時之需。如同新聞報導那樣，警察用指紋查出來的就是那個人。」

警察比對指紋找到人，代表立嶋這個人有前科，那這個立嶋本尊現在又在哪呢？

「我雖然相信阿涉的話，不過，我還是不相信他已經死了，除非親眼見到明確的證據。」

奶奶阿松說到這裡，阿尊突然衝出客廳。悅子喊了一聲「老公！」也追上去。

小華突然覺得放在腿上的手有股暖流，原來是阿松把手搭在小華的手上。

「奶奶……」

小華沒辦法說下去，只能在心中呢喃：這一定是假的，爺爺死了這種事絕對是騙人的，一定是哪裡弄錯了。

又傳來一陣腳步聲，小華抬頭一看，爸爸已經穿上背心，是那種釣客會穿的多功能背心，有很多口袋。阿尊都穿這件背心幹活，他簡短說：

「我出門去。」

「去哪兒？」

小華問。阿尊的手裡提著一個波士頓包，回答：

「那還用問，去看看那具屍體的尊容啊。我沒有親眼見到，絕對不會信。」

小華看著奶奶，阿松用力點頭。小華又看看媽媽，站在阿尊身邊的悅子也默默點頭。

「我也去。」

小華說完後站起身。阿尊卻板起臉說：

「妳是拖油瓶，不准來。」

「我一定要去，一定是哪裡搞錯了，爺爺不可能死掉。」

阿尊聳聳肩說：

「眼淚擦掉，要去就給妳兩分鐘準備，沒趕上就不管妳了。」

阿尊冷冷地說完後走向玄關。小華這才發現自己竟然不知不覺淚流滿面，連忙擦乾眼淚，回房間去換衣服。

小華坐上廂型車的副駕駛座，爸爸已不在駕駛座上。這輛白色廂型車是阿尊上工時用的車，會按照情況改貼不同的貼紙。據說這種車最不顯眼，停在哪裡都不會有人懷疑，上次幹活時貼的「蒲田南工程行」貼紙還留在車身上。

小華從副駕駛座仰望窗外老舊的建築物，這裡是江戶川區某間大學醫院的外面。二十分鐘前，阿尊把車停在這裡，因為阿尊靠著同行的關係，推測出爺爺巖——應該說是立嶋雅夫——的遺體很可能停放在這家醫院。

後座丟著阿尊換下來的衣服，還有一個空的波士頓包，下車時，阿尊已經變裝成為一名醫師了。對阿尊來說，扮成醫師混進醫院簡直易如反掌。

小華也聯絡了圖書館，說有個住大阪的親戚過世，希望能夠請假三天。電話那頭的主管完全不懷疑，馬上就准假。看來銷假上班的時候，得準備一份大阪的伴手禮了。

「小華，聽到沒？」

小華的耳機傳來阿尊的聲音。「嗯，聽得到。」小華一邊回答，一邊看著大腿上的筆電螢幕，螢幕上顯示大學醫院裡的男廁景象。

「我順利混進來了，要去找停放老爸的地方。」

「小心點，還有，現在還不確定真的是爺爺啦。」

小華把耳麥貼近嘴邊回話。螢幕上的影像是從阿尊眼鏡上的微型攝影機即時傳送過來，對專偷藝術品的阿尊來說，使用這種高科技器材也是家常便飯。

「對了，還有。」

小華聽到阿尊的聲音，只見影像往廁所深處走，感覺不太妙。影像接著對準牆壁，還傳來解開皮帶的聲音，鏡頭甚至瞬間往下晃了晃。

「怎麼還在這種時候啦。」

「怎麼能怪我？這是生理現象啊。還有，妳小時候不是都跟我一起洗澡嗎？我們是父女，有什麼好害羞的？」

「拜託，不要看下面啦。」

小華別過頭不看螢幕，過了一陣子才回頭，阿尊總算如廁完畢，正在看洗手檯的鏡子。鏡中的阿尊穿著白袍，化身為醫師，脖子上掛著不知道從哪裡偷來的名牌。

「那我出發啦。」

阿尊離開廁所，螢幕顯示在走廊上行走的過程。與阿尊擦身而過的護理師們並不覺得他有哪裡可疑，點頭致意之後就繼續前行。這間大學醫院規模很大，想必沒有人會記得所有醫師的長相。

走廊盡頭有扇門，門前站著一名制服警察，阿尊對警察說聲「辛苦了」，警察確認過阿尊的名牌之後就敬禮放行，看來沒有起疑。

阿尊看了房門正上方的門牌一眼，門牌上寫著「太平間」。阿尊打開門進去，這個房間不大，正中央放著一張床，床上覆蓋著白布，從白布鼓脹的模樣來看，底下應該躺著一具屍體。小華心跳加速，手心冒汗，緊抓著筆電不放。

阿尊走向那張床，屍體臉上蓋著白布，阿尊拉起白布的一角，慢慢往旁邊拉開。但是途中，鏡頭突然劇烈搖晃，一下看看天花板，一下看看牆壁。

「怎麼啦？爸，怎麼了嗎？」

「沒事，抱歉啊。」

傳來阿尊的聲音，口氣顯得有些緊張。

「怎麼啦？是不是搞錯人了？真的不是爺爺對吧？」

「不知道。」

「不知道……？」

「臉被打爛了，認不出來。」

被打爛了？小華聽不懂阿尊的意思，一頭霧水。難道鏡頭亂晃是因為阿尊心慌了？不對，是不想給她看見。

「左、左手……」

小華開口說。阿尊反問：

「怎麼？」

「爺爺的左手。」

阿尊再次走向屍體，繞到屍體左手邊，稍微拉開白布。螢幕上出現一隻蒼白的男性手臂，小華看了倒抽一口氣，因為無名指上有只熟悉的戒指，確實就是爺爺的結婚戒指。

「不要，騙人，這是騙人的……」

小華眼前一片空白，爺爺真的死掉了，怎麼會這樣——她狠狠用拳頭敲打大腿，敲了又敲，接著痛哭失聲。

「小華，冷靜，妳冷靜點。」

耳機傳來阿尊的聲音，但小華無法回話，眼淚不斷滴落在筆電的鍵盤上。為什麼？為什麼會死掉呢？爺爺——

「小華，我馬上回去，等我。」

「戒、戒指。」

「什麼？」

「至、至少把戒指帶回來，我想交給奶奶。」

阿尊沉默了一陣子，才回答：

「不行。」

「為什麼？爸爸你不是小偷嗎？偷只戒指有什麼大不了？我想留作紀念啊。」

「小華，妳傻了。」阿尊壓低嗓門說。「這只戒指不能偷，這可是夫妻的證明，老爸得戴著這只戒指才能入土為安啊。」

阿尊說完這話，就結束通訊。小華吸吸鼻子，擦去眼淚，可是不管怎麼擦，淚水都會一再湧現。

※

過了一晚，案情沒有任何進展，雖然查出了被害人的身分，卻沒有任何與兇手有關的目擊證詞。小松川警署準備成立搜查總部，由和馬這一組承辦。

和馬與卷走在錦系町的鬧區裡，因為有間旅館向警方通報，先前有個房客可能就是被害人。

「櫻仔，你不覺得很詭異嗎？」

卷說。和馬反問：

「什麼意思？」

「你看看啊，明明查出被害人的身分了，竟然什麼進度都沒有，像這種案子通常都會拖很久。」

警方已經根據前科犯的資料庫查出被害人身分，死者立嶋雅夫是無業遊民，而且經歷幾乎是一片空白。二十年前因竊盜被捕，法院判決拘役五年，緩刑三年，之後就什麼紀錄都沒有了。這人沒有任何親戚，居民紀錄也在十五年前就被刪除了。

「就這裡了。」

卷停下腳步，這間旅館名為竹屋，相當簡陋。和馬與卷一起進入旅館，大廳很狹小，年邁的老闆坐在櫃檯裡看報紙。玄關放滿了鞋子，應該都是房客的。

「我們是警視廳的人，你就是老闆？」

卷掏出警察手冊，櫃檯裡的老闆放下報紙抬起頭。

「謝謝你的通報，聽說名叫立嶋雅夫的人曾經在這裡投宿，你確定嗎？」

卷問。老闆拿出房客名冊之類的檔案後回答：

「我想八成是吧。這裡不是有他的名字？我看到今天早上的新聞，覺得這個名字很眼熟，結果就在名冊裡找到了。」

看看名冊，確實有立嶋雅夫的名字，還登記有地址和電話，和馬將這些資訊抄在手冊裡，卷又問老闆：

「立嶋先生在這裡住了多久？」

「三天前住進來的吧？還預繳了一星期的住宿費呢。」

看看牆上的房價表，住一晚是一千八百日圓，這應該是專門租給零工跟外國背包客的廉價旅館吧。老闆帶著兩人前往立嶋雅夫住過的房間，房門是木板拉門，連鎖都沒裝，老闆直接拉開。

房間很小，裡面只有一張床，其他什麼都沒有。卷回頭問老闆：

「你應該沒有打掃過吧？」

「對啊，我都是讓房客自己掃。」

這房間可真是空蕩蕩，還以為會有立嶋雅夫的物品留在這裡，結果大失所望，和馬問老闆：

「老闆，你跟立嶋雅夫說過話嗎？」

「有啊，一開始付錢的時候。」

「確定就是這個人？」

和馬拿出一張照片給老闆看，那是立嶋雅夫二十年前登記在警視廳資料庫裡的照片。

「嗯——是嗎？」老闆歪頭思索。「他當時戴口罩，我不太清楚啦。」

「立嶋先生當時看來像是惹上什麼麻煩的樣子嗎？」

「這我就不清楚了，我不太干預房客的。有事情再找我吧，我在外面等著。」

老闆說完便離開。真是一點進展都沒有，和馬不禁嘆氣。有前科的七十五歲男性遭殺害，沒有留下任何物品，乍看之下像是強盜殺人，但臉被打爛這一點實在令人想不透。要不是恨之入骨，沒必要這麼做。而且現在根本查不到被害人生前的行蹤，就算查出了生前投宿的旅館，也沒有任何線索。被害人不要說親戚，連個朋友都沒有。

卷彎腰查看床上的枕頭跟床單，沒發現任何毛髮跡證。

兩人又在房裡找了一次，還是找不到被害人留下的任何物品，只好回到櫃檯向老闆道謝，然後離開旅館。

「可以確定被害人在這裡住過三天左右，我們去附近打聽打聽吧，或許會問到什麼消息。」

卷說完，先走向馬路對面的便利超商，和馬跟上去後說：

「卷哥，被殺的真的是立嶋雅夫嗎？」

「怎麼突然這麼說？」

「你不覺得奇怪嗎？我們只靠資料庫裡登記的指紋來確定是立嶋雅夫的遺體，光靠這點證據就確認被害人身分，真的沒問題嗎？」

「會有什麼問題。這可是指紋喔，還有比這更明確的證據嗎？立嶋本來就是罪犯，在社會上遮遮掩掩地生活，所以行蹤才這麼難查啊。」

難道是我想太多？和馬心想，跟著卷走進便利超商。

※

「為什麼？為什麼不能辦喪禮？這樣爺爺沒辦法瞑目啊。」

「這哪有辦法？老爸是以別人的身分死掉，沒有遺體，怎麼能隨便辦喪禮呢？小華，妳想清楚，三雲巖在法律上還活著啊。」

阿尊和小華回到豪華大廈裡的住家，告訴家人那人確實就是巖，大家聽了都垂頭喪氣，氣氛無比凝重。奶奶阿松窩回房間裡，阿涉也足不出戶。媽媽悅子垂著頭坐在客廳的沙發上，都已經快中午了，卻沒有人要準備午餐。就算有人準備，也沒有人吃得下吧。

「或許爸爸說得對，可是連喪禮都沒有，爺爺太可憐了。」

「我也是這麼想，但是喪禮辦不得，而且我們暫時得當作三雲巖還活著才是上策。」

「那麼，」小華向阿尊反駁。「爺爺的遺體會怎麼樣？就這樣被當成什麼立嶋的處理掉嗎？這樣太奇怪了吧。」

小華是全家公認最黏爺爺的，很難接受沒有人去認領爺爺的遺體，她認為領回來辦喪禮，絕對比當成別人下葬要好。

「小華，妳聽著，我不是說要丟下老爸的遺體不管，是要等風頭過去了，我再弄一份假的死亡證明交給公所，證明老爸死了。程序辦完之後，我們就去偷，老爸的骨灰罈肯定放在某間寺廟裡。我們可是一流神偷，從廟裡偷骨灰罈有什麼難的？」

「我才不要！爺爺會傷心啦。」

「小華，不要鬧彆扭了。」阿尊加重口氣說。「我是罪犯，老爸也是罪犯，下場肯定都很淒慘。自從我開始犯罪，就準備好迎接這一天，老爸一定也有心理準備。」

此時有人走進客廳，是奶奶阿松。她直接走進廚房，站到流理檯前，拿出大鍋煮水。

「奶奶，妳要做什麼？」

小華問。奶奶頭也不回，拿出砧板準備切蔥，說：

「我想做個午飯。」

「不用了，奶奶，大家都沒胃口。」

小華說。但阿松不聽，拿起菜刀切蔥，發出悅耳的咚咚響。

「我記得麵線還有剩，就吃麵線吧。小華，妳等等，我馬上煮好喔。」

「奶奶，真的不用了。」

「小華。」阿松繼續邊切蔥邊說。「一定要吃，飯一定要吃，因為我們還活著，因為他死了，不能再吃了，我們一定要幫他吃。」

阿松的背影看來比平常還小，看起來像在哭泣。奶奶失去丈夫，她才是最難過的人。小華認為沒把結婚戒指帶回來，或許是對的，那具遺體戴著那只戒指，才證明兩人依舊是夫妻。

小華回到客廳，阿尊坐在沙發上，悅子坐在旁邊，她喃喃自語：

「可是，究竟是誰殺了爸爸呢？」

「我哪知道？反正是有仇吧，老爸的仇家多到數不清。好吧，也輪不到我說他就是了。」

「那我也是一樣了。」

悅子也挖苦自己，她看來有些憔悴，即使不是自己的父親，公公被殺還是讓她相當痛心。

「誒，爺爺為什麼會遇害？」

小華問。阿尊回答：

「就說是跟人結仇，還有其他原因嗎？」

「真的是這樣嗎？你們也知道爺爺，就算扒人家的東西，也絕對不會被認出來啊。」

「巔峰期的老爸或許是吧，不過他年紀也大了，或許在哪裡栽了也不一定。總之，警察遲早會找到兇手。」

「我們去找！殺死爺爺的兇手，就由我們來找。」

「小華，那是警察的工作。我們是賊，賊怎麼能幹警察的活呢？」

「而且，」悅子接著說。「我們不能輕易行動。萬一被警察盯上就糟了，追查殺害爸爸的兇手，就等於是闖進警察的地盤啊。」

我又不是賊！小華在心中嘀咕，但是媽媽說得沒錯，阿尊、悅子、阿松，甚至巖，從來都沒有被警方通緝，大家犯案都很謹慎，還有許多假名字，所以警察一直沒注意到他們。就算再怎麼想查明爺爺死亡的真相，現在胡亂行動也太危險了。

「各位，飯做好啦。」

阿松一喊，阿尊和悅子起身。悅子對小華說：「去叫阿涉也過來。」小華去阿涉的房間準備叫人，但是阿涉似乎一直都在偷聽，主動出來了。

爺爺巖已經不在，只剩一家五口圍著餐桌，默默吃著麵線。小華看看坐在眼前的阿尊，正在流淚。

「我沒哭，我可沒哭喔，是山葵太嗆了。」

阿尊邊流淚邊吃麵線，旁邊的媽媽悅子，還有小華身邊的哥哥阿涉，也都邊哭邊吃。只有奶奶阿松沒有流淚，反而襯托出她有多麼悲傷。

小華擦擦眼淚，拿起碗，盛了麵線來吃。

過了一星期，小華已經照常回去上班，依舊沒什麼胃口。心靈的創傷還沒有完全恢復，不過已經比事發當時好了很多，不會一回神突然發現自己淚流滿面。

這天，小華從圖書館下了班後，搭地下鐵前往墨田區東向島。她想去和馬家，倒不是因為和馬找她，而是不小心偷了那支錶（和馬爺爺的手錶），想要還回去。她沒有擬訂什麼方法來還這支錶，但是有信心只要進了門就能夠設法解決。只要瞞著櫻庭家的人，偷偷放在某個地方就好，比方說放在玄關某雙鞋子底下也可以。

小華本來擔心自己會找不到路，結果順利抵達了和馬家。小華伸手到皮包裡，確認手錶放在一個最好拿的位置，然後走向玄關。她才準備要摁對講機，突然就聽到狗吠聲。

「哎呀，老大，安靜點。」

房子旁邊有位老太太帶著一隻老德國牧羊犬現身，是和馬的奶奶，記得她叫伸枝。小華一看到伸枝就不禁別過頭，之前看到伸枝，她頭上包著髮帶，今天沒戴髮帶，才發現她額頭上有一道大傷疤，相當顯眼。

「嗯，妳是小華，我沒記錯吧？」

「您好。」小華緊張地鞠躬行禮。「我姓三雲，叫三雲華，先前多謝你們招待，請原諒我一直都沒來回禮。」

小華拿出紙袋，是在站前日本點心舖買來的綜合甜包子禮盒，交給伸枝。

「小東西，不成敬意。」

「不必這麼客氣。」

「哪裡，請一定要收下。」

「那就不好意思了。」伸枝收下紙袋後問。「妳今天來有什麼事呢？跟和馬約好了嗎？」

「沒有沒有，我今天是碰巧經過。」

「這樣啊，可是今天家裡只有我在。我正準備帶老大去散步，順便買晚餐的食材。啊，這樣吧，方便的話，就陪我去？」

「咦？我嗎？」

小華沒想過要去遛狗，有點心慌。這隻名叫老大的老狗目前沒有吠叫，但是看著小華的眼神充滿敵意，小華不禁想是否自己想太多了。

「老大也說妳應該一起來，我們走吧。」

哪有，牠沒這麼說吧。仲枝也不管小華怎麼想，逕自將裝著禮盒的紙袋掛在玄關門把，然後拿出一頂帽子戴上，帽緣壓低，就帶著老大出發。小華看著掛在門把上的紙袋，心想怎麼這樣沒戒心呢？難道向島這裡沒小偷嗎？如果我們家的哪個人在，肯定會先偷了裡面的甜點再把包裝還原，而且前後不用三十秒。

「小華，這裡。」

「啊，好。」

不小心就答應了，小華只好把皮包背在肩上，跟著仲枝前去。仲枝右手牽著老大的牽繩，小華走在仲枝的左手邊，也就是沒有老大的那一邊，想盡量遠離牠。

「老大是隻警犬對吧？」

小華問。仲枝笑著回答：

「是呀，牠是隻很優秀的警犬呢。不過不是我訓練的，是學弟妹問我要不要收養退休的老大。我們倆都是來日無多，處得很不錯呢。」

「所以警犬真的有辦法分辨出罪犯啊？」

「沒那麼厲害啦。不過狗的鼻子很靈，用鼻子挑人的功夫可不能小看喔。」

小華很在意剛才看到伸枝額頭上的傷疤，那道疤實在很大，而且伸枝明顯在意，才會戴帽子或髮帶來遮掩。伸枝似乎看穿了小華的心思，推開帽子露出傷疤來。

「是不是在看這個？這道疤啊，是我年輕時在海上出了意外，受了不小的傷。我很感謝我丈夫，願意跟我這種破相的女人家在一起呢。」

小華無言以對，她也是女人，很清楚臉上有疤，跟身上其他部位有疤是完全不同的感覺。

「小華，妳再發呆，我就先走嘍。」

「啊，不好意思。」

小華與伸枝並肩走在商店街上，老大在這一帶似乎很有名，路過行人不是喊牠的名字，就是摸摸牠的頭。她們走到車站前，伸枝停下腳步，說：

「我要去這家超市買東西，平常都是把老大栓在柱子上。」伸枝望向一家彩券攤，攤子附近就是商店街拱門的門柱。「今天能不能拜託妳？老大，你要乖喔。」

「等、等一下？」

伸枝突然把老大的牽繩交給小華，就走進超級市場裡。看來今天是特賣日，繫著頭巾的店員拿著擴音器喊叫拉客，車站出來的人們接連走進超市。

伸枝一走進超市，老大就開始低吼，而且肚皮壓低，隨時都想撲向小華的樣子。小華覺得自己有危險，不禁往後退，但是老大也逼近上來，眼神就像是盯上獵物的警犬。

沒辦法了。小華心一橫，手伸到皮包裡，老大以為小華要掏出武器，吼得更大聲。旁邊正好有個拎著購物袋的大嬸路過，小華故意輕輕撞上她的肩膀，大嬸晃了一下。

「不好意思，妳沒事吧？」小華連忙跑到大嬸身邊，深深鞠躬。「我走路沒看路，妳沒受傷吧？」

「沒事沒事，別擔心。」

大嬸笑著離開。小華看看皮包裡，剛才撞上大嬸的時候，從她的購物袋裡叨擾了一個紅豆麵包。小華告訴自己，這絕對不是偷竊，因為她剛才從錢包裡掏出五百日圓硬幣，在叨擾麵包的同時悄悄放進大嬸的購物袋裡。大嬸買的紅豆麵包沒了，但多出五百日圓，說起來也不吃虧。

小華立刻拆開包裝，拿出紅豆麵包，撕開一半拿給老大說：「來，吃點心。」

老大對小華的眼神充滿戒心，但是又輸給眼前紅豆麵包的誘惑，一口就咬下麵包。老大三兩下就吃完半個麵包，小華把剩下的半個也給牠。

「心情好一點沒呀？」

小華說著伸出手想摸老大，但是老大立刻抬頭想咬小華的手。若是一般人早就被咬一口了，但是小華天生反應迅速，閃過了老大的利牙。受不了，難道你還吃不夠啊？

小華嘆口氣，眼前又走來一名看似主婦的阿姨，小華再次輕輕撞了上去。下一秒，小華的皮包裡多了一包德國香腸，她當然沒忘記把錢放在人家的購物袋裡，可惜手邊沒有零錢，她放了一張千圓鈔，這下可虧大了。

「好啦，這下滿意了吧？」

小華拆開包裝，拿香腸給老大吃，老大把七根香腸全都吃光，吃光之後還舔舔小華的手，好像在說「沒有了嗎？該不會還藏著什麼吧？」最後老大撲到小華身上，舔起小華的臉，小華癢得忍不住蹲下來說：「哎喲，老大，不要啦。」

「你們已經這麼熟啦。」

抬頭一看，伸枝就在眼前，手裡拎著購物袋。小華起身，要把牽繩還給伸枝，但是伸枝不肯接過。

「不嫌棄的話，妳就帶著老大散步一下吧。」

「我來嗎？」

「對呀，不然還有誰呢？來，這邊走。」

伸枝邁開腳步，小華只好拉著牽繩跟上。老大看了小華幾眼，也跟著走去。

「哇，好難得呀。這孩子還算親人，但是脾氣很傲，除了我之外的人要拿牽繩，他都不開心呢。」

「是、是這樣啊。」

小華牽著老大在商店街上走了一段，看來紅豆麵包跟德國香腸的效用還持續著，老大心情不錯，尾巴直搖。其實小華從小就跟狗頗有緣分，因為爸爸阿尊喜歡狗，經常從不同地方偷狗回來。無論大型犬、小型犬，三雲家常常擠滿了偷來的狗。

「小華，要不要來我們家吃個飯？」

伸枝突然這麼提議，小華有點慌。「啊，您不用忙了。」

「客氣什麼呢，妳上次什麼也沒吃吧？今天晚餐是咖哩，別拘謹，就一起吃吧。說定了，說定了。」

「不是啦，那個……」

「除了我之外，可沒有幾個女人家能帶老大散步的，妳及格啦。」

「及格？什麼意思？」

伸枝沒有回答小華的問題，但是看起來比老大還開心。這到底怎麼回事？竟然又要到櫻庭家吃晚餐？小華只能仰天長嘆，嘆自己的草率。

※

「我回來啦。」

和馬在玄關喊了一聲，脫下鞋子。他幾乎隔了一星期才再次回到家，小松川河濱所發生的凶殺案到現在還沒破，可說是碰到瓶頸了。和馬為了辦案，這幾天都睡在小松川警署，今天組長下令，晚上所有人都回家休息，不過明天一大早又要舉行搜查會議。

屋裡傳來咖哩的香味，和馬想先洗個澡，因為警署的淋浴間很小，沒有浴缸可泡澡。

但是經過廚房的時候，和馬還以為自己眼花了。

小華就在廚房裡，而且是圍著圍裙，跟奶奶伸枝一起。餐桌邊坐著爸爸媽媽，爸爸典和發現到和馬，紅著臉說：

「哦，和馬，這麼晚啊？我們都要開吃了，你快點洗個手過來啊。」

小華看向和馬，用唇語說了句「抱歉」，小華身邊的伸枝則說：

「小華送甜點來，要謝謝我們日前的招待，所以我就請她留下來吃飯啦。」

伸枝看來莫名開心，但旁邊的小華卻為難苦笑。和馬連忙走向盥洗室，拆下領帶洗洗臉，他看到鏡中的自己揚起嘴角。這真是喜事一樁啊，我的眼光果然沒錯，小華是個好女孩。會特地登門道謝的人，現在還真罕見，我是非小華不娶了。

和馬擦擦臉回到廚房，坐在爸爸對面，典和立刻舉起啤酒瓶。

「來，喝一杯吧？」

和馬拿起杯子讓爸爸斟酒，然後一口氣乾杯，空腹喝冰啤酒真是夠勁。

「好啦，媽跟小華，妳們也坐下，一起吃飯吧？」

餐桌上已經擺好了每個人的咖哩飯，還是豬排咖哩，小華解下圍裙坐在和馬旁邊，和馬光這樣就喜不自勝了。

「開動了。」

大家說完後開始吃咖哩飯。小華剛開始不好意思吃，但是伸枝說：「小華，請用啊。」小華才客氣地拿起湯匙。

「怎麼樣？好吃吧。和馬，這可是小華幫忙做的喔。」

聽伸枝這麼說，和馬點頭，他覺得今天的咖哩吃起來比平常更有味。媽媽美佐子邊吃邊說：

「媽媽，您誇得太過頭了。咖哩這種東西，只要有咖哩塊，任何人來做口味都不錯啊。」

美佐子說話好像帶著刺，是錯覺嗎？小華則是微微低頭吃著咖哩。

「對了，和馬。」爸爸典和喝著啤酒問道。「你好像很忙喔？現在辦的是什麼案子？」

「有人在小松川河濱上發現屍體，現在都沒線索，很難辦啊。」

「就那件？臉被打爛的那件是吧？被害人好像是有前科的竊盜犯來著？」

突然傳出湯匙落地的聲音，和馬往旁邊一看，小華掉了手上的湯匙，而且表情僵硬，和馬看了就對典和說：

「爸，別說了啦，當著小華的面聊案子，太不謹慎了。」

「也對，不過這在我們家很正常啦。小華，不好意思，對不起。」

典和深深一鞠躬，然後自己一個人大笑。和馬從小到大，吃飯時都聽家人聊案子，早就習以為常，直到小學低年級才發現自己家跟別人家不一樣。原來只有櫻庭家，吃晚飯時會聊案情，琢磨證據，討論歹徒的輪廓。

「我回來啦。」

妹妹阿香說，走進廚房。看來她今天也去了健身房揮灑汗水，完全沒化妝。阿香看了坐在餐桌邊的小華，立刻賊笑。

「該不會，這就老哥的女朋友？」

「是啊。」和馬沒好氣地回答。「反正妳又不吃飯，快點回房間去啦。」

「可惜喔，上午的交通引導拖太久，我沒吃到午餐，而且我超愛咖哩，今天就決定要吃晚餐啦，也給我盛一份吧。」

伸枝站起身，替阿香盛了一份咖哩，阿香接過盤子，但是不滿噘嘴。

「咄？怎麼就我沒有豬排？」

美佐子回答：

「沒辦法啊，妳的豬排給小華啦。」

「哦，好吧。」

阿香說完便入坐，才多了小華一個人，餐桌感覺就擁擠許多。最近全家人齊聚一堂吃飯的機會，確實少了很多。

「有破綻！」

阿香喊了一聲，搶走和馬盤中的兩塊豬排。和馬在心中哀嚎：我妹怎麼老是長不大呢？真希望她學學小華的穩重。爸爸典和似乎有同感，喝著啤酒說：

「阿香，妳能不能穩重點啊？真不像話，快看看人家小華，言行舉止就是跟妳不一樣。」

「真抱歉，我沒教養喔。對了，小華姊跟我哥交往之前，有過幾個男朋友啊？」

「阿香，妳！」和馬差點噴出嘴裡的啤酒。「妳這是什麼爛問題啊？吃晚餐的時候應該還有別的話題好聊吧？」

「又不會怎樣。老哥啊，這種事情應該要問清楚，以後才不會吃虧。」

是這樣嗎？和馬捫心自問，他幾乎不知道小華過去的情史，別說情史了，小華連自己的過去都不太提。家人的事也是，只說她父親常常調職，目前還是到處奔波，留小華獨居，所以和馬認為，小華應該是小時候常常轉學，所以沒什麼美好的回憶。

但是既然要結婚，或許是該問清楚些比較好，還有就是希望能夠見見小華的父母。

「怪了。」伸枝疑惑地站起來說。「老大好安靜啊，平常這時候應該要餓得汪汪叫了。」

「媽媽，老大年紀也大了，總有吃不下的時候啊。」

「對啊，媽，就別管老大了。小華，下次我們一起去外面喝一杯吧？附近有便宜又好吃的燒烤店。」

「對吔，這樣也不錯，小華，下次我們一起去吧。」

「所以，小華姊之前跟幾個男人交往過啊？」

小華縮著脖子，坐立難安，甚至眼眶好像都泛淚了。但是這些話題應該不至於把小華惹哭，和馬認為是自己誤會了。

「哎呀？有客人啊。」

爺爺和一走進廚房來。之前媽媽傳訊來說，爺爺大概三天前脫離了臥榻生活，又能自由走動。腳步是有點跛，但氣色不錯，和馬就放心了。

「爺爺，我介紹一下，這是我的女朋友三雲華。」

一旁的小華連忙起身，鞠躬行禮。

「敝姓三雲，一直受和馬的照顧。」

「我是櫻庭和一，我孫子和馬才讓妳多照顧了。」

爺爺和一面帶笑容，和馬看了鬆口氣。即使爺爺已經退休，依舊是櫻庭家裡的大家長，只要爺爺喜歡，九成九就穩了。

「爺爺要不要一起吃咖哩？這是小華做的喔。」

和馬說，開心地拿湯匙往嘴裡送，果然比平常還要好吃。

「今天真是謝啦，小華一來，大家都好開心。」

和馬要送小華到車站，兩人走在商店街上。現在已經晚上九點多，大多店家都已經打烊，但是居酒屋之類的餐飲業現在才正要開始忙，商店街人聲鼎沸。

「咖哩也很好吃喔，我這不是客套話，是真的。」

「謝謝。」

小華說得冷淡，剛才跟家裡人還有說有笑的，怎麼一出門就突然沉默了？應該是在我們家人面前要盡禮數，太累了吧。和馬這麼想，所以自顧自說個不停來填補沉默的空缺。

「對了，我看妳剛才像在哭，是我看錯嗎？沒有啦，我想是我看錯了。」

小華沒有回答這個問題，反而問了另一個問題：

「所以小松川河濱的那件案子，是和馬負責的嗎？」

「咦？哦，對啊，是我們組負責的，怎麼了嗎？」

「沒有啦，只是早上的新聞節目看到這件案子，覺得很可憐……那個人都沒親友嗎？」

「就是說啊，這件案子卡住了，目前只查到被害人住過錦系町的一家旅館，其他就不知道了。」

「錦系町……」

小華喃喃自語，看來她對這件案子真的很有興趣。和馬心想，即使是普通百姓，多少也對警察辦案感興趣吧。和馬希望小華以後能多多了解他，如果不能體會刑警這個職業的辛苦，就無法跟刑警共組家庭了。

不知不覺走到站前，上一班電車才剛開走，一群上班族正從站內樓梯下來。和馬怕被人潮沖散，就拉著小華的手靠邊走。

「到這裡就行了，我自己會回家。」

小華說。和馬笑笑回答：

「不用客氣啦，都到這裡了，我就送妳進站吧。」

「真的沒關係，我剛好想去一趟洗手間。」

「是喔，那就……」

小華轉身走向站內樓梯，和馬先目送了一陣子，突然想到還有話沒說，就追了上去。

「小華，等一下。」

小華停下腳步回過頭，和馬對小華說：

「小華，下星期我們去吃個晚餐吧，我再傳訊息給妳。」

「嗯，好啊。」

「今天真的謝謝妳，我很開心。」

小華點頭，然後轉身離開，和馬看著小華走上樓梯，便回頭往家裡走。

他想說下次見面一定要正式求婚，然後請小華帶他去見父母。小華的父親在建設公司上班，聽說目前調到石川縣金澤，或許該請個假跑一趟金澤，順道與小華來趟金澤之旅，肯定很開心。

「你在傻笑什麼啊。」

突然有人這麼說，回頭一看是妹妹阿香。阿香穿著運動服，應該是正在慢跑，碰到哥哥就原地跑步，看著哥哥笑。

「老哥，我看那個女生不太對喔。」

「妳是說小華？她是哪裡不對了？」

「我也不確定，但是總覺得她有什麼藏在心裡，媽也跟我有一樣想法。只是爸爸跟奶奶三兩下就被擺平了。」

媽媽對小華是顯得有些冷淡，和馬才不管阿香有什麼意見，但是媽媽美佐子怎麼看小華，和馬就很在乎了。

「老哥，你在搜查一課不是被人家叫做名偵探嗎？」阿香突然說。「我也是圈內人，所以聽到些風聲。那也難怪，畢竟老哥從小就千錘百鍊，會成為優秀的刑警我也不意外，但是老哥啊……」

阿香這時停下腳，稍微貼近和馬的臉說：

「你在搜查一課或許是個好刑警，但是私下的生活就另當別論了。尤其你碰到親近的人，特別容易眼瞎。人家說愛情是盲目的，不是嗎？」

「妳少在那邊胡說。」

阿香俏皮吐舌，笑著說：

「我是給你忠告，要感謝我。」

阿香轉身就跑步離開，而且速度愈來愈快，消失在商店街的那一頭，簡直就跟運動員一樣快。

眼瞎啊，這麼說也是有點道理，但如果真的要怪罪，該怪的不是小華而是我啊。我確實隱瞞了自己的刑警身分，或許這樣的隱瞞不知不覺露了餡，小華也隱約察覺到了。無論如何，往後都必須跟小華把話說清楚。

明天開始又得在搜查總部窩上一陣子，至少今天要好好睡一覺。和馬伸了個大懶腰，快步趕回家。

※

小華搭上了總武線，現在已經將近午夜十二點，差不多是末班車的時間。

和馬家住在東向島站，小華在車站搭上東武伊勢崎線，卻半途決定轉向前往錦系町。

小華對和馬說過的話念念不忘，她今天第一次聽說爺爺住過錦系町的旅館。

小華先在錦系町下車，但她不知道爺爺住的是哪間旅館，只好回頭去搭總武線。她就在錦系町前後的兩站——兩國跟龜戶之間來回搭了好幾趟。

剛才在櫻庭家吃飯時，不小心又落淚了，眼尖的和馬似乎發現了。小華流淚，其實是因為想起了小時候的光景。

三雲家的晚餐時間就是一種鍛鍊，家人之間也大意不得，因為大家會互相搶菜。不是搶，就是偷，偷了又搶，搶了又偷。一不注意，盤子裡的漢堡肉排就會不見，不然就是碗裡的味噌湯剩一半。只要不被發現，偷吃誰的東西都行，這就是三雲家吃晚餐的規矩。

哥哥阿涉最可憐，小華在小學低年級就已經習得巖的所有功夫，阿涉就是最好的肥羊。阿涉吃飯的時候喜歡看電視，小華每天都會偷走哥哥盤子裡的菜。巖看到這樣的小華就覺得驕傲，對於阿涉則十分生氣。所以剛才小華看到和馬的妹妹阿香搶了他盤子裡的豬排，就想起兒時的種種回憶，不自覺落淚。

電車抵達龜戶站，小華下車之後，又搭上對向月台的電車。下行電車擠滿了加班到深夜的上班族，還有喝完酒要回家的酒客，但是上行電車就很空。小華坐在座位上，把皮包放在腿上。

電車開動之後，小華就注意到一名男子，這人六十歲出頭，身穿灰色的樸素外套，頭上的黑色棒球帽壓得很低。即使車廂裡空蕩蕩，棒球帽男還是站著拉拉環。他的斜前方坐著一名上班族男子，看來剛喝完酒要回家，睡得不停點頭。

車廂廣播說下一站是錦系町，電車開始減速，開進錦系町站的月台。就在電車即將完全停止的那個當下，棒球帽男像是沒站穩，挨近上班族男之後又站穩回來，隨即下車。

總算找到了。小華立刻起身下車，在月台上小跑步追趕棒球帽男，一路追下樓梯。就要出閘門時，小華向棒球帽男開口：

「請問，方便打擾一下嗎？」

棒球帽男停下腳步，訝異地看了小華一眼，隨即準備離開，但小華對著棒球帽男的背後說：

「請問你要怎麼處理這個呢？」

小華拿出一只黑色皮夾，棒球帽男回過頭，先是左顧右盼，隨即擺出笑容說：

「那是我的，原來我搞丟啦？」

棒球帽男伸出手來，但小華立刻將皮夾藏到背後。

「幹什麼？還給我啊。」

「你是偷來的吧？就在剛剛的總武線上，我看到了。」

「少鬼扯了，那是我的錢包啊。」

「那我們去找警察，請警察看看吧。」

棒球帽男咂了一聲，轉身就打算要開溜，小華又從皮包裡拿出另一只皮夾對男子說：

「這才是你的錢包吧？」

「妳、妳什麼時候！」

剛才下樓梯的時候，小華就從男子的口袋裡叨擾了兩只皮夾過來，一只是男子偷的，另一只是男子自己的。

「喂，還來啊。」

男子要伸手，但小華快一步將皮夾收進皮包裡。男子氣呼呼，面紅耳赤，看來是打算靠暴力解決。小華壓低身子準備應付男子攻擊，男子伸出右手揮空，下一秒就被鎖定肘關節，押在車站的牆壁上，爺爺也教了小華基本的防身術。

「你做這一行幾年了？」

小華在男子耳邊說。男子氣呼呼地說：

「妳是怎樣？到底要幹嘛？警察嗎？」

「你回答就對了。」小華扣緊了男子的肘關節。「請你告訴我，你做這行幾年了？」

「好痛，投降，我投降啦。我做三十年了，這樣行了吧？拜託，饒了我。」

小華放開了男子，男子靠在牆上搓揉手肘，低頭看著小華說：「妳到底是誰啊？」

「你聽過三雲巖嗎？」

小華問。男子臉色大變，硬生生吞了口口水，喉結都抖了一下。「妳、妳是……怎麼知道這名字……」

如果不知道巖的名字，就是外行人。因為巖自昭和時代就是一流扒手，從沒被警察抓過，警方甚至連他的名字跟底細都不知道，可說是扒竊圈的傳奇。

「我是三雲巖的孫女。」

「咦？」男子目瞪口呆，大概看了小華五秒鐘，突然跪倒在地。「抱、抱歉啊！我曾見過巖哥一面，想不到您就是巖哥的孫女……」

站內的行人都在看，小華連忙伸手到男子腋下，硬是把人拉起來。

「大家在看了，我們走吧。」

小華說完邁步離開，男子畏首畏尾，就像隻聽話的狗緊跟在後。

男子說他姓近藤，也不知道是不是本名，但小華也不追究。兩人走出錦系町站，小華停下腳步，站前到處都是喝醉酒的醉漢。

「近藤大哥，你認識我爺爺對吧。」

小華問。近藤摘下棒球帽說：

「是啊，巖哥對我來說就像高高在上的神。我前不久才見過他，但是沒有主動上前向他搭話。」

巖是被誰殺死的？小華無論如何都要查清楚，首先必須先摸清巖生前的行動。警察完全靠不住，他們既然已經認定死者是別人，要查出真相就難如登天。內幕只有內行人懂，小華認為問同行最快，所以才會不斷來回搭總武線，想找出以錦系町一帶為據點的扒手。

「你在哪裡見過我爺爺？」

「就在附近的居酒屋。」

巖愛喝酒，有常去的居酒屋也不足為奇，小華看看手錶，剛好是午夜十二點。

「可以請你帶我去那家居酒屋嗎？」

「咦？現在要去？」

「對，不方便嗎？」

「呃，怎麼會不方便。」近藤眨眨眼說。「小姐可是大名鼎鼎三雲巖的孫女，妳拜託，我什麼都答應，這邊請吧。」

那家居酒屋在從錦系町站往兩國方向走十分鐘路程的地方，門口掛著紅色燈籠，名叫「小松屋」。小華走進店門突然愣住，裡面只有櫃檯前有座位，其他則是要站著喝的立飲居酒屋。深夜時分，居酒屋還是生意興隆，擠滿了上班族。最裡面還有空位，小華跟近藤站到裡面去。

「小姐，喝啤酒好嗎？」

「好。」

近藤把店員叫來點餐，小華看了菜單，訝異怎麼會那麼便宜，所有小菜都只賣一百或兩百圓。

店員很快就送上啤酒，還有近藤點的毛豆和柳葉魚，毛豆和柳葉魚一盤都是一百圓。

「哎呀，我真是太榮幸。」近藤喝得嘴邊都是啤酒泡，說：「想不到能跟三雲巖老大哥的孫女同座，簡直像做夢一樣。小姐啊，其實我還有幾個好夥伴，能不能跟他們炫耀，說我今天跟小姐一起喝過酒呢？」

「不行。」

「我想也是。話說小姐，妳也是這個？」

近藤把食指打了個勾給小華看，這是代表扒手的手勢。

「不是，我是普通的上班族。」

「可是小姐剛才偷了我的錢包對吧？不是我要說，我在這一帶也小有名氣，能夠偷走我的錢包，功夫肯定相當了得啊。」

「爺爺是教過我一點功夫。」

「真的就是要這樣才像話。」近藤彈了一下手指。「這才不愧是三雲巖的孫女，龍生龍鳳生鳳啊。小姐，請問大名怎麼稱呼？」

「華，華麗的華。」

「華麗的華啊，好名字，簡直跟小姐是絕配。」

小華倒是不太喜歡自己的名字，她總覺得這麼花俏的名字不適合樸素的自己。華這名字應該給美若天仙的千金小姐，盜賊家族的女兒根本高攀不起。

「你對我爺爺還知道多少？」小華想起原本的用意，開口問近藤。「什麼都好，比方說你聽過他跟誰結過怨嗎？」

「巖哥他怎麼了嗎？」

小華認為不該說出巖死去的消息，因為就檯面上來說，死在小松川河濱的是立嶋雅夫，而非三雲巖。

「也沒什麼，只是家裡最近被人闖空門，我想或許是爺爺的仇人幹的好事。」

「那可真有意思了，竟然敢闖進大名鼎鼎的三雲家，這小子膽大包天啊，不過我想這小子應該是不知道狀況吧。能聽說有渾球敢闖三雲巖家的空門，真是太開心啦。小姐，這件事情我可以說給同夥聽嗎？」

「不行。」

小華一口回絕，拿起啤酒杯。此時她發現有人打開店門，一名老先生鑽過門簾走進居酒屋，老人的腳有點跛。小華一看到那位老先生，手裡酒杯差點掉下來，連忙躲到近藤的背後去。

「小姐，怎麼啦？」

「請你別動。」

小華隔著近藤的肩頭觀察走進居酒屋的老先生，老先生坐在櫃檯前面。不會錯，那是櫻庭和一，和馬的爺爺。但是和馬的爺爺怎麼會來這種地方呢？

「那個氣質，我感覺得出來啊。」近藤的口氣突然緊張起來。「小姐，您是在提防櫃檯前面那個人吧？我看他真的有料，連我這種三流扒手都能感覺到他的殺氣。我絕對不會想跟他扯上關係，那要不是千錘百鍊的黑道，就是爐火純青的條子了。」

櫻庭和一怎麼會從東向島的家特地跑來錦系町的居酒屋呢？更別說現在已經半夜十二點多了。於是，小華偷偷觀察櫃檯那邊。

櫻庭和一似乎是點單杯酒，老闆放了兩杯在櫻庭和一面前，櫻庭和一把其中一杯放在旁邊的空位上，然後碰杯，似乎是在跟原本坐旁邊的人敬酒。

「小姐，我們走吧？」

近藤說了把酒錢放在桌上，小心翼翼地走出居酒屋，避免被櫃檯前的櫻庭和一發現。

兩人走出居酒屋十公尺左右，近藤對身邊的小華說：

「小姐，我一直都很崇拜您爺爺。我以前在上野那邊幹活的時候，碰巧見到了您爺爺，他還請我喝過酒呢，大概已經二十年前的事了吧？當時的巖哥實在威風，還給了我好多建言，這一直是我拿來說嘴的事情。」

近藤說話的神情很嚴肅，小華沒有插嘴，仔細聽近藤說的話。

「大概半年前吧？我碰巧看到巖哥走進那家居酒屋，簡直是喜出望外啊。我知道巖哥八成不記得我，但就是想上前跟他聊聊天，可惜當時我沒機會找他說話，因為當下狀況就是沒辦法插話，剛才櫃檯前面那個人就坐在巖哥身邊。」

第二章　刑警喜歡賊

和馬扒開免洗筷，拿胡椒粉撒在拉麵上。他正在北千住的拉麵店，要來打聽消息，坐他對面的刑警學長卷說：

「這局勢有夠詭異，轄區的人都說，這案子已經變懸案了。」

「還不到一星期，要說懸案還嫌早啊。」

「也對，可是我們完全查不到被害人生前的行蹤啊。」

卷嘆了口氣，吃起炒飯。卷說得沒錯，目前案情完全沒有進展。

目前查出被害人曾經住過錦系町的簡易旅館，但是接下來就沒有進度。被害人立嶋雅夫生前究竟住在哪兒、做什麼行業，什麼也查不出來。

和馬剛問過某家送報行的前員工，聽說立嶋雅夫二十年前曾在這間送報行做過事，根據紀錄，二十年前立嶋被判緩刑釋放之後，第一份工作就是在這家送報行送報。這家送報行原本在淺草，後來倒閉，和馬兩天前才找到原本的老闆。立嶋在這家送報行只做了一個月左右就辭職，前老闆根本不記得立嶋這人，但提供了當時的員工名冊，這成為僅剩的線索。員工名冊上有將近二十個名字，和馬這組負責向名冊上的人打聽消息。

吃完午餐離開餐館，按照手冊上的地址，走向目標的一棟公寓。從北千住站走約十五分鐘就抵達，名冊上的人名是小森博光，年齡是七十歲。

這是一棟兩層樓水泥公寓。和馬敲敲一樓的一〇五號房門，有個老先生來開門。這人個頭矮，身體卻是相對硬朗結實。卷掏出警察手冊，老先生一臉訝異。

「我們是警視廳的人，你是小森博光先生對吧？」

「呃，是啊，我就是。」

「我們今天來是想跟你請教二十年前淺草某家送報行的事情，我們看了名冊，知道小森先生在那裡上過班。」

「哦，是這樣啊，怎麼會查這麼久的事情呢？哎呀，那可真令人懷念哪。」

小森說了笑瞇眼睛。和馬與卷聯手打聽消息的時候，都是由卷發問，和馬在後面觀察對方的言行舉止。和馬從卷背後觀察屋內狀況，是個三坪大的房間，擺設很簡樸。

「如果你還記得當時的事情，希望能說給我們聽聽。」

「當然記得啊，怎麼可能忘？送報行突然就倒閉，可把我給害慘啦。」

小森說得嚴重，卻面帶笑容，或許難過的回憶久了也值得回味吧。卷問過之後，知道他們當時有幾個員工關係特別好，至今還會定期聚會喝酒。送報行倒閉之後，小森去保全公司工作，做到退休。

「請問，你記得這個人嗎？名叫立嶋雅夫，聽說大概二十年前在那家送報行做過事。」

卷拿出被害人立嶋雅夫的照片，這是警視廳資料庫所登記的照片，小森盯著照片看了又看，然後歪頭。

「不認識啊。當時有正職又有兼差，而且流動率很高，總之這張臉我沒見過。」

兩人並不失望，因為上午已找過其他兩個人，也都是跟小森差不多的反應。和馬與卷拿到的員工名冊只記載正職員工，並沒有兼差打零工者的資料。

「你們說的這個立嶋，該不會有前科吧？」

小森突然這麼說，卷的興趣來了。「你認識他？」

「沒有啦，只是記得最近老同事聚會的時候，好像曾聊到這個人。你們等我一下。」

小森回到屋裡，拿起桌上的手機就撥打電話，接著聽到小森的說話聲。「喂，阿美？我啦我啦。現在有警察來我家……不是啦，妳以為我是那種人喔？是這樣啦……」

小森把手機放在耳邊繼續說：

「池袋？是在池袋看到的？哦——這是幾年前的事情啦？……兩年前，確定是兩年前沒錯吧？……西口啊，池袋西口，謝啦，阿美，改天再找妳聊啊。」

小森講完電話，回頭對和馬與卷說：

「剛才我打給以前送報行的總務，我們都叫她阿美。她記性超好，我想到之前我們聚會喝酒的時候，她好像提過這件事，我就跟她確認一下。」

「那她是怎麼說的呢？」

卷問。小森有些得意地回答：

「嗯，阿美說大概兩年前啊，在池袋看過那個姓立嶋的人，好像是流浪漢吧。」

大約一小時後，和馬已經抵達池袋某座大廈的其中一戶，卷也一起。兩人在類似會客室的房間等沒多久，就有名女性前來，和馬立刻起身。

「久等了，敝姓西脇。」

女子掏出名片，和馬收下並遞上自己的名片。對方名叫西脇早智子，名片上的頭銜是「NPO法人向日葵協會　副代表」。

「請坐吧。所以，兩位是想打聽池袋西口的某位街友，是嗎？」

卷掏出警察手冊之後對西脇早智子說：

「沒錯，這人名叫立嶋雅夫。」

要在池袋找個流浪漢簡直像海底撈針，所以和馬與卷先跑去豐島區區公所，區公所介紹了這個「NPO法人向日葵協會」。該協會的業務是援助街友，經常辦愛心供餐，因此有池袋這區的街友情報。於是和馬與卷來到區公所所說的「NPO法人向日葵協會」辦公室，其實就是普通大廈裡的一室。

「這是他的大頭照，不過已經年代久遠，不知道還有沒有參考價值就是了。」

卷拿出立嶋的照片，西脇早智子一臉不解。

「我們一直在援助生活困難的街友，但是說真的，不可能掌握到所有人，只有在愛心供餐的時候，會問問來領餐的人叫什麼名字，做一份簡單的名冊。有了名冊，也好參考該怎麼輔導他們找工作。」

西脇早智子解釋後，打開桌上的筆電，操作滑鼠查了些什麼，又忽然抬起頭。

「找到了，立嶋雅夫先生是吧？在我們的名冊上有。」

和馬與卷對看一眼，這下總算找到立嶋雅夫的蹤跡了，卷的說話速度不由得快了起來：

「這份名冊可以讓我們看看嗎？」

「可以呀，沒問題。」

西脇早智子把筆電轉了過來，這份名冊是以Excel做成，輸入了姓名與出生地。名冊上的立嶋雅夫年齡為七十五歲，至於家庭成員和戶籍則是不明。看看備註，似乎在今年六月左右就失蹤了。

「請問可以跟這位承辦人見面嗎？」

卷指著筆電的螢幕問，承辦人欄位上寫著中藤恆雄，卷應該是希望能直接找承辦人中藤談談。

「這就很抱歉了。」西脇早智子說。「中藤目前去出差，參加仙台那邊舉辦的研討會，要後天才會回來吧。」

卷問了中藤這位承辦人的事情，發現中藤正是「NPO法人向日葵協會」的代表，之前是區公所員工，退休之後成立了「NPO法人向日葵協會」，至今依舊努力援助街友生活。

「抱歉，沒能幫上什麼忙。」

西脇早智子送和馬與卷離開辦公室，兩人走出大廈之後又往池袋車站走去，這次要找的人住在大塚，從池袋搭山手線只要一站。

「剛才那個女生真不錯。」

卷這麼說。和馬問：

「卷哥喜歡那型的嗎？」

「她應該還只有二字頭吧，那麼年輕就去援助街友，太令人敬佩了，娶老婆就該娶那種的，櫻仔，你覺得如何呢？」

「不用問我啦。」和馬說，想起小華來，昨天在東向島車站分開之後就沒有聯絡了。「那卷哥又覺得如何？人家可能會聯絡你喔。」

「也不用問我啦，反正家裡會安排我去相親。」

卷跟和馬一樣在警察家庭裡長大，卷的父親和弟弟考上了I種國家公務員，也就是所謂的特考組。卷的口頭禪就是「只有我不成材」，聽卷說他父親很嚴格，他在家裡過得不算自在。

看到JR池袋站的時候，和馬口袋裡的手機正好響起，拿出來一看是個陌生的號碼來電，和馬摁下通話鍵，接聽電話。「喂，我是櫻庭。」

「喂？我是西脇，剛才辛苦你了。」

「哪裡，是我們麻煩妳了。」

「兩位刑警先生剛離開，我就試著聯絡在出差的中藤，中藤說想看看那張照片，我用手機拍下來傳給他。不好意思，我自作主張了。」

「哪裡，不要緊的。那麼中藤先生怎麼說？」

行人穿越道剛好亮紅燈，和馬停下腳步，耳邊聽見西脇早智子的回話。

「不同人，中藤說照片裡的人不是立嶋雅夫。」

※

七歲的小華緊張地站在爺爺巖面前，地點是自家的庭院。當時三雲家住在中野的獨棟民宅裡，是日式平房，院子也很大。

小華當時讀小學，放學回家後接受爺爺訓練，每天都要學習偷竊功夫與竅門。小華一點也不以為苦，跟爺爺學功夫比學校上課有趣多了。

「小華，準備好了吧。」

巖說。他站在離小華五公尺的前方，小華聽了點頭，把包在額頭上的毛巾拉下來遮住雙眼。小華可以感覺到巖也一樣用毛巾遮住雙眼。

「好，開始。」

巖一聲令下，小華小心地往前走，眼前一片漆黑。她伸出雙手，在黑暗中往前走，全神貫注尋找巖的存在。但是爺爺似乎消去氣息，怎麼也找不到在哪兒。

小華突然聞到一股淡淡的氣味，她知道那是爺爺的髮油味，原來爺爺在那裡啊。小華轉身走向氣味的來源，比想像中還近，巖就在她附近了。下一秒，小華的指尖碰到了什麼，開賽了。

小華全力動起雙手，毫不保留地發揮巖所指導的功夫，比賽時間還不到三秒。只聽見爺爺喊了聲「停手！」小華就摘下毛巾，巖也摘下了毛巾。

「小華，妳幾個？」

爺爺這麼問，小華張開自己的手掌，手心上有四顆彈珠。「四個，爺爺呢？」

「我是，三個。」

「好啊，贏啦贏啦！贏過爺爺啦！」

小華開心地跳了起來，這是她第一次獲勝，以前都只能打個平手呢。

這叫做彈珠練功法，兩人各在口袋或襪子裡藏五顆彈珠，以毛巾遮住雙眼，跟對方進行對決。兩人只要一接觸，就開始搶奪對方身上的彈珠。這個練功法要練技術的精準度、速度，還有對藏匿部位的靈敏度，全都是扒手需要的功夫。

巖仔細地算算小華手心上的彈珠數量，又算算自己手心上的彈珠數量後說：

「想不到，竟然能贏過我啊……」

巖感動莫名，點點頭，走向屋子去，坐在外廊上。巖扯開嗓門大喊，但沒有不甘心的樣子，反而是相當開心。

「老伴，喂，老伴啊，妳聽我說，小華贏過我了，才七歲就贏過我啦。」

奶奶阿松從房子裡出來，還是一樣和藹的笑容，阿松跪在外廊上說：

「何必喊得那麼大聲呢？我都瞧見啦。真是場好比試，小華會贏就是贏在速度啊。小華的手可真是滑溜又靈巧，好棒啊，小華。」

小華笑容滿面地點頭。「嗯，謝謝奶奶。」

「話說回來。」巖盤坐在外廊上說。「就算有我的血統，這天分也太驚人啦。阿尊是到十五歲才贏過我，阿涉連跟我平手都沒辦法，小華竟然七歲就贏過我了。我說阿涉啊，你不要老是打什麼無聊的電動，學學小華多練功行不行？」

阿涉坐在裡面的房間，手拿電玩手把，對著電視機專心打電動遊戲，似乎對爺爺的話充耳不聞，緊盯著電視螢幕不放。

「阿涉這個臭小子，竟然不理我說話啊。」

巖說完嘆口氣。三天前吃晚餐時，阿涉吵著想要電玩主機，說同學都有但他沒有，太奇怪了。阿涉一鬧起脾氣，就不跟其他家人說話。巖跟阿尊都反對，但是寵小孩的媽媽悅子還是想辦法張羅來了。

「爺爺，當小偷是壞事嗎？」

小華問了很單純的問題，因為她想起學校同學們說小偷是壞人，巖回答的神情有些嚴肅。

「這個呢，小偷確實是壞人，當了小偷就不能過得光明正大，抬頭挺胸。但是小華，有件事妳千萬要記得，或許哪天妳會靠著偷，來改變局勢喔。」

完全聽不懂，七歲的小華無法理解巖想表達什麼。巖看到小華發愣，笑著說：

「今天就訓練到這裡，但是課程還沒完喔。」

「什麼意思啊？」

「剛才的彈珠全都給我。」巖從小華手上接過彈珠，然後拿了五顆給小華說。「這些彈珠放進口袋裡，我口袋裡也會有這麼多彈珠。從現在開始到晚上八點有四個小時，妳就找機會搶走我的彈珠，我也會搶妳的。不管吃飯還是寫功課，就連洗澡都不能放鬆。晚上八點一到，誰的彈珠多誰就贏。小華，規則聽清楚了嗎？」

「嗯！」

小華大聲回答，立刻伸手想搶巖手上的彈珠，巖輕巧閃開，跑到屋裡去了。七歲的小華覺得好興奮，笑著脫了鞋爬上外廊。

「小華，妳怎麼啦？無精打采的。」

抬頭一看，同事就在眼前。現在是午休時間，小華在自己的座位上吃便當，還剩一半。有點愧對奶奶親手做的便當，但她最近真的沒什麼胃口，便當老是吃不完。

「我挺有精神的啊，只是最近在減肥啦。」

小華笑著敷衍過去，同事說聲：「哦——那我也該減肥了吧。」就離開。小華看著手上亮晶晶的彈珠，她從家裡帶了彈珠來，想紀念爺爺，後來這顆彈珠就一直放在口袋裡。

小華前天晚上在錦系町碰到了扒手近藤，她一直想不透，為什麼爺爺跟和馬的爺爺櫻庭和一會並肩坐在同一間居酒屋喝酒呢？是碰巧嗎？如果不是，又代表什麼意思？小華想知道答案，同時又怕知道答案，她有不祥的預感，感覺答案會是青天霹靂。

小華收拾了吃不完的便當，此時桌上的手機突然亮了，是通知有訊息的燈號。小華拿起手機一看，是和馬傳訊息來問：「明天中午能碰面嗎？」

明天星期一，圖書館公休，小華也沒什麼計畫，看來和馬碰巧也放假。「好，明天見」小華簡短回覆了幾個字，拿起牙刷組後起身。

小華並沒有變得討厭和馬，應該說還是很喜歡，但是自從得知和馬是警察，心中就有個部分劃下句點。她心目中的美好未來，就此下台一鞠躬。盜賊家族的女兒跟警察家族的兒子，不可能有結果。

分手應該要趁早。小華最怕的就是和馬發現她的真面目。小華的長相已經被和馬的家人記住，或許穿幫只是遲早的事情。小華必須趁和馬發現之前消失蹤影，但是要用什麼理由來說服和馬呢？小華想了又想，就是沒有個好點子。

小華走在走廊上，星期天的圖書館有不少人，尤其週末是小學生愛跑圖書館的日子。到了十月，自習室也開始出現應考的學生。

小華在這座位於四谷的圖書館已經工作了兩年。小華持有圖書館員的證照，是圖書館的派遣員工。公立圖書館的正職圖書館員門檻很高，不過派遣員工跟正職都一樣肩負重任，所以小華很滿意目前的工作。像今天下午，她就負責唸故事書給小學低年級的小朋友聽。

「三雲小姐。」

小華正要去洗手間的時候，有人從後面喊住她。回頭一看，是資深的圖書館員，戴副眼鏡就像個學者。

「三雲小姐，有訪客。」

「找我嗎？」

「對，我請對方在借書櫃檯那兒等著，妳快去吧。」

「啊，好。」

小華在走廊上快步前進，心想到底是誰呢？櫃檯前面很多人，媽媽們拿著繪本，邊顧小孩邊排隊。突然見到櫃檯附近站了一名男子，小華不禁直接趕上前去。

「近藤先生，你在這裡幹什麼？」

扒手近藤奸笑，恭敬地低頭看著小華。

「小姐啊，抱歉打擾妳工作，您穿圍裙可真好看。我碰巧到附近，就順便來探望探望啦。」

「請別說謊了。」小華抓住近藤的手腕，拉到牆邊去，避開同事們的眼光。「你怎麼知道我在這裡上班？我沒告訴過你吧？」

「小姐，妳那天回去之前，不是說過妳在四谷的圖書館上班嗎？四谷也就只有這間圖書館啦。還有……」

近藤突然嚴肅起來說：

「我也仔細查了一查，就是那個錦系町居酒屋裡見到的人，小姐好像很在意是吧。」

小華確實很在意，為什麼櫻庭和一曾經和爺爺並肩坐？她想知道原因。

「我昨天晚上也去了那間居酒屋，隨口問了居酒屋的員工。」

「查到什麼了嗎？」

「是啊。」近藤得意地抬頭挺胸，這人個頭不高，打扮窮酸又樸素，在圖書館裡顯得十分突兀。「店員說他們是居酒屋裡的多年常客，但感覺不像朋友。」

果然是巧合啊，小華鬆了一口氣。那兩個人果然不可能有任何交集，近藤只是碰巧看到兩人坐隔壁而已。

但是聽了近藤接下來說的話，小華驚訝得說不出話來。

「可是怪啦，巖哥跟那個男的，每個月肯定都會有一次坐隔壁一起喝酒，好像約好似的。店員好幾次看到他們在聊天，小姐啊，我看這背後肯定有什麼隱情。」

※

晚上八點多，和馬正準備回家時，手機響了。是陌生的號碼來電，和馬狐疑地接起電話，電話那頭是男性嗓音。

「請問這是櫻庭先生的手機嗎？」

「對，我就是櫻庭。」

「敝姓中藤，『NPO法人向日葵協會』的中藤，是西脇告訴我這個號碼的。」

卷與和馬昨天拜訪位於池袋的「NPO法人向日葵協會」，透過西脇得知被害人立嶋雅夫可能是與資料上不同人，便立刻回到搜查總部報告這個消息，但是缺乏確切證據，所以目前只能保留。警方打算等出差中的中藤回到東京再當面問個清楚。

「謝謝您打這通電話，我是警視廳的櫻庭。中藤先生已經回東京了嗎？」

中藤應該是明天才要回東京，但是電話那頭聽起來很吵，和馬覺得他可能是在車站裡，而且是很大的車站。

「是的，沒錯。我一直很擔心阿立，呃，立嶋雅夫的事情，所以提前一天回來了。」

中藤說他正在ＪＲ上野站，現在就可以碰面，和馬立刻趕往上野站。他的搭檔卷已經下班回家，明天再向他報告就好。

兩人約在上野站的中央出入口，和馬出了閘門後東張西望，就有個穿西裝的男子上前找他搭話。

「請問是櫻庭先生嗎？」

「是的，我是警視廳搜查一課的櫻庭，幸會。」

之前聽西脇早智子說中藤是區公所的退休人士，不過實際看來相當年輕，要說還是五字頭也很有說服力。和馬以為中藤會像個文職公務員，實際上卻給人一種精力充沛的印象。

兩人走進站內咖啡店，點了咖啡，雙方交換名片後立刻切入主題。

「我們已經請教過西脇小姐，而這是我們弄到的立嶋雅夫照片。」

和馬將警視廳資料庫裡保存的立嶋雅夫大頭照放在桌上，中藤拿起照片，摘下眼鏡，貼近面前仔細端詳後說：

「果然不是，這個人不是我認識的立嶋雅夫。」

中藤一口咬定。這到底是怎麼回事？現在有兩個可能，要不是在小松川公園裡發現的死者並非立嶋雅夫，就是中藤所接觸的流浪漢使用假名。

服務生送上咖啡，現在已經晚上九點多，但咖啡店裡高朋滿座，大多是年輕情侶。和馬想起跟小華約好明天要見面，自案發已經過了九天，都還沒有好好放過假，相關人員只能輪流排休。

和馬等服務生離開之後又問：

「就中藤先生所知，立嶋雅夫是個怎樣的人？」

「我第一次見到他，大概是三年前了吧。當時我剛成立NPO法人，辦愛心供餐的時候見過他好多次，自然就聊起來。他在池袋當了很久的流浪漢，大家好像都叫他阿立吧。他不太對人敞開心胸，不好親近，我認為或許是因為他有過前科吧。」

中藤說立嶋年紀太大，也沒有求職意願。還說立嶋成為流浪漢之前，曾經到處打零工討生活，故鄉在山梨縣甲府市，但是十多歲到東京闖蕩後就沒有回去過。和馬回想起來，檔案中的立嶋雅夫出生地確實是山梨縣甲府市。

「不滿六十歲的街友，我們都盡可能輔導他們去找工作。但是像立嶋先生年紀這麼大的街友，要求職就困難了。而且他又沒有居民證，想申請社會補助也很困難，終究還是要看他本人的意願。」

簡而言之，要看本人有沒有積極求生的意願對了。不想接受幫助的人，別人也很難幫上忙。中藤喝了一口咖啡，接著說：

「我們每個月辦一次愛心供餐，立嶋先生每次都會露面。我們聊了不少，但是整個協會裡就只有我跟立嶋先生有所接觸。大概是他給人感覺情緒不太穩，不好親近的關係吧。刑警先生，請問他發生什麼事了嗎？」

「是啊。」和馬點頭。「九天前，江戶川區的河濱發現了一具男性屍體，警方認定死者就是立嶋雅夫，證據是登記在警視廳資料庫裡的指紋。立嶋雅夫二十年前因為竊盜嫌疑被捕，才會留下資料。」

「這、這怎麼可能……」

中藤瞪大眼睛，一口氣喝光杯中的水，然後說：

「立嶋雅夫被殺？我不能相信啊。」

「中藤先生為何會這麼想呢？」

和馬問。中藤坐直了身子說道：

「我今天晚上急忙趕回來，就是為了說這件事。大概四個月之前，立嶋雅夫就從池袋消失了。」

「你是說，他不在池袋了？」

「可以這麼說，但嚴格來說又不對。記得是六月上旬吧？我聽其他街友說立嶋雅夫身體不舒服，整天都躺在他的地盤上，就是一條地下道的角落。」

當時立嶋是說，他是夏天著了涼，想去醫院又沒有健保，甚至連掛號費都付不出來。同伴們擔心地送上食物和飲料，但立嶋不吃也不喝，只是一直躺著。

「立嶋雅夫大概就這樣躺了三天，一點好轉的跡象都沒有。某天晚上，他有個同伴，是名年輕的街友，弄到了一升瓶的日本酒要去探望立嶋雅夫，結果發現立嶋雅夫已經冷冰冰了。」

「你、你是說他死了嗎？」

和馬脫口驚呼。中藤連忙搖頭回答：

「那名街友只說是冷冰冰。他急忙聯絡我，是想說找我比叫警察跟救護車妥當吧。所以我大半夜的趕到池袋，跑去地下道一看，那街友站在那裡不知所措。他看到我之後，就說：人不見了！阿立剛才還冷冰冰的，突然就不見了！

「那名街友為了打電話給我，離開現場大概十五分鐘，結果立嶋雅夫在這段期間消失了。只有立嶋平常當被子蓋的瓦楞紙，還有頭上戴的棒球帽，遺留在地下道邊上。」

「這個人——年輕的街友，當時確認立嶋雅夫是真的死了嗎？」

「聽說他當時慌慌張張，沒有查看心跳脈搏什麼的，不過確定的是立嶋變得冷冰冰了。如果立嶋雅夫那天就已經死在池袋，那麼在荒川河濱發現的屍體就不可能是立嶋雅夫了吧？刑警先生，你不覺得奇怪嗎？」

中藤直盯著和馬，但和馬一句話也答不出來。

※

小華走在青山的骨董通上，她不常來青山，覺得有些心浮氣躁。現在是平日下午，路上行人都打扮得很漂亮。和馬走在小華身邊，看來像是有什麼心事。

兩人照常約在月島站會合，然後和馬開車來到青山。今天是和馬建議要來這裡，小華不知道是為了什麼。是發現不錯的咖啡店嗎？小華沒有想太多，只是乖乖搭上車。兩人在車上沒有聊太多，和馬只是一臉認真地握著方向盤，好像在思考哪個案子一樣。如果是，小華想知道和馬在思考什麼，或許就是巖遇害的那件案子。要是有了進展，小華很想知道，但猶豫該不該主動詢問。

其實小華也是沿路沉思，她很在意爺爺與櫻庭和一的關係。扒手近藤說兩人每個月都會前往錦系町的居酒屋，而且像是約好似的坐隔壁。這兩人到底有什麼關係？小華非常好奇，很想問問櫻庭和一的孫子和馬，但這鐵定不能問，因為巖的身分不能曝光。

「哎呀？小華妳怎麼啦？」

和馬問，小華看看自己的右手，糟糕，竟然冒出一只綁細線的氣球。這是某家餐廳慶祝開幕，分發給路人的氣球，氣球上還印著餐廳名稱。

背後傳來男孩的哭聲，回頭一看，有個媽媽牽著的小男孩正在放聲大哭。看來小華太專注在想事情，不自覺就從男孩手上搶走了氣球。

「這、這個喔，就是那個孩子失手放掉氣球，我及時抓回來了，我去還給他。」

小華說完把汽球拉好，拿去還給小男孩說：「來，拿去吧。」男孩的媽媽客氣地鞠躬說：「謝謝妳。你看看，跟你講過好多次不可以放手了，跟姊姊說謝謝沒？」

小男孩握緊氣球線，抬頭看小華，哭得更大聲，而且另一手甩開媽媽的手，直指著小華的臉。好像在說，就是這個姊姊偷走的。

「不行喔！還不謝謝姊姊？」

男孩哭個不停，指著小華不肯住手，這下傷腦筋了。後面的和馬也慌張地說：「要不要我去買個果汁？」

此時小華眼角發現有一群男子走來，打扮像牛郎，總共有三人，提著便利超商的購物袋。小華看了這三人的眼神，認定這批人可以偷。

看看和馬，和馬正看著哭泣的男孩，沒有注意小華。三名牛郎男走到小華身後，過了兩秒鐘，小華便從其中一名男子購物袋裡叨擾了巧克力糖，放到皮包裡。

「來，這個就送你吃吧。」

小華遞出了巧克力糖，小男孩怯生生地接過，還沒有完全停止哭泣，但至少心情好了一點。

「謝謝妳，還讓妳送糖果。」

「哪裡，不必客氣。」

媽媽拉著小男孩離開，男孩不斷回頭看小華，帶著責備的眼神。對不起喔，小華在心中道歉，繼續跟和馬一起前進。

「小華。」

走了一陣子，和馬停下腳步，看著小華開口。和馬的表情很嚴肅，小華直覺不妙。她剛才偷巧克力糖可是小心翼翼，難道終究被識破了？當著現任刑警的面偷東西，果然還是太輕率了。

「小華，要不要去那裡看一下？」

和馬指著一家看起來頗高級的珠寶店。太好了，原來不是穿幫，小華鬆了一口氣。但是他為什麼想去那種地方？小華一頭霧水，跟著和馬走進了珠寶店。

珠寶店裡整潔又明亮，天花板挑高，還播放輕柔的古典音樂。店裡已經有三組客人，正聽著店員解說、欣賞商品。

小華與和馬一起邊走邊逛著展示櫃，裡面放著漂亮的戒指，但是看看標價都很昂貴。這些戒指小華都買不起，和馬應該也沒辦法。但是和馬怎麼會想來這種地方呢？難道——

「不好意思，可以麻煩一下嗎？」

和馬叫住經過的店員，這位女店員身材高䠷，齒若編貝，像個模特兒。女店員露出有些做作的笑容，停下腳步回話：

「請問您想找些什麼款式呢？」

「我可以看看這個嗎？」

和馬指著一只白金戒指，上面鑲著碎鑽，價格超過三十萬圓。店員戴著白手套，慎重地從展示櫃裡拿出戒指，放在鋪了毛氈的台座上。

「小華，妳戴戴看。」

「我戴？」

「不然還有誰啊？」

聽和馬這麼說，小華小心翼翼地伸手去拿戒指，試著戴在左手無名指上，剛剛好。店員親切地笑說「真是太好看了」然後接著問：

「請問這是要送禮嗎？」

和馬清了清喉嚨，煞有介事地說：

「這是訂婚戒指。」

「阿和，你這是……」

和馬打斷小華的話，在小華耳邊輕聲說：「我這不是開玩笑，是認真的，我很認真考慮我們兩人的將來。」

小華這下傷腦筋了。她不是不開心，如果是前陣子，她應該就喜極而泣了，可是現在知道和馬是刑警，想開心都開不起來。與和馬之間有著巨大的障礙，而且隱約感覺到這堵障礙絕對過不去。

「可以讓我們多看幾件嗎？我對時下的設計不太熟。」

和馬說。店員點頭，介紹：「那這件您看怎麼樣？是今年秋天的新作。」

店員從展示櫃裡拿出另一只戒指，比小華戴在手上的更加耀眼，店員解釋說：

「這是本店原創的設計，款式模仿四葉草造型，配上四顆〇．二五克拉的鑽石。」

看看價格，已經超過百萬圓，這麼昂貴的戒指，小華連試戴都會怕。當她這麼想的時候，身後突然有人開口：「小華？」

小華一聽到這聲音，立刻頭皮發麻。怎麼會？為何會在這裡？怎麼會選在這時候？小華滿心疑問，但背後的聲音卻不客氣地逼近。

「小華？果然是妳，妳在這裡做什麼啊？」

是媽媽悅子，戴著玳瑁框的墨鏡，一身白色長褲套裝，看來像某個大老闆的情婦，或者銀座酒家的媽媽桑。小華連忙跑到悅子身邊，拉著悅子的手帶到牆邊去。

「不要跟我說話，拜託啦！」

小華壓低嗓門說。悅子笑了。

「我們是母女吔，找妳說話哪裡不對了？對了，小華，那個男的就是妳的對象嗎？那我得打聲招呼才行。」

「不要打招呼了啦，妳到底是來幹什麼的？」

「當然是勘查啦。不過不是我要動手才勘查，動手的是中國竊盜集團啦。」

小華嘆口氣，原來是那件事啊。小華做夢都沒想到會在這裡碰到媽媽，回頭看看和馬，和馬正訝異地看著她們。

「誒，小華啊，妳該不會要讓男朋友買戒指給妳吧？妳忘了我是怎麼教的嗎？金銀珠寶不可以花錢買，要用偷的。」

不行，頭都痛了。但是悅子繼續說，墨鏡底下的雙眼炯炯有神。

「小華，妳偶爾也偷一下吧，我來幫妳看著。我不是教過妳試戴特賣嗎？」

所謂的「試戴特賣」是一種在珠寶店偷戒指的手法，首先假裝貴客走進珠寶店，跟店員說這個也要試試，那個也要試試，店員就會從展示櫃裡拿出多款戒指給客人試戴。最後只要把其中一只戒指戴在手上，若無其事地離開就好。媽媽把這招取名為試戴特賣，其實是很老套的偷戒指招數，重點在於若無其事地走出珠寶店。聽說媽媽年輕時靠這招削了不少，但也有些缺點，就是一次只能偷一只戒指，還有偷過的珠寶店就再也不能去。

「我怎麼可能會動手？再說，為什麼我要偷戒指啊？」

背後傳來腳步聲，回頭一看和馬就在眼前。和馬問小華：

「小華，這位是……」

「呃，其實呢，這位就是……」

想不到媽媽悅子主動上前一步，笑容滿面地鞠躬行禮。

「我是小華的媽媽，叫三雲悅子，我女兒平時真是受你照顧了。」

「是，啊，是伯母嗎？」

和馬當場愣住，睜大雙眼盯著悅子。小華心想，完蛋了，腦中浮現一個影像，就是在擂台被逼到圍繩上，眼看就要被擊倒的拳擊手。拜託，快來人丟毛巾，阻止這場比賽吧。

※

「真不好意思，讓你久等啦。」

三雲悅子坐在和馬對面，小華坐在悅子旁邊，表情看來有些僵。這也難免，在青山的珠寶店突然碰到媽媽，當然要心慌了。

「我要咖啡，小華，妳也是一樣吧？那這位……」

「我、我也咖啡就好。」

服務生把點餐內容記下就離開了。三人前往剛才那間珠寶店附近的咖啡店，三雲悅子一進咖啡店就先去了洗手間。

「抱歉還沒打聲招呼，我叫櫻庭和馬。」

和馬鞠躬行禮。三雲悅子點頭說：

「你好啊，我是小華的媽媽，三雲悅子。」

眼前這位女士充滿妖豔的氣息，或許是化妝的關係吧？看起來真是非常年輕，如果自稱三十好幾可能都說得過去。但是小華今年二十五歲，所以媽媽應該是四字尾五字頭吧。小華在悅子身邊看來格外樸素，但和馬反而開心，因為母女倆長得一模一樣，所以小華只要好好化妝，肯定也會美得判若兩人。

「對了，和馬你在哪裡高就呀？」

「他是公務員。」回答的是小華。「然後他父母也都是公務員，我們家高攀不起啦。」

「不會啦，小華。啊，我記得……伯父好像在建設公司上班對吧？我聽她說過，伯父目前好像在金澤，那伯母怎麼會在東京呢？」

「我先生前陣子提早退休，這個月就回到東京來啦。這件事沒有告訴小華，我們目前住在都內的飯店裡，正在找新家呢。」

「伯母沒有住在月島的家裡嗎？就是小華目前住的地方。」

「是呀，那棟房子有點老舊了，我正和先生商量，打算買個大廈的房子呢，反正退休金也領到了。」

咖啡送上來了，三雲悅子伸手拿起咖啡杯，喝了一口並擦去杯緣上的口紅。這動作非常撩人，和馬直覺認為她應該做過特種行業。和馬當警察常常接觸到風化圈的女人，相信自己的直覺不會錯。但小華的媽媽為何要去做那種工作呢？

「等我們找到好的地方就會把小華接過去住了。小華，對不起，嚇到妳了吧。」

三雲悅子說，像個頑皮小孩一樣輕輕吐舌，這動作真可愛，比女兒小華更有女人味。

原來啊，和馬這下恍然大悟。和馬的父母親都有工作，而且爺爺奶奶在警視廳待到退休，所以和馬從小到大都不愁吃穿。聽說小華的父親在建設公司上班，但光靠父親賺錢，想必不容易維持生活，所以母親才要夜裡出門討生活吧。和馬不小心發現了三雲家的內情，感覺有些心痛。

「真的很開心呢。」三雲悅子看著和馬說。「這孩子不知道是像誰，生性怕羞，沒什麼男人緣，我好擔心。想不到她有和馬這樣的好對象，我得對她刮目相看了。和馬，我這孩子就要麻煩你啦。」

「哪裡，都是她支持著我，我的工作很危險，都是多虧了她的笑容，我才撐得住呢。」

「工作很危險？公務員的工作很危險嗎？」

三雲悅子不解地問。旁邊的小華連忙插嘴：

「啊，最近社會那麼亂，公務員當然也危險啦。前陣子不是有新聞說有人持刀闖進市公所大鬧嗎？」

看小華拚命辯解，和馬才恍然大悟。警察果然是個讓人感到沒有安全感的職業，小華第一次到和馬家裡，也是顯得青天霹靂，嚇得回程在車上一句話都沒說。看來，小華是打算親口向家人解釋和馬的職業吧。

「就是說啊，伯母，社會現在好危險。」

和馬這麼說，對小華使了個眼色，意思是妳之後要好好幫我解釋喔。小華看了和馬，輕輕點頭。

「你們剛剛在珠寶店裡看戒指對吧？難道你們是以結婚前提在交往嗎？」

悅子交互看看和馬與小華，這麼說。和馬抬頭挺胸，信心十足地回答：

「對，我就是這麼打算，我相信小華也一樣。」

「真是可喜可賀啊！」三雲悅子激動地把雙手捧在胸前。「小華，妳怎麼這麼見外？要結婚了就要早點說啊。選好日子沒有？會場敲定沒有？能不能辦在夏威夷之類的地方？」

「啊，伯母，我們還沒有談得那麼仔細。」

聽和馬這麼說，三雲悅子就激動地湊上來放連珠砲，雙眼閃閃發亮。

「好事就是要快點辦呀。真是，沒有我出馬不行了，小華妳看看妳。」

三雲悅子從皮包裡拿出行事曆，邊翻邊對小華說：

「我看看，這星期五是好日子啊。我說和馬，你這星期五晚上撥得出時間嗎？一起吃個飯吧。還有還有，也請令尊令堂一起來吧，我先生當然也會參加。」

「媽，等一下啦。」小華慌張地說。「妳怎麼突然講這個？阿和——呃，和馬的爸媽一定有事了吧？不要隨便決定時間啦，真是的。」

「不，小華，伯母說得沒錯，我想星期五晚上應該能撥出時間吧。」

媽媽應該沒問題，問題是自己跟爸爸。不過，就算有工作在身，撥個兩小時的空檔應該不成問題。此時和馬心中雀躍不已，想不到爸媽要跟小華的父母見面了，感覺這樁婚事也愈來愈真實啦。而且，三雲悅子也跟著說服小華。

「就是說啊，小華，又不是什麼正式的訂婚儀式，就只是大家一起吃個飯，認識一下嘛。」

這真是太好了。和馬一口氣喝光涼掉的咖啡，看看小華的表情，她好像不太開心。以小華的脾氣來說，應該不喜歡被人牽著鼻子走，但不這麼做，婚事就不會有進展了。

小華，對不起啦。和馬在心中道歉，並且發誓，現在或許買不起戒指，但我一定會讓妳幸福。

當天的晚餐時間，和馬宣告了星期五餐會的事，櫻庭家每個人都大吃一驚。今天剛好全家都在，和馬抓準機會說出在青山碰到小華的母親，並問爸媽星期五是否方便赴約。

「當然方便啦。和馬，就算那天晚上有事，我也肯定想辦法趕去。哎呀，可喜可賀啊。

美佐子，再給我一瓶啤酒好不好？」

爸爸典和滿臉通紅地說，媽媽美佐子不情願地起身。

「老公，你喝太多了。再說和馬，這次也太急了吧？這種事情應該要好好準備才行，現在離星期五只剩下四天啦。」

「媽，星期五是適合的日子，而且又不是正式訂婚，不用太緊張，就兩家人見面吃飯而已。」

「但是怎麼說呢——」

美佐子不怎麼同意，從冰箱裡拿出啤酒放在典和面前，而正在洗碗的奶奶伸枝停下手說：

「好可惜啊，我也很想去呢。」

「奶奶，總有機會的，小華也會再來家裡玩啊。」

「要是這樣就好啦。」

「對了。」爸爸典和突然想到。「美佐子，我那套西裝收哪裡？就是那套，我在和馬成年禮那時候做的啊，我就穿那套去吧。」

「我哪知道？再說老公啊，和馬成年禮都已經是八年前的事了，你知道這些年你胖了幾公斤嗎？肯定連褲子的鈕子都扣不上啦。」

「不穿穿看怎麼知道？媽，妳記得我在和馬成年禮當時穿的西裝嗎？」

「我記得好像在二樓的壁櫥裡看過。」

「媽，拜託妳幫我找出來，我得試穿一下啊。」

仲枝不情願地拿毛巾擦擦手，離開廚房，而美佐子問和馬說：

「和馬，這個餐會是約在哪裡？我看還是壽司店好吧。如果是『壽司政』的包廂，最好現在先訂位。」

「壽司政」就在商店街上，是櫻庭家愛用的餐廳。口味好，價格便宜，經常高朋滿座，門庭若市。小華第一次來的時候，就是從那裡叫外賣壽司。

「不用啦，媽，餐廳人家已經訂好了，好像是銀座的日本餐廳吧。賣的是什麼創作和食，不是普通的日本菜。老闆本來是法國餐廳的主廚，五年前自己開業。」

「銀、銀座的……日本餐廳？」美佐子臉色大變。「這你要早點說啊！哎喲，怎麼辦呢？我看還是得穿和服吧？而且要去銀座，我還得跑一趟美容院，這下要忙昏頭啦。」

美佐子說著離開廚房，緊接著奶奶仲枝回來了。

「典和，西裝我找到了，就幫你放在二樓的臥房。」

「哦，謝啦。那我去試穿看看，我記得尺寸應該沒有差太多才對。」

典和起身走向二樓的樓梯。「媽，京友禪的和服收到哪裡去了？」二樓又傳來美佐子的聲音，仲枝連休息的時間也沒有就又上到二樓去了。

餐桌上只剩下和馬與阿香兩人，不過阿香沒有吃晚餐，只喝沖泡的蛋白粉。

「我們家真是樂昏頭啦。」阿香聳聳肩說。「老哥，你認真？真的想跟那個女生在一起啊？我之前就說過了，那個女生一定有問題。」

「到底是有什麼問題？」

「不知道，女人的直覺。」

「我看妳是在眼紅吧？不甘心的話就帶個男朋友來啊。就我所知，自從妳讀高中時跟棒球隊隊長交往了三個月之後，就再也沒有交過男朋友了吧？」

「才沒有那麼慘。」

「妳要去健身房練身體是不錯，不過交男朋友也很重要喔。」

「吼，氣死了。」阿香一口氣喝光沖泡蛋白粉，用力把杯子敲在桌上。「只是沒碰到比我強的男生而已啦，我去跑個步。」

阿香說，拿條毛巾圍在脖子上，就離開餐廳。現下只剩和馬，他吃完之後洗好碗盤，走出廚房打算洗個澡。二樓傳來爸媽煩惱的聲音，這個也不好那個也不對，好久沒見過這麼熱烈的一晚了。

「這麼熱鬧啊。」

回頭一看，正是爺爺和一，剛好從廁所裡出來。和一的右腿還是有點跛，但復健好像還滿順利。

「聽說你要跟那位小華小姐的爸媽碰面啦？」

和一停下腳步，嚴肅地盯著和馬這麼說。即使和一年事已高，只要他直盯著和馬，和馬還是會覺得渾身緊繃，就像被和一的氣魄給震懾，以劍道來舉例，就好像對上遠比自己高強的好手一樣緊張。

「對啊，爺爺，就這個星期五。我是很希望爺爺也能來，下次再找機會吧。」
「和馬，你是認真的吧？」
「咦？」
和一問得唐突，和馬一頭霧水，但是和一的眼神很嚴肅。
「要讓自己愛上的女人幸福，說起來簡單，做可不容易，你可有所覺悟？」
「當、當然有啊，還用問？」
「那就好，你就走自己的路吧。」
和一轉身走開去。什麼意思啊？和馬不明所以，只能呆立著目送和一離開。

※

「我不去，死都不去！」
爸爸阿尊說，一口氣喝光杯裡的葡萄酒。小華心想果然如此，暗暗嘆了口氣。她早知道會是這樣，但或許這樣也好，要跟和馬的爸媽吃飯，簡直就是一場噩夢。
「老公啊，小華難得交了男朋友，你稍微幫個忙吧？」
「不行，不行就是不行！而且對方是公務員吧？我最討厭公務員！像我這種自由奔放的歡樂賊，跟他們有什麼好說的？」
小華切開盤中的烤牛肉，用叉子送進嘴裡，真是好吃得驚人。今天晚餐由媽媽悅子負責，八成又是從哪家五星飯店偷來的吧。小華不太想吃偷來的飯菜，但如果真的那麼做，在三雲家就沒飯吃了。

「愈想愈火大。」阿尊繼續猛灌葡萄酒說。「我要睡了，明天要早起幹活。悅子，妳準備好了吧？千萬不能失手喔。」

聽說明天上午中國竊盜集團就會去搶那家青山的珠寶店，時間是珠寶店剛開門的時候。還不確定對方會用什麼方法行搶，但是爸媽已經訂好黑吃黑的計畫了。

「老公，你等等。」

悅子的口氣重了些，剛要起身的阿尊又坐了下來。「怎麼？還有什麼事？」

「老公，你聽好，這可是個關鍵點。如果你不去，我就得找個藉口，乾脆就說你死了算了。」

「什麼死了，我還活著啊。」

「我也沒辦法，總之就說你不在了，這樣之後也比較方便進行。你知道這麼一來，以後會怎麼發展嗎？假設小華跟和馬順利發展下去，那他們的婚禮、孫子出生、兒童節、孫子的運動會、校慶，你全都要自己留在家喔？你應該忍得住吧，畢竟你已經死啦。」

「孫、孫子，該不會……」

小華發現阿尊目瞪口呆地看著她的肚子，真是傷腦筋，她冷冷地說：「目前還沒有孫子。」

「也對，就是說啊，不要嚇我啦。」

「老公，你好好聽我說。怎麼樣？你要來？還是不來？」

阿尊迅速從懷裡掏出手機，摁了摁之後放在耳邊，沒多久就開始通話。「哎呀，抱歉這麼晚了還來打擾。這個星期五，我突然有事不方便去了。……對，是，這筆我一定還，那就先說到這兒了。」

阿尊掛斷電話之後，態度強勢地說：

「原本星期五我跟橫濱的藝廊老闆約好要打小白球，晚上再去中華街吃飯。現在我都取消了，這樣妳沒意見了吧。」

怎麼會這樣？小華原本期待阿尊會反對這場餐會，但是連最後的堡壘也被攻陷，看來是勢在必行了。爸媽真的瘋了，乾脆謊稱肚子痛臨時取消如何？不對，行不通，如果我不在場，不就沒有人阻止爸媽亂搞了？

「既然是公務員，應該是一家子樸素的人吧。我話說在前頭，要是太無聊的話我就先走了。」

「你現在的身分是提前退休的建商，上個月還住在金澤，目前住在東京的飯店，最近打算要買房子，先記好喔。」

「等一下，這個建商是怎麼回事？而且我沒住過金澤好嗎？」

「我有什麼辦法？你總不能老實說自己是專偷藝術品的小偷吧？隨便應付一下就好啦，反正對方不會發現我們的真面目啊。」

「我覺得最好別太大意。」

小華邊說邊拿奶油塗抹法國麵包，阿尊聽了嗤之以鼻。

「哼，公務員有什麼了不起？別小看我跟悅子的演技。小華，騙人可是我們的專業啊。」

「是啊，小華。爸爸說得對，和馬不就是個善良的好孩子嗎？一定會很順利的啦。」

所謂大意失荊州啊。對方可不是普通公務員，而是警視廳的現任警察。

星期五終究會來，小華真是提心吊膽，但阿尊和悅子才不管小華怎麼想，聊得可熱烈。

隔天，小華照常前往圖書館上班，平日的圖書館相當閑散，上班時間輕鬆悠哉。小華坐在櫃檯裡，檢查尚未歸還的書本。如果借閱者逾期了，就會根據民眾登記的電話號碼或電子信箱，打電話或發郵件通知還書。小華就是要做這樣的名單。

圖書館大概在兩年前引進了借還書管理系統，是通訊器材大廠為地方政府所研發的套裝軟體。只要在搜尋畫面輸入姓名和出生日期，就會顯示此人的檔案，點進去除了有基本資料之外，還可以看到借過哪些書的紀錄。

「三雲小姐，我去一趟資料室喔。」

坐小華旁邊的女同事說，起身走出櫃檯，目前櫃檯只剩小華一人，不過館內現在也只要一人就足以應付。小華看著她走進資料室，把手邊的鍵盤拉過來，試著輸入「櫻庭和馬」，倒不是真的想查些什麼。

搜尋符合結果是零。怎麼回事呢？小華有點驚訝，她認識和馬的地方正是這間圖書館，和馬多次前來還書，才會與在櫃檯服務的小華搭話，進而認識。

大概是距今一年半之前的事情吧，兩人認識一段時間後，某天和馬照常來還書，但是表情比平常更緊張。平常和馬都會聊些天氣或院線片之類的話題，這天卻一臉嚴肅，什麼都沒說就回去了。小華目送和馬離開之後，發現他歸還的書裡面夾了一封信。小華突然怕被旁人看見，連忙把信藏在圍裙口袋裡。下班之後拿出信紙一看，雖然不算是情書，但意思是希望有機會能吃個飯。隔週兩人就相約用餐，約會幾次之後就決定交往。

所以用和馬的名字竟搜尋不到資料未免太奇怪了。和馬確實常常來還書，小華也親眼見過和馬還書的過程，到底怎麼回事呢？小華靈機一動，再次敲打鍵盤，這次只輸入了「櫻庭」結果找到三件檔案。

小華注意到其中一件是「櫻庭和一」，和馬的爺爺。上星期在櫻庭家吃咖哩的時候，曾跟這人打過照面，他的身形乾瘦，感覺是位不好親近的老人家。

打開櫻庭和一借書的紀錄，大多是歷史小說，從書名看來以捕快辦案小說為大宗。不愧是退休刑警，連看的書都很有警察風格。

所以和馬是受爺爺之託，才到這間圖書館來借還書。現在回想起來，和馬每次都是趕在圖書館打烊前，不然就是夜間延長開館的時候才來。

「不好意思。」

「啊，好的。」

小華連忙關閉搜尋結果，抬頭看是誰在喊她，原來有名中年男子站在櫃檯前，說是想預約一本書，小華收下男子的借書證並詢問書名，在電腦裡輸入預約資訊，再歸還借書證。

話說回來……小華目送男子離開並心想，和馬家住在東向島，為什麼要專程跑來四谷的圖書館借書呢？小華只能想到一個原因，但是太誇張了，不敢當真。

原因就是我，因為我在這裡上班。這個念頭會不會太天馬行空了？難道和馬的爺爺找我有事嗎？

想到這裡，小華突然回想起一件事，忍不住站起身來，左右張望之後又坐下，幸好沒有人在看她。

該不會是為了讓和馬認識我？託孫子來還書，孫子就得跑來圖書館，也就會見到一名女子，跟這女子交談。

或許是想太多，但小華不得不覺得事實就是如此。因為從紀錄上來看，小華跟和馬開始交往後，櫻庭和一就不再借書，這點也令人費猜疑。

小華覺得不太舒服，或者說有點反胃。小華不會說自己跟和馬是姻緣天注定，但很感謝老天爺讓兩人相遇。只是想不到還有這個可能，兩人的相遇可能是由某人精心安排，當然會感覺不舒服。

和馬想必一無所知，只是受爺爺之託跑到這裡來還書，如果有誰知道真相，只有櫻庭和一本人。

對了，手錶還沒還呢。若是見到面，有好多問題想問他。比方說自己與和馬的事情，還有和一與巖的關係。小華下定決心，下班後非跑一趟櫻庭家不可了。

「小華姊，已經不行啦？才跑三公里而已喔。」

「三、三公里？我已經跑三公里了嗎？」

「看就知道啦，上面會顯示跑步距離啊。」

「拜託，我不行了，這個機器要怎麼停下來啊？」

小華前往東向島本來是要拜訪櫻庭和一，卻莫名淪落到健身房來跑跑步機，隔壁跑步機上的櫻庭香卻是一臉輕鬆自在。

原來小華下班後去到櫻庭家，但是摁了門鈴沒人回應，繞到後院一看，老狗老大從狗屋裡出來，搖著尾巴歡迎小華。但是老大沒辦法回話，小華跟老大玩了一陣子後掉頭往車站走，半路上碰見櫻庭香，阿香說：「妳有空吧？陪我一下。」小華以為是要去喝茶，傻傻地跟去，想不到被帶到健身房，換上出租的運動服，糊里糊塗就上了跑步機跑步。

「拜託，阿香，這個機器，到底怎麼停下來啊？」

「真是受不了妳，太缺乏運動了。」

阿香伸手到小華面前的控制面板上摁下按鈕，小華的跑步機愈來愈慢，最後完全停住。小華走下跑步機，撐著雙腿死命喘氣。不知道有多久沒跑得這麼累了？至少出社會之後就沒有長跑過了吧。

「妳這樣完全不行啦。」小華聽到頭上傳來聲音，抬頭一看，阿香從跑步機下來後雙手叉腰站在那裡。「虧妳還想當刑警的老婆？體力太差了吧。」

「這跟體力沒關係吧。」

「當然有，妳想頂嘴再等一百年吧。」

這間健身房設有拳擊擂台，就在跑步機訓練區的旁邊。現在擂台上空無一人，擂台旁邊則是有戴著拳套的男子們正在打拳靶。阿香盯著空無一人的擂台，小華直覺不妙。

「誒，妳啊，要不要跟我打一場？」

果然沒錯，小華拚命抵抗。

「不行，絕對不行，我從來沒打過拳擊啊。」

「凡事總有第一次啊，快點上來。」

阿香半強迫地將小華帶到擂台邊，在小華一番掙扎之後硬是替她戴上了拳套，塞好了頭盔。頭盔飄出男人的汗臭味，小華差點想吐。

「快點上來吧。」

阿香已經上了擂台，踏著小碎步揮起空拳。好啦，看著辦吧。小華下定決心爬上擂台，擂台地面比想像中要軟。

「好，妳上吧。」

「我是要怎麼上啊……」

「隨便隨便，反正妳的拳頭沒什麼用啦。」

阿香戴著頭盔，笑得輕鬆自在，服貼的T恤描繪出她的身材曲線，輪廓簡直像個運動員。她平時穿便服感覺比較苗條，實際上雙臂可是粗壯得很。

小華走上前，對著阿香的額頭輕輕揮出一拳，阿香愣了一下，接著笑說：

「這什麼狗屁拳啊？連風吹都比妳強吧。」

我有什麼辦法？小華默默反駁，爺爺教功夫只教防身術，完全沒有打擊元素。

「再來換我上了。」

為什麼？為何妳要來打我啊？阿香才不管小華心中的抱怨，揮出幾記刺拳，但是都沒打中小華。小華只是上身往後仰，就閃開了阿香所有的刺拳。小華只是真心不想被拳頭打中，努力閃躲，但那動作完全就是拳擊防禦的基本技巧「後搖」（sway back），再加上小華天生靈敏的動態視力，阿香一拳都打不中她。

「妳可真靈活，看來只有開溜挺像樣的。」

阿香說，咧嘴笑笑，小華覺得背後撞到東西，回頭一看已經被逼到角柱上。怎麼辦？這下無路可逃了。

阿香慢慢逼近，完蛋了！正當小華放棄地閉上眼睛之際，擂台外面有人開了口。

「阿香？是阿香對吧？好久沒見啦。」

拳頭沒有揮過來，小華睜眼一看，阿香舉著拳頭往擂台外面看，整個人定住不動，說話的口氣也有點緊張。

「學、學長，好、好好久不見啦。」

擂台外有個穿運動服的男子，個頭高，給人運動員般爽朗的感覺。男子從擂台底下看著阿香說：

「我都不知道妳會來這間健身房，看來好像過得不錯喔。」

「學、學長看起來也不錯。」

「我最近工作比較忙，不太能過來，不然每星期基本上都會來三天，之後有機會我們再慢慢聊吧。」

「好、好啊。」

男子走向跑步機，阿香則是動也不動，看著男子的背影。

「阿香。」小華小心地拍了阿香的肩膀。「剛才是哪位？看起來挺帥的呢。」

「跟妳沒關係吧。」

阿香的臉變得跟紅色頭盔一樣紅，這個人真是太好懂了。

「難道是妳喜歡的人？」

「不是！才沒有！快，我們繼續打！」

「我不打。」

小華擅自拆掉頭盔，實在不想繼續奉陪了。她把頭盔塞到阿香懷裡，拳套也摘下來，阿香看了就說：

「妳要開溜？」

「對，我要開溜。」

小華把拳套放在板凳上，就一溜煙跑去更衣室了。

※

河濱上發現的屍體並不是立嶋雅夫。雖說有「NPO法人向日葵協會」代表中藤恆雄的情報，案情還是沒有什麼進展。

首先，根本沒有證據證實池袋的那名流浪漢立嶋雅夫才是真的立嶋雅夫。貧困的遊民經常使用假名，有些人甚至會賣掉自己的姓名，所以搜查總部認為不可信。

再者，警視廳已經公開宣布被害人就是立嶋雅夫，現在需要非常確切的證據才能推翻先前的說法，光靠中藤的證詞還不夠。

根據中藤的工作日誌，自稱立嶋雅夫的流浪漢是今年六月五日在池袋失蹤，和馬在都內的醫院四處查訪，尋找六月五日深夜送醫的傷病患，有哪個人的特徵類似立嶋雅夫，可惜一個都沒有。

那麼六月五日深夜，年輕街友見到的那個渾身冰冷的立嶋雅夫跑到哪裡去了？問中藤之後得知，那名年輕街友後來也下落不明，可能是換據點了吧。中藤表示大多數流浪漢不會定居在某處，喜歡四處為家。看來要找到那個年輕人很困難，和馬的偵辦又觸礁了。

「喂，你們聽好。」

組長松永走進房間，現在是晚上七點，和馬與其他同仁正在小松川警署的一間房間裡吃晚餐。NHK的晚間新聞頭條，報導今天上午青山一家珠寶店發生了搶案。

「搜查總部規模要縮小了，我們組不再管這件案子，撤啦。」

松永此話一出，大家都一頭霧水。坐在和馬旁邊吃炸蝦飯的卷問道：

「組長，這是怎樣？還不到兩個星期，搜查總部就要解散了？」

「錯，總部沒有解散，案子還是繼續辦，不過由小松川警署的人接手，我們則是調去辦其他案子，這是上頭的命令。」

松永說到這裡就轉頭，望向電視。

「就是這件案子，我們被派去支援。聽說有人受傷，而且損失金額很大，所以你們吃完飯就前往赤坂警署加入偵辦，完畢。」

松永離開，其中一名同事去拿遙控器，調高電視的音量。卷小聲說：

「嘖，真是莫名其妙。不過以案件規模來說，是青山這件比較大。」

和馬把卷的話當耳邊風，專心盯著電視螢幕，這則新聞似乎是現場直播，女記者拿著麥克風說個不停。「有三人送醫，沒有生命危險，但還在持續治療中。」

女記者背後就是以封鎖線包圍的大樓，和馬對那有大片玻璃的門面有印象，正是昨天跟小華一起去逛過的珠寶店。

「櫻仔，怎麼啦？看得那麼入迷。」

「嗯，因為我昨天才去過這間珠寶店，想說未免也太巧了。」

「真的假的？幸好不是今天去。如果是今天，你現在可能已經進醫院啦。不過我更想知道，櫻仔是跟誰去珠寶店？你不是說沒有女朋友嗎？」

「咦？呃，這就請卷哥別多問了。」

昨天才去的珠寶店，今天就要辦那裡的案子，實在巧合。但是就這樣得放棄小松川的案子，和馬實在不太服氣。他覺得這件案子必定有什麼內情，不單只是一個前科犯遇害而已，一定有什麼更深的內幕。

倒不是因為和馬查到了證據才不肯放手，而是幾乎確認被害人不是立嶋雅夫，一心想見證案子的結局。

「我們走啦。」

一位學長起身，把便當盒放在桌角就離開房間。和馬也起身，收拾了便當盒後趕緊跟上，心裡有揮不去的牽掛。

「這批人做得真過分。」

卷在和馬的身邊說。眾人先抵達赤坂警署，立刻前往案發的青山骨董通。搜查一課的其他組已經在現場偵辦，和馬與卷向其中一人打聽案情，這人也是搜查一課的刑警，大家都很熟。

「是吧？有一半的人認為很可能是外國人犯案，目前正在清查外國籍竊盜集團。」

案發時間是今天上午十一點，珠寶店剛開門的時間。四名身穿迷彩服的男子闖進珠寶店，立刻投擲催淚彈。珠寶店裡有店長與三名店員，三名女店員被催淚彈嗆暈，在後方辦公室裡的男店長發現狀況不妙，正要拿起電話報警，就遭到一名闖進辦公室的歹徒敲打後腦勺，隨即失去意識。

四名男子將珠寶店裡的展示櫃敲碎，搶走店裡所有金銀珠寶，搭上停在外面接應的廂型車逃走。粗估損失金額高達數億日圓，被催淚彈嗆暈的三名店員現在還在醫院治療。

「逃亡路線查清楚了嗎？」

卷問。另一組的探員回答：

「有人目擊歹徒走六本木通逃往霞之關方向，但是接下來就不清楚了。車牌我們知道，正在比對，不過八成是贓車吧。」

媒體聚集在珠寶店門前，還有SNG轉播車，這件案子搶得驚天動地，必定是媒體追逐的焦點。

珠寶店名叫「白瑪莉」，是老字號的珠寶店，和馬幾天前才看過該店的官網。他下了訂婚戒指、老字號、珠寶店等關鍵字，搜尋到這家。他覺得如果要買戒指，就要跟老字號的可靠珠寶店買。

「先回警署去了。」

組長松永下令，眾人離開珠寶店。既然歹徒已經逃走，在現場附近打聽消息也沒有意義。現在的偵辦重點很明顯就是檢查遺留在現場的物品、鎖定贓物的銷贓管道及清查過去曾用相同手法做案的前科犯名單。

「喂，櫻仔。」卷用手肘頂了和馬的側腰。「你到底是跟誰來的？我看你果然有女朋友對吧？真見外，是個怎樣的女孩啊？可愛嗎？」

「就說沒有了啦。」

這時手機響起，和馬從口袋裡掏出手機，稍微遠離身邊的同事們。

「請問是刑警先生嗎？我是中藤。」

「啊，中藤先生，之前多謝你幫忙了。」

中藤提供的情報很重要，但老實說很難在偵辦上發揮作用，和馬只覺得可惜。

「刑警先生，我找到立嶋的照片了。」

「真的嗎？」

「對啊，不能說很清晰，但是至少可以分辨長相。」

和馬問了仔細，原來中藤等人每個月會舉辦愛心供餐，做些豬肉味噌湯或飯糰之類的給街友們飽餐一頓。中藤等人為了做活動紀錄，供餐過程會拍照，中藤就檢查了所有的紀錄照片。

「我剛才請西脇把照片存到手機裡，現在就傳給你。」

電話掛斷，總廳員警們要分搭兩輛偵防車前往赤坂警署，和馬與卷並肩坐上第二輛偵防車的後座，車子一開，和馬西裝口袋裡的手機又響了，這次是訊息。

「女朋友傳的啊？」

「就說不是了。」

和馬敷衍卷的取笑，打開手機，訊息附加的檔案是一名男子的照片，男子坐在公園的長凳上，穿著深藍色外套，有點像工作服，頭戴棒球帽，鬍鬚又多又亂，勉強還算可以看清長相。

如果找到立嶋雅夫生前的朋友，出示這張照片，或許能查到些什麼。但是中藤不行，必須要認識還沒變成流浪漢的立嶋雅夫的人才行。

「櫻仔，怎麼啦？臉色這麼陰沉。」

「卷哥，想拜託你一件事。」

和馬湊向卷，對他耳語了幾句。

※

「烏龍酒[2]再一杯，快點送來啊。」

阿香把喝光的酒杯放在桌上，兩眼發直。小華與阿香離開健身房後，又莫名其妙地跑到站前的燒烤店喝酒。阿香看起來酒量不太好，才喝兩杯烏龍酒就醉了。小華則是喝生啤酒配著烤雞串。

「我就說啊，那可是我的初戀。當時他是棒球隊的隊長，真的是帥到不行。而且還是他來向我告白，真的，沒騙妳啦。我騙妳要幹嘛？然後我們交往了三個月，他畢業後，就自然結束了。誒，妳有沒有聽我講啊？」

「有，有。」

這段往事已經聽三遍了。這個初戀男友姓松田，聽說考上了名古屋的大學，畢業之後回到東京上班，目前在銀行工作。

「太慢了，要我等多久啊？」店員送上烏龍酒，阿香一把搶走酒杯又說。「追加一份烤雞拼盤，馬上拿來啊。」

「阿香，我已經很飽了。」

「沒關係，我吃。不過人家說食量小的女生才有人愛，是真的嗎？」

「我想沒有這回事吧。啊，阿香，妳還有那位松田先生的聯絡方式嗎？」

聽小華這麼問，阿香從皮包裡拿出手機，打開之後看著螢幕一陣子，然後抬起頭說：

「是還留著啊。」

「那就傳個訊息給他啊。」

「為什麼？我有什麼理由要傳訊給他？」

「妳不是還喜歡他嗎？如果不採取行動，就不會有開始啊。」

我也真好笑，自己都沒什麼戀愛經驗，哪配建議人家呢？但是阿香的愛情是那麼單純美好，連我這個愛情菜鳥看了都忍不住想替她加油了，小華心想。

「我怎麼可能傳？絕對不行啦。」

阿香說，板起臉，把手機收回皮包。小華發現自己的酒杯已經空了，就故意用手肘撞倒酒杯。

「哎呀，糟糕了。」

小華看到阿香注意著倒下的酒杯，同時把手伸到桌子底下，從阿香的皮包裡叨擾了手

2 烏龍茶兌烈酒的雞尾酒。

機。真是易如反掌，阿香根本沒發現。

「看來我喝太多了，我去個廁所。」

「不准尿遁，才剛開始呢。」

「我不會溜走啦。」

燒烤店裡十分熱鬧，幾乎客滿，吧檯裡的烤爐熱氣蒸騰。小華進入洗手間，立刻打開阿香的手機，她知道偷看別人的手機很沒禮貌，但轉念一想，這也是為了阿香好。小華打開訊息視窗，收件人設定為松田，打了一段訊息：「今天很高興見到你，希望改天我們慢慢喝杯茶」。

最後還追加一個愛心圖案。小華還擔心會不會太過火，但這樣可愛的字句才能跟阿香平時的形象造成反差。小華確認訊息傳出之後，便把紀錄刪除，這就萬無一失了。

小華走出洗手間，前往阿香等著的座位，旁邊卻突然有人喊聲。

「小華？這不是小華嗎？」

有四名男子坐在和室包廂的桌邊，其中一人就是和馬的父親櫻庭典和。典和站起身，興沖沖地跑到小華面前。

「小華，妳怎麼會在這裡啊？」

這怎麼回事？難道這家店是櫻庭家的集散地？小華一頭霧水地回答：

「呃，是啊，我跟令嬡一起來的。」

「跟阿香來的？」典和大為驚訝，手扶著額頭說。「太棒了，我開心到要哭啦。小華竟然能跟阿香處得這麼好，妳真是太厲害啦！」

典和硬是拉著小華的手，看來是打從心底高興，眼眶還泛出淚光。不過滿嘴酒臭味，應該是喝了不少。

「喂，你們聽我說。這位就是和馬的女朋友，叫做三雲華，準備要跟和馬結婚，是我們家的準媳婦。」

「請、請等一下！這還沒有正式說定……」

「沒關係啦，小華，在我已經決定啦。」

典和說，從小華面前讓開，好像要介紹給包廂裡的朋友們認識。小華感覺到包廂裡的人都在看她，連忙鞠躬行禮。「敝姓三雲，叫三雲華，請各位多指教。」

「是個好孩子啊。」

「說得對，想不到和馬也到了要結婚的年紀啊。」

「真希望我家那小子也帶個這樣的小姐回來呢。」

包廂裡的人們你一言我一語，典和聽了得意洋洋。

「是吧？很可愛吧？配我家和馬簡直是鮮花插在牛糞上。小華，別客氣，上來喝一杯。這些都是我的老同學，妳不用客氣。」

「阿典，你等等。」包廂裡一名拿著酒杯的男人說。「小姑娘坐在我們這群臭老頭之間哪會開心？饒了她吧。」

「是這樣嗎？」

「當然啦。阿典，阿香不就在那裡嗎？兩個年輕女孩一起喝才開心。」

典和失望地垂頭喪氣，小華覺得有些可憐，但阿香還等著，差不多該告辭了。

「那我就先失陪了。」

小華鞠躬說，典和抬起頭來，表情已經不再失望，反而雙眼發亮。

「小華，星期五就麻煩妳啦。」

餐會的事，小華徹底忘了。這下換小華灰心喪意，畢竟沒人敢保證見面氣氛會很友善，可能哪裡出個錯就全毀了，畢竟她爸媽毫無常識。

「我知道，那就星期五見吧。」

小華再次鞠躬，回到阿香等著的位子上。

「好慢喔，妳是怎樣，大號喔？」

「不是啦。」

小華趁著阿香不注意，把手機放回阿香的皮包才坐下來。小華拿了一支烤雞串往嘴裡送，真好吃，調味恰到好處。看來阿香還幫忙加點了生啤酒，酒杯就放在桌上，但是氣泡都消了。

「喂，妳看到我的手機了嗎？我找不到。」

小華心頭一驚，然後若無其事地說：

「妳仔細找過嗎？我看妳收進皮包裡了。」

阿香把皮包放在腿上，翻找一陣子。「哎呀？找到了。」她把手機拿了出來。
「阿香，妳醉了。然後伯父就在那邊的包廂裡喔。」
「我爸？」
「對啊，跟他同學在喝酒。伯父是在警視廳上班對吧？怎麼這麼早就下班了？」
「要看啦。我爸在警備部工作，如果有什麼典禮，還是有外國貴賓來訪，他就要加班到半夜，現在碰巧是比較閒的時期啦。」
所以星期五才能參加餐會是嗎？一想到餐會就心情沉重，小華輕輕嘆了口氣，此時桌上的手機響起鈴聲，是阿香的手機。
阿香拿起手機打開螢幕，臉色立刻大變，滿臉通紅且目瞪口呆。
「誰打來的？」
「沒妳的事。」
「難道，是松田先生？」
「妳、妳怎麼，怎麼會……」
看來是猜對了，松田傳訊回來。小華想知道松田回傳了怎樣的訊息，希望是正面的回應。
「讓我看一下啦。」
「不行。」
「看一下就好。」

「不行就是不行。」

小華迅速伸手，輕易搶走阿香手上的手機，速度之快遠超過阿香剛才在健身房裡的任何一記刺拳。小華看看手機螢幕，上面顯示：「我剛剛也嚇了一跳，好久不見了，吃個飯怎樣？何時方便？」

「太好啦，阿香，妳最好快點回訊息。」

「是、是這樣嗎？」

「當然是啊。」

小華把手機還給阿香並這麼說，但是阿香看著手機螢幕，側首不解。

「可是怪了，這封訊息怎麼開頭有個『Re』呢？這是回訊的意思吧？」

「哎呀，小地方不用想太多啦。」小華心裡七上八下，她還真沒考慮這麼多。「還是快點回訊息，妳想跟松田先生去吃飯對不對？」

「是有點想啦，不過我現在喝醉了，也不知道他何時有空，明天再說吧。」

「一定要回喔。」

小華喝了一口生啤酒，配一口烤雞。阿香喊住店員，又點了一杯烏龍酒。小華靈機一動，問阿香一個問題：

「請問，妳爺爺是不是叫做和一？他是個怎樣的人啊？」

「怎麼問這個？妳怎麼會想認識爺爺啊？」

「就，那個啊，我跟妳家裡其他人聊過，但是還沒跟爺爺說過幾句話。」

「我看妳挺機靈的喔。」店員送上烏龍酒，阿香喝了一口說。「爺爺是我們家最重要的人，就算現在已經退休，還是很有影響力。要是被爺爺討厭，在我們家就沒戲唱啦。」

「爺爺今年幾歲啦？」

「我記得他今年七十六歲吧。」

跟小華的爺爺巖一樣年紀，應該是同學吧？但是這不構成一起去錦系町居酒屋還並肩喝酒的理由。此時，小華突然又想到一件事。

小華剛開始跟和馬交往的時候，雙方聊了自己的背景，聊到就讀的大學，小華才知道和馬的母校是都內一流的私立大學——明成大學。當時小華心想「啊，跟爺爺同一間學校」，然後和馬接著說：我們全家人都是明成大學的校友喔。

「我記得你們全家都是明成大學畢業的吧？」

小華抑制住激動的心情，若無其事地問阿香。阿香不耐煩地說：

「對啊，除了我媽之外都是。我媽是都內的理工大學畢業，她是天生的理工人，難怪會當鑑識員。」

果然沒錯，小華不禁握緊放在腿上的雙手，這下發現三雲巖與櫻庭和一的交集了，原來他們是明成大學的同屆同學啊。

「喂，妳都沒在喝。」

阿香氣沖沖地盯著小華說，小華連忙說：「啊，對不起」，喝起生啤酒。那麼這兩人曾是同一間大學的同學，究竟有什麼意義呢？

※

有人開了門，和馬往門口看去，進來的是一對男女。先進店門的男人看到和馬就舉起手來。「嘿，刑警先生。」

和馬起身，鞠躬。「特地找你出來，請見諒。」

「小事啦。」小森輕鬆地說，對著身邊跟來的婦人說：「阿美，這位就是警視廳的刑警先生，帥哥一個吧？他在調查一個叫立嶋的人。」

這裡是北千住站前的咖啡店，和馬昨天晚上弄到了立嶋雅夫的大頭照，開始思考有誰可以證實照片裡的人就是立嶋雅夫，最後想到立嶋雅夫二十年前曾在某間送報行工作過。和馬之前見過送報行的前員工小森，提到一位記憶力過人的前總務小姐阿美。和馬打電話給小森，小森一口就答應引介，約在這家咖啡店碰面。和馬現在算是開小差，珠寶店搶案就先交給卷了。

兩人坐在和馬面前，店員前來點餐，大家點了飲料後，和馬就掏出警察手冊。名叫阿美的婦女，全名是上原美津代，看來六十出頭，是位親切的大嬸。

「我就直接開始了，請看看這張照片。」

和馬從西裝口袋裡掏出一張照片，他來這裡的路上先去了一趟池袋的「NPO法人向日葵協會」辦公室，向中藤借來這張照片。照片裡的人坐在長凳上，可能就是立嶋雅夫。

「請問您見過照片裡的人嗎？」

和馬問，上原美津代戴上老花眼鏡端詳照片，看了一陣子後抬起頭說：

「這是立嶋先生，立嶋雅夫，他二十年前來送報行工作過，我想八成不會錯。」

果然沒錯。和馬內心沉吟，上原美津代身邊的小森瞪大眼睛說：

「竟然還記得？這記憶力真是了不起啊。」

「還好啦。我記得他是因為竊盜被警察抓，當時老闆的朋友又是保護司[3]，就介紹他去工作了。可惜沒多久，他就不見了。」

「不愧是阿美，竟然都記得。」

這下證明待過池袋的流浪漢就是立嶋雅夫。但光是這樣，依然無法證明在荒川河濱發現的屍體不是立嶋。六月五日晚上，立嶋雅夫身體不適，有一名同伴目擊他全身冰冷，但是立嶋本人卻在短時間內消失了。而發現立嶋的那位同伴，至今仍下落不明。

和馬非常掛心，他覺得自己看漏了什麼，捻著下巴陷入沉思，此時小森笑著問：

「刑警先生，你還沒結婚對吧？」

「哦，是啊，怎麼了嗎？」

「阿美家有個女兒還不錯，我記得她是御茶水女子大學畢業的才女，你們下次要不要見個面啊？」

「小森哥，你在亂講什麼啊？刑警先生真抱歉，都是他亂講話。」

3 替更生人謀職的公職人員。

上原美津代連忙低頭道歉，和馬一笑置之。

「哪裡，沒什麼。」

今天是星期三，兩天後的星期五就要跟三雲家的人聚餐。櫻庭家已經完全沉浸在兩家見面的氣氛裡，每天都在聊這件事。媽媽美佐子吩咐和馬去弄一套新西裝，但應該是來不及了。

有一名看似上班族的男子走進咖啡店，坐在和馬他們的隔壁桌，向店員點餐之後就攤開運動報。和馬看到其中一版，職棒的高峰聯賽已經開打，昨天晚上完封敵隊的投手有張全版的大特寫。和馬看了那張照片，才突然想起棒球帽，怎麼會忘了這件事呢？

「感謝兩位的幫忙，這次就我請客了。」

和馬拿了收據就起身，結帳後出了咖啡店，立刻拿起手機撥打電話。電話接通了。

「中藤先生，我是櫻庭。」

「刑警先生啊，照片是否幫上忙呢？」

「當然，多謝中藤先生幫了大忙。有件事想請教，六月五日那天晚上，你趕到現場的時候，立嶋雅夫已經不見蹤影了對吧？」

「是啊，沒錯。」

地點是池袋車站西口的地下道，根據中藤所言，他趕到現場時已經不見立嶋雅夫，只留下立嶋當棉被蓋的瓦楞紙，還有——

「記得中藤先生說過，棒球帽掉在現場，請問那頂帽子怎麼處理？丟掉了嗎？」

「沒有，我記得還保管著，想丟又捨不得呢。」

和馬心中一陣歡呼。立嶋雅夫直到失蹤前都還戴著那頂棒球帽，帽子裡很可能還留有毛髮，於是和馬激動地對中藤說：

「我馬上過去，請先替我找出那頂帽子。」

隔天早上就有了DNA鑑定報告，結果是在荒川河濱發現的屍體和從立嶋雅夫戴過的棒球帽所採集的毛髮，兩者的DNA完全不符。也就是說在荒川河濱一案的死者，並非立嶋雅夫。

和馬在小松川警署的會議室聽了這份報告。他自己無法批准鑑定毛髮DNA，找組長松永商量之後，松永替他向小松川警署談成了鑑定。

「怎麼一回事？這下應該可以證實被害人不是立嶋雅夫，可是怎麼會……」

在小松川警署門口，和馬對松永這麼說。有了DNA的鑑定報告，和馬前來確認往後的偵辦方向，想不到案件承辦人給了出乎意料的答案。承辦人說還不能確定被害人不是立嶋雅夫，不過會考慮被害人並非立嶋雅夫的方向，繼續偵辦。

「我哪知道？」松永吐了口口水。「應該是長官指示吧。而且不是小松川警署，是我們家的主管。既然已經開過記者發表會，要翻盤可能就不方便了。」

「可是……」

和馬想反駁，但松永打斷和馬接著說：

「我要回去查青山的案子，你就暫時留在這裡，找機會向其他探員們打聽這案件的偵辦進度。中午再回來，可以嗎？」

松永說完走向車站，和馬目送松永離開，又回到小松川警署中。他看看搜查總部坐落的會議室，已經人去樓空，或許所有人都出去查案了。

和馬坐在一樓大廳的長凳上等著，打算看到任何認識的探員就上前搭話。不過目前是上午，沒有他認識的探員經過大廳，只有來警署換駕照的民眾。

青山珠寶店「白瑪莉」的搶案，偵辦似乎也陷入瓶頸。警方很快就盯上外國竊盜集團，但是依然找不到與歹徒有關的線索。歹徒逃亡用的車輛，已經在麴町的立體停車場找到，只不過沒有找到任何遺留物品可以追查歹徒。

不過有一點很怪，在麴町找到歹徒逃亡用的那輛廂型車車內驗出少量的安眠藥反應，好像是噴霧式安眠藥，噴出之後附著在座椅上。安眠藥成分與他們在珠寶店裡用的催淚彈完全不同，沒人知道為什麼座椅上會附著安眠藥。

和馬在長凳上坐了一小時左右，依然沒有任何探員經過，這樣下去只是白費時間，還是去加入青山的辦案團隊吧。當和馬想著打算起身時，發現有五名男子正好走出電梯，五人都穿著西裝，看起來就像刑警。五人步伐很快，代表有急事要辦，但沒有走正面大門，而是走後門離開。和馬連忙起身去追上那五人。

和馬走出後門，發現那五人準備要搭上兩輛偵防車，和馬上前搭話。

「我是搜查一課的櫻庭，請問荒川河濱的案子有什麼進展了嗎？」

眾人全都望向和馬，眼神相當冷淡，似乎在說搜查一課都收手了，少來多管閒事。

「拜託，請各位告訴我吧。立嶋那件案子怎麼了？」

一名男子走上前來，穿著皺巴巴的西裝，年紀不小，男子點了一根菸說：

「小哥，上車吧。」

「荒哥，這樣好嗎？」

另外一名刑警確認，名叫荒哥的男子點了頭。「有啥不好？大家都是刑警啊。」

「謝謝你了。」

和馬坐上了偵防車的後座，就在名叫荒哥的刑警旁邊，車裡滿是煙味。偵防車一出發，荒哥便主動解釋起來：

「距離案發現場四公里的下游河濱，有一區是流浪漢會去住的地方。昨天晚上，有人報警說某間瓦楞紙小屋裡發出怪味，城東警署的警察前去處理，發現裡面有具屍體。」

死者是住在瓦楞紙小屋裡的男子，六十多歲，身上沒有任何身分證明，本人曾說過是來自宮城縣，所以身邊的人都喊他宮叔。

「死因是肺炎，看來是感冒了。不過，警察在他的小屋裡找到一塊沾著血跡的石頭。」

「那血跡該不會是……」

「沒錯，符合立嶋雅夫的ＤＮＡ。」

偵防車大概花了十五分鐘抵達現場，位於淨水廠的後方，附近可以看見公營棒球場。

河濱的草叢裡可以看見零星分布的瓦楞紙小屋，每間看來都弱不禁風。

「不管趕走幾次都會跑回來，所以區公所也很頭痛。那裡不是有座棒球場？他們都去棒球場用免費自來水，還在河裡洗衣服，住起來應該算舒適吧。」

和馬跟在被稱作荒哥的刑警身後，前往瓦楞紙小屋。小松川警署的刑警們往小屋裡看，和馬也從他們身後觀察小屋裡面，真的空無一物，應該只能用來睡覺，而且還飄著一股怪味。

「這下就確定啦。」那名叫荒哥的刑警說。「兇手就是住在這裡的流浪漢，應該是為錢殺人吧。他殺了立嶋雅夫，搶了錢，結果染上肺炎死掉，真是報應，這下案子就破啦。」

「請等等，那個臉被砸爛的死者並不是立嶋雅夫，而是別人啊。」

荒哥的眼睛一亮，拉著和馬的手邁步離開小屋，到旁邊才小聲問。

「你剛剛說什麼？」

「我就是說那個被害人啊。之前那具遺體不是立嶋雅夫的，DNA鑑定報告已經出來了。」

「真的嗎？」

「是啊，難道你們還不知道？」

荒哥苦著一張臉點頭，於是和馬開始解釋。首先是淺草送報行的行員證明了立嶋雅夫曾待過池袋，立嶋雅夫在今年六月突然從池袋消失蹤影，不過當時留下了帽子。從帽子採集毛髮鑑定DNA，就確定死者不是立嶋雅夫。

「這到底是怎麼一回事？」荒哥聽了和馬的解釋，喃喃自語。「有點怪，這件案子真的有點怪。喂，來一下。」

荒哥帶和馬走得離小屋更遠，來到偵防車停車的地方。

「我是荒川，就因為這個姓，老是在荒川沿岸的警署調來調去的，沒騙你喔。」

荒川先自我介紹後才繼續說：

「我還是第一次聽說被害人不是立嶋雅夫，也沒聽說過什麼ＤＮＡ鑑定報告。正常來說應該要先通知我們才對，你說是吧？」

這無法否認，荒川說得對。荒川又繼續抱怨：

「話說回來，這件案子真的不對勁。你想想看，就算青山有間珠寶店被丟了催淚彈，我們手上這件案子發生也還不到兩星期，搜查一課竟然就撤退了？聽都沒聽過啊。」

「我也是這麼想。」和馬附和說。「我在意的點，是死者的臉被打爛了。這代表兇手不計代價要隱瞞被害人的身分，並不是什麼臨時起意的搶奪案。」

「是吧，我也這麼想。」

荒川點了根菸，和馬原以為這人是個粗人，現在明白他是優秀的刑警。接著，荒川邊吐白煙邊說：

「我是覺得哪裡不對勁，不過被殺的終究是有前科的流浪漢，無親無故，沒有人會因他傷心。說來難聽，不過真的提不起勁辦這件案子。」

「如今既然被害人不是立嶋雅夫，就另當別論了。被害人的家屬可能正在某處等著被害人回家。」

此時剛好到了正午，和馬必須回去參加青山搶案的偵辦，老實說他比較想辦這邊的案子，但是既然職權遭到解除，想辦也辦不成。

「我要先回去了，如果荒川哥方便，可以給我聯絡方式嗎？」

「哦，可以啊。」

和馬與荒川交換名片，從這裡走一段應該就能攔到計程車吧。和馬向荒川行禮之後，就離開現場。

※

唉，小華嘆了口氣。今天一大早就嘆氣到現在，嘆個沒完。終於到了兩家要見面的這一天，小華走在銀座的御幸通上，星期五的銀座可說是熱鬧非凡，但小華的心情卻愁雲慘霧。

今天還是要上班，所以小華跟家人說好直接在餐廳碰頭。小華今天穿得跟平常一樣，樸素的黑裙配淺紫色上衣。媽媽悅子吩咐過要打扮得漂亮點，但要是先回家換衣服就趕不上七點的餐會了。

小華順利抵達餐廳，位在銀座松阪屋後方一棟大樓的二樓，招牌相當不起眼，但是低調又高雅的設計讓人一眼就知道這餐廳很高級。走樓梯上二樓，爸爸阿尊和媽媽悅子已經等在餐廳門口。阿尊難得穿了一身西裝，悅子穿著金黃色的和服。悅子一看小華的打扮就嘆氣。

「小華，我不是跟妳說過了，要妳打扮得漂亮點啊！」

「我沒時間回家換衣服啊，總比遲到好吧？」

「算了算了，對方已經在裡面等了。」

三人走進餐廳，之前聽說是間創作和食餐廳，沒想到內部裝潢像法國餐廳，所有座位都是餐桌，沒有鋪榻榻米的和室。店員帶著三人前往最裡面的包廂，進去一看發現櫻庭家的爸媽已經坐在桌邊了。

「幸會幸會，敝姓櫻庭。」

櫻庭家的爸媽起身，恭敬地打招呼，還沒看到和馬的身影。悅子上前，優雅地鞠躬說：「讓兩位久等了。兩位百忙之中願意前來，感激不盡。我是小華的媽媽，三雲悅子，這位是我先生，尊。」

阿尊清清喉嚨後，抬頭挺胸地說：「我是三雲尊。」

「我是和馬的父親，櫻庭典和，這是內人美佐子。和馬因為工作的關係，會晚點到，我們先坐吧。」

眾人自我介紹結束，紛紛就座。兩家父母親從上座依序排下來，剛好是面對面。男性都點啤酒，女性這邊則都喝紅酒。小華點了烏龍茶，她認為要是不小心喝醉，出狀況就沒辦法應付了。

「三雲先生，您真是有個好女兒啊。我已經見過令嬡幾次，現在難得有這樣的好女孩了，完全符合大和撫子的名號。」

櫻庭典和邊喝啤酒邊說。爸爸阿尊回應：

「不敢當不敢當，我女兒這麼沒教養，真想回頭從三歲好好教起啊。」

「三雲先生說的是什麼話？小華她——抱歉，臉皮太厚了點叫得這麼親膩，不過小華她真的是個好女孩，家父家母也很喜歡她。」

此時有人打開包廂門，和馬進來了，神情顯得有些緊張。

「抱歉來晚了，我是櫻庭和馬，受兩位的女兒照顧了。」

和馬對著阿尊和悅子深深鞠躬打招呼，悅子笑盈盈地說：

「和馬，你快坐下，喝啤酒可以吧？今天大家別拘束，開心就好啦。」

「謝謝伯母，那我就坐了。」

悅子拿起啤酒瓶，挽著和服的袖子替和馬斟酒。悅子為了方便蒐集情報，會去銀座俱樂部上班，所以舉止高貴優雅。

「哦，我忘啦。」櫻庭典和彎下腰，從椅子底下拿起一只大紙袋說。「這是從新潟買來的好酒，請收下，就當慶祝我們認識吧。」

阿尊從櫻庭典和手上接過紙袋，顯得有些不知所措，還對悅子使眼色。阿尊就像在問，我們是不是也該回送點什麼啊？結果悅子也沒有任何準備。這也是難免，畢竟他們兩人完全缺乏社會常識，只知道偷或搶別人的東西，從沒想要把東西分享給別人。

「我、我失陪一下。」

阿尊靈機一動，起身離開包廂，櫻庭家的人看了有些錯愕，悅子連忙笑著開口打圓場。

「各位就別管我先生了，他這人就是怪。夫人，您這身和服可真漂亮。」

櫻庭美佐子跟悅子一樣穿著漂亮的和服，顏色是紫色，頭髮也是精心打理過。

「哪裡哪裡。」櫻庭美佐子在面前揮揮手。「您打扮得才是漂亮，請問這套和服是哪裡買的呢？」

「日本橋呀，那裡有我常光顧的店鋪。」

悅子說了和服鋪的名號，櫻庭美佐子脫口驚呼：「哎呀，真是巧，我這件和服也是在那家做的。其實對我這種小老百姓來說，那家店有點太高貴，但是茶道師父推薦我一定要去那家啦。」

「咦？您在學茶道啊？我也是呢。請問您在哪裡學的？」

「裏千家那邊，九段下的綾小路老師。」

「真的太巧了，我也是在裏千家學茶道，聽過綾小路老師的大名呢。」

悅子和櫻庭美佐子似乎找到共同話題，馬上聊開、拉近距離。和馬看到兩人聊開相當開心，看來也不緊張了。

「夫人，令郎真是太出色了。我們家小華也有個哥哥，興趣竟是玩電腦，整天不肯離開房間，我真是太羨慕您啦。」

「哪裡的話，我家女兒才是不讓鬚眉的潑猴一隻，真想叫她多學學小華呢。」

料理送上桌，但兩位媽媽正眼都不看一眼，聊個沒完。這裡確實是日本餐廳，菜色以海鮮為主，但是使用的器皿奇形怪狀，生魚片不是沾醬油，而是配做成果凍狀的醬汁，不過都很好吃就是了。

阿尊離開大約十五分鐘後才總算回來，手裡莫名捧著個保麗龍箱。

「不好意思啊，我去趟築地張羅來的，為了慶祝我們認識，就拿這些來下酒吧。」

阿尊得意地打開保麗龍箱，裡面裝著大概三十公分長的怪魚，總共五隻，底下墊了冰塊，櫻庭典和一看脫口驚呼：

「這可厲害了，不就是棘鮋嗎？」

「請店裡師父切成生魚片吧。剩下的就分給其他客人也好，喂，來人哪。」

阿尊說了捧著保麗龍箱就離開包廂。小華嘆了口氣，受不了，反正也是從築地魚商倉庫裡偷來的吧？前途真是一片黯淡。和馬沒察覺到小華的心情，只是佩服地看著小華說：

「真了不起，伯父實在太豪爽啦。」

確實很豪爽，所謂我請客你付錢，講的就是阿尊了。

「咦？三雲先生打過棒球啊？」

「還可以，高中畢業就沒打了，當時我是第一棒中外野手。」

阿尊又回到座位上，大家繼續吃飯。阿尊與櫻庭典和發現彼此的共同興趣是高爾夫球，聊著聊著又聊到棒球。

「我也是。」櫻庭典和紅著臉說，他已經從啤酒換喝到日本酒。「我棒球也是打到高中畢業，是第四棒的捕手。三雲先生，今年貴庚啊？」

「五十一歲。」

「小我兩歲啊，那麼我們的高中生涯有一年重疊。我高中讀的是練馬明成大學附設高中。」

「明、明成大學附設高中？」阿尊差點把喝到一半的日本酒噴出來，店裡連日本酒也用時髦的玻璃杯裝。「我是東中野高中，櫻庭先生還記得嗎？那年我高一，櫻庭先生應該是高三吧？西東京大賽第二輪，我們應該對打過喔。」

「哦哦，當然記得。哎呀，誰能忘得了呢？那場比賽是我們贏了沒錯，不過印象深刻的不是比賽內容，而是開賽之前，球場更衣室裡所有隊員的錢包都被偷了，所以我才記得那場比賽。原來，三雲先生當時就在對面的板凳上啊，真是太有緣了。」

「竟然有這麼回事？真是不像話的毛賊啊。」

阿尊說得一派輕鬆，但八成就是他幹的好事，阿尊應該從讀高中時就開始偷東西了。

「記得櫻庭先生打過五支二壘安打對吧？說著說著我慢慢想起來啦。」

「我也是啊，三雲先生，啊，我想到當時九局下半對方派了個一年級的代跑，結果漂亮盜壘，那該不會就是三雲先生吧？」

「猜得好，正是我啊。」

阿尊得意地點頭，小華聽媽媽說過，無論當下是四壞球或觸身球，阿尊的第一目標都是先起跑，唯一的理由就是想盜壘，可見阿尊有多麼喜歡偷盜。

「櫻庭先生，下次我們去看場棒球賽如何？我有巨人隊的觀賽年票喔。哎呀，在老婆面前不好意思說，不過啤酒妹真是太可愛啦。」

「那真好，請務必讓我同行，我已經好多年沒去看過棒球賽啦。」

兩家的父親也是意氣相投，邊喝邊聊。此時店員送上處理好的棘鯴生魚片，小華吃了一口，口味既清爽又有層次，她覺得生魚片比精雕細琢的創作和食好吃多了。小華不經意望向和馬，他正專心盯著悅子的手指，悅子今天精心打扮，手上的鑽石戒指閃閃發亮。

「阿和，你怎麼啦？」

「嗯？沒事啦。」

和馬笑笑，拿起手邊的玻璃杯。

「櫻庭先生啊。」阿尊把酒杯放在餐桌上說。「聽說櫻庭先生全家都是公務員？不好意思，請問您在哪個區公所高就啊？」

櫻庭典和也放下酒杯回答：

「嗯，這個呢，公務員也是五花八門，目前我是在警備方面的部門做事。」

「警備方面？所以是那個……政府官員的隨扈之類的嗎？」

「差不多就是那樣。」

「難怪看起來這麼精壯，一點都不像五字頭的人。」

「我從大學開始練劍道練到現在，一點都不輸給年輕人。聽說三雲先生在建商高就是嗎？」

「是啊，不過已提前退休，過著閒雲野鶴的日子。」

「好羨慕啊，這也是我的夢想。」

櫻庭典和說，拿起日本酒壺要給阿尊斟酒，阿尊舉杯接下，一口氣乾杯之後說：

「老實說啊，我聽小華提到男朋友一家子都是公務員，本來是不太開心的。心想公務員那麼死腦筋，怎麼能把小華嫁過去？不過櫻庭先生，你們家不一樣，通情達理，我喜歡，往後還請多多指教。」

阿尊說完後鞠躬，櫻庭典和連忙上前搭著阿尊的肩。

「三雲先生快起來，不是說今天別拘束了嗎？喝酒，我們喝酒！喂，和馬，再叫點熱酒來。」

和馬拿起牆上的電話分機加點熱酒，櫻庭美佐子拿起葡萄酒杯說：

「下次希望雙方全家都能一起吃個飯，我婆婆也好想一起來呢。」

「這真是好建議啊，夫人。」悅子點頭說。「我們一定要兩家人一起吃個飯。不過我公公這人浪跡天涯，常常不在家，應該是沒辦法共襄盛舉了。老公，你說是不是？」

悅子提到阿尊，阿尊回答：

「哦，啊，對呀，我爸有空就會浪跡全國，跟瘋癲寅兄[4]一樣，真不知道現在跑哪兒了。

4 日本電影人物，四處招搖撞騙的混混。

不提這個，和馬啊。」

阿尊突然提到和馬的名字，和馬連忙坐正。「三、三雲伯父，怎麼了嗎？」

「婚禮是何時啊？」

「嗄？」

「婚禮啊，我覺得是愈快愈好。」

兩家人聽了紛紛同意。

「就是說啊，和馬，打鐵要趁熱。」

「是呀，和馬，明年春天你看如何？」

「不錯呢，夫人，我看明年三月左右應該合適。」

小華看著面前這個狀況，懷疑自己是否眼花。我們兩家人碰面，不是應該鬧得尷尬破局嗎？這下好像被判死刑，只是晚幾個月行刑，讓小華的心情更加沉重。本來打算今晚不喝酒的，但是回過神來發現自己已經搶了和馬的啤酒來喝。乾脆掀底牌怎麼樣？我全家都是賊，你全家都是警察喔。一旦發現櫻庭家全家都是警察，阿尊八成會暴怒，悅子會恐慌，這場子馬上就泡湯。但是這樣又有什麼幫助呢？小華可沒有那麼大的勇氣，瞬間毀掉這個和樂融融的餐會。

小華把玻璃杯裡剩下的啤酒一飲而盡。

※

「今天真是多謝各位。」

櫻庭典和從計程車車窗探出頭來道謝，今天餐會順利結束，大家就此散場。典和大手筆決定坐計程車回家，就坐上停在餐廳門口的計程車，典和與美佐子坐後座，和馬坐前座。計程車駛離餐廳，和馬回頭往後看，三雲家的三人還在路邊目送他們離開。

「哎呀，真是太開心啦。」典和笑著說。「對方父母比想像中還開朗，我們應該能處得不錯。」

「就是說啊，悅子太太人很風趣，說好下次要請她參加我們的茶會呢。」

「我也跟三雲先生說好要打高爾夫。不過三雲先生感覺真隨興，不太像個上班族，比較像自營商。」

「我也是這麼想，或許人家天性就是這樣吧。」

「也對，不過那位太太肯定是做特種行業的，那可不是普通的風騷啊，我看她肯定是什麼厲害人物。」

「所以我剛開始戒心很重。不過一下子也就聊開了，老公啊，就算人家做特種行業，也不要歧視人家喔。」

「抱歉啦，職業病了。或許我該找個時間，請徵信社查查他們的背景啦。」

日本警察若要與一般民眾結婚，最重視的就是對方的家庭背景，尤其重視對方的家族裡面有沒有罪犯。警察彼此結婚就不需要擔心這些事情，因為錄取之前就會進行身家調查，也就方便多了。

「和馬，半年很快就過去嘍。你別慢吞吞的，要跟小華多談談。」

後座的典和這麼說，前座的和馬回答：「嗯，我知道啦。」

真是場開心的餐會，和馬原以為氣氛會緊繃苦悶，結果超乎想像地熱絡。和馬認為這要歸功於小華的爸媽，三雲悅子非常貼心，又能言善道，三雲尊則是豪爽氣派，聊起來很開心。吃到一半竟然還跑去築地買棘鮋，完全超乎和馬想像，至少和馬身邊從來沒出現過這種人。

今天甚至決定了婚禮的日期，當然是雙方父母強行敲定的。日期訂在明年三月第二個星期六，是黃道吉日。

「話說回來。」後座的典和突然想到就說。「我這星期二晚上，在『串吉』見過小華喔。她好像跟阿香一起去喝酒，兩個女孩子處得很融洽呢。」

那真是太好了，因為和馬認為媽媽美佐子和妹妹阿香要同意，是最大的障礙。看媽媽今天的樣子，應該會同意與小華的婚事，如果連阿香都跟小華混熟，就沒什麼好擔心的了。現在說櫻庭家全家都喜歡小華也不為過，小華真是人見人愛啊。

和馬胸口袋裡的手機響了，他拿出來看看螢幕，來電顯示陌生的號碼。摁下通話鍵，把手機拿到耳邊。「喂，我是櫻庭。」

「我是小松川警署的荒川啦。」

「荒川哥，辛苦了。」

和馬昨天才跟荒川一起去調查河濱的瓦楞紙小屋，後來再也沒有聯絡，和馬才想說要不要主動打個電話。

「你在哪兒？」

荒川問。和馬看看窗外，左手邊剛好就是東京車站，八重洲出口。

「我在東京車站附近。」

「能不能到龜戶附近一趟？我有點事情要讓你知道。」

「了解。」

和馬掛斷電話，計程車正好放慢速度，停下來等紅燈，從八重洲出口出來的乘客接連走過行人穿越道。

「我在這裡下車。」

和馬說了一聲就走下計程車，鑽入人群中。

和馬一走進門，就看到荒川在最裡面的位子向他招手。這裡是龜戶站附近某間普通的大眾餐館，館子裡的客人不多，現在已經是晚上十點多，或許該打烊了。

「辛苦了。」

和馬說完後坐在荒川對面，荒川拿起啤酒瓶給自己斟酒後喝了起來，配著薑燒豬肉，桌上沒有飯或味噌湯。荒川起身，逕自拿了飲水機上的杯子，又從冷藏櫃裡拿了一瓶啤酒，這都是熟客的舉動。荒川把杯子遞給和馬，斟了杯啤酒，和馬喝了一口後問：

「案子進行得如何了？」

「還能怎麼樣?」荒川板著臉搖頭。「說是無名流浪漢犯的案,上面準備要結案啦。」

「被害人呢?被害人的真正身分怎麼辦?」

「還是立嶋雅夫,死掉的就是立嶋雅夫,拍板定案了。」

「這怎麼可能?」

「我也不相信啊。我也套過長官的話,問他知不知道你說的DNA鑑定報告,結果他敷衍我,說什麼證據不足。」

真不可思議,那份DNA鑑定報告應該能夠證實那具屍體並非立嶋雅夫,而且和馬推測立嶋雅夫在六月五日就已經死亡。也就是說,在河濱所發現的死者並非立嶋雅夫。

「除了有人想要吃了這件案子,我不做他想。目前大概只有我懷疑這件案子有鬼,其他人都開開心心說要破案了。」

「所以荒川哥是認為,背後有哪個警方的人在操弄這件案子,是嗎?」

「是啊,不過也只是我的想像罷了。你想想看啊,昨天你不也說了,衝動犯案的兇手可不會特地砸爛屍體的臉。」

「那你今天為什麼找我出來?」

和馬開門見山地問。荒川一定有什麼理由,才會叫他來。荒川拿起薑燒豬肉的盤子,連高麗菜都吃個精光,又把杯中的啤酒喝光,把空盤放在旁邊,一臉嚴肅地說:

「其實呢,離現場兩公里左右有座物流倉庫,那裡的監視器拍到了一輛計程車,計程車開往案發現場,時間就在案發當晚的晚上九點三十分左右。」

根據報告，那具屍體死亡時間推測為晚上八點到晚上十點之間，正好吻合。

「監視器影像可以看見車牌號碼，我們查出是個人計程車，司機住在葛飾區，但是很難聯絡得上。聽說這位司機開車不靠行，生活自由自在，興趣是釣魚，只要攢了一筆錢就會給自己放個長假，出門釣魚去。」

荒川今天總算聯絡上那位司機，姓山本，年輕時是竊盜慣犯，三十到四十歲之間在牢裡過了好幾年，出獄之後進入大計程車行上班，工作勤奮，幾年前終於成為夢寐以求的個人計程車司機。

「這位司機山本還記得案發當晚載了怎樣的客人嗎？」

和馬問。荒川邊點菸邊回答：

「記得。他說客人是從龜戶站搭到小松川河濱，長相也符合，所以山本當天確實載著被害人前往現場。」

「車上只有被害人一人對吧？」

「沒錯，但是聽這個司機的口氣，好像知道什麼內幕，所以我就唬唬他，他才願意開口，他說他年輕時見過這個人好多次。」

「你是說司機山本見過被害人很多次？」

「對，不會錯，聽說這個乘客在江湖上小有名氣。山本說案發當晚，他載去小松川的這位老先生是個傳奇扒手。」

案發當晚，計程車司機山本載了一個傳奇扒手前往現場，結果這名扒手被人殺害了。

「這個扒手不愧是傳奇，姓名身分完全沒人知道，我想說總廳可能有什麼情報，才會找你出來。」

和馬突然覺得口乾舌燥，拿起手邊的杯子，將啤酒一飲而盡。

被殺的人是個身分不明的傳奇扒手，這背後到底有什麼涵義？

※

「今天晚上真是太開心啦，想不到對方的爸爸竟然是明成大學附中畢業的，而且高中時還跟我打過棒球，有緣，有緣。」

三雲尊得意地坐在沙發上喝葡萄酒，心情大好，腿上還坐了一隻博美狗，不知道從哪裡偷來的。

「比賽之前偷人家錢包的，就是爸對不對？」

小華這麼說。阿尊豪爽地大笑回答：

「那當然，對方可都是靠棒球保送入學的高手，我們則是沒本領的公立學校啊。我想說打擊他們的心靈，打起來會比較公平，可惜我們最後還是輸啦。啊，老媽，妳來得好。」

奶奶阿松剛好走進客廳，媽媽悅子正在洗澡，阿尊對阿松說：

「老媽妳聽我說，明年三月小華就要結婚啦，可喜可賀。對方也是個好青年，真是繼承了她媽挑男人的眼光。」

「這樣啊？小華，太好了。」

阿松笑盈盈地看著小華，感覺由衷地高興。這陣子三雲家碰到好多壞消息，難得家人這樣開心。但是小華的爸媽不知道，櫻庭家其實全家都是警察啊。

「謝謝奶奶。」

小華心裡牽掛，但還是對著阿松笑，阿松看著廚房說：

「你們兩個都餓了吧？我弄點茶泡飯給你們吃。」

「也好。」阿尊回話。「我們全程聊個沒完，幾乎都沒吃到飯，是想填個肚子了。小華，妳想要吃些什麼嗎？」

小華剛才都在吃生魚片這些清淡的東西，感覺想吃點油膩的食物。

「拉麵，我想吃拉麵。」

阿松側頭說：「我記得家裡好像還有泡麵……」

「速食可不行啊。」阿尊把腿上的博美狗放到地上，大聲宣告說：「想吃什麼，當下就該吃到，這是我們三雲家的規矩。小華，妳等等。」

阿尊說，走出客廳，接著聽到玄關大門開關的聲音。

「小華，對方是怎樣的人呀？」

阿松問。小華回答：

「比我大三歲的公務員。」

「哦——這樣啊，希望小華能一帆風順。」

阿松雖然微笑，眼神卻帶點憂傷，好像在擔心孫女的前途將會多災多難。或許是認為小偷家的女兒，要跟正派人家結婚很困難吧。

「奶奶，妳是幾歲跟爺爺認識的啊？」

「怎麼突然問這個？這麼久的事，我早就忘啦。」

「又沒關係，跟我說啦。」

「記得當年我二十二歲，他是二十四歲吧。」

二十四歲，代表大學已經畢業，那麼阿松就不清楚巖的大學生活了。

「我記得爺爺是大學畢業的對吧？明成大學不是一流的大學嗎？為什麼爺爺從這麼好的大學畢業，還會去當扒手呢？」

「繼承家業，他是這麼說的。他雖然是以扒手的行業為榮，但是另一方面，應該也想斷絕三雲家的不良傳統吧。所以我想，小華跟阿涉走自己喜歡的路就行了。妳爺爺已經把所有的功夫傳給你們，但是也想讓你們自己決定人生的路怎麼走吧。」

自己的人生路啊。前不久小華還有個明確的目標，就是跟和馬結婚，共組幸福家庭，但是現在完全迷失了這個目標，就像一艘漂流在海上的幽靈船，不知何去何從。

「久等啦。」

阿尊說，走進客廳，出去還不到十分鐘，手裡已經捧著兩大碗拉麵回來。不知道從哪裡弄來的，但不得不佩服這個好功夫。「好燙好燙。」阿尊邊說邊將兩個大碗放在桌上，碗口還包著保鮮膜，結了一層水珠。

「小華，吃吧吃吧。」

阿尊拆開免洗筷，吃起拉麵。小華也拆開免洗筷，撕開碗口的保鮮膜，味道好香，是叉燒拉麵。

「啊，哥哥，什麼時候來的？」

小華突然發現哥哥阿涉窩在沙發一角，她好久沒見到阿涉，阿涉還是照常穿著高中時期的運動服，胸口縫著寫有「三雲」的名牌，只見阿涉手上有一副碗筷。

「阿涉，你就是鼻子比人家靈。」阿尊嘆口氣說。「不過我可不會分給你，沒偷的人就沒飯吃。」

「哥，沒關係，我分給你，反正我也吃不完。」

小華拿起大碗，把麵分到阿涉的小碗裡，還倒了些湯。阿尊看了稍微咂了一聲，也分了點麵跟湯到阿涉的小碗裡。阿涉簡短說聲「多謝」，也吃起拉麵，阿尊則是邊吃麵邊說：

「阿涉，你聽好啦，妳妹妹明年三月就要結婚了，怎樣？會不會覺得寂寞啊？」

阿尊問，阿涉沒有回話，只是默默吃著拉麵。

「小華，妳別看阿涉都不講話，他其實很疼妳的。妳讀幼稚園時老被欺負，阿涉總是替妳挨打喔，可惜現在一點出息也沒有。」

是這樣嗎？小華完全不記得幼稚園的往事，不過阿涉臉都紅了。是害羞？還是因為拉麵熱呼呼呢？小華搞不清楚，而阿尊接著說：

「阿涉啊，你要有點當哥哥的自覺。首先想辦法靠自己的功夫賺錢，男子漢就是要放手去偷。」

「哎呀，拉麵好像很好吃。」包著浴袍的悅子走進客廳。「老公，也給我吃點拉麵吧。我光顧著跟美佐子太太聊天，都忘記要吃東西呢。」

「不行，這是最後兩碗了。」

「哎喲，不要這麼小氣嘛。」

「悅子啊，茶泡飯我馬上就能準備，妳要嗎？」

「不用了媽媽，妳別費心啊。」

真熱鬧，對小華來說是很熟悉的光景，但現在覺得自己有點像局外人。她原本擔心三雲家和櫻庭家聚會之後，會發生什麼大變化，結果只是杞人憂天。然而，小華卻揮不去那不好的預感。

聽見一聲狗叫。博美狗正在小華的腳下抬頭看，那雙眼睛好像看透了什麼，小華不禁避開博美的眼神。

※

隔天是星期天，和馬比平常更早出門，他希望出勤之前能見小華一面。最好能當面見到，為昨晚的事道謝。餐會從頭到尾的氣氛都很融洽，連婚禮日期都敲定了，也不能說是父母逼婚，總之很多事得準備才行。

和馬前往月島的獨棟民房，打算與上班之前的小華來個巧遇，再一起去咖啡店喝咖啡。仔細想想，他從來沒有在白天拜訪過小華的住家，每次都是約在月島站前，偶爾約會比較晚回家，才會開車送小華到家門口。

和馬來到小華的家門口，不禁起疑，這座房子比想像中還要頹敗，窗戶沒有掛窗簾，要說這裡是空屋都沒有人會懷疑。和馬摁了對講機，沒有聲音，可能是故障了。

怎麼回事？和馬愈來愈擔憂，難道小華不住在這裡？和馬確實多次見到小華走進這間房屋，最近一次就是帶小華回家見爸媽的那一晚。那天晚上，小華下車後毫不猶豫進了這屋子的門，不是嗎？

和馬東張西望，時間還早，路上只有趕著出門的上班族。為了確認，和馬推了推玄關門把，門是鎖著的。接著他又放慢腳步，繞到房子的後方。

房屋後面是小小的庭院，雜草叢生，約有高爾夫球場的草叢那麼長。寬而大的窗戶沒裝窗簾，和馬貼上前往裡面看。

裡面空蕩蕩，牆邊堆著很多紙箱，除此之外是家徒四壁，一看就知道是間空屋。

和馬一頭霧水。從這間房子的狀況來看，根本不可能有人住，也就是說小華謊稱自己住在這裡。但是為什麼要說這種謊？跟昨天晚上見到的三雲家爸媽有什麼關係嗎？小華究竟住哪裡？對情人隱瞞自己的住處代表什麼？

和馬看著空屋裡一陣子，最後發現徒勞無功，便離開窗邊。

他滿頭大汗，但不是因為熱，而是發現情人說謊——謊稱自己住在這間房子，讓他感到震驚。為什麼?和馬在心中吶喊,忍不住從西裝口袋掏出手機,打開通訊錄找出小華的號碼,才想摁下通話鍵,卻不禁猶豫。

和馬怕了。小華到底住在哪兒?又跟誰住?他好怕知道這些事情。該不會跟別的男人一起住吧?和馬才剛有這個念頭,又立刻趕走。不對,小華絕對不可能做這種事,兩人交往了快一年,他有信心小華絕對是愛自己的。但是眼前這個狀況又該怎麼想呢?小華應該要住在這裡,卻又不住在這裡。

一回神,和馬已經走到前門,突然發現附近有人,往那邊看,只見一個五十多歲的婦人拎著半透明的垃圾袋,正準備過馬路,婦人將垃圾袋放在馬路對面的垃圾場之後,又回到這邊來。和馬看婦人準備往過去兩戶的一棟民房進去,立刻趕了過去。

「抱歉這麼早來打擾,可以耽誤妳一點時間嗎?」

婦人停下腳步,一臉狐疑,和馬掏出警察手冊並秀出警徽,對婦人說:

「我是警察,可以向妳請教隔壁再隔壁的那戶人家嗎?」

婦人一看到警察手冊,眼睛都亮了。

「咦?什麼事?跟什麼案子有關嗎?」

「不是啦,最近不是因為很多閒置空屋引發社會問題?有些空屋甚至會被用來犯罪,所以警方必須掌握轄區裡的空屋狀況。隔了兩戶的那棟房子,之前應該是姓三雲的一家人住的,沒錯吧?」

和馬問,婦人點頭。

「是啊，大概五年前吧？三雲家突然搬過來，大概住了一年又搬走，而且走得匆匆忙忙呢。」

「家庭成員怎樣？妳是否記得這家住了幾個人，叫什麼名字？」

「我想想啊，有一對老人，是他們的爺爺跟奶奶，爺爺是巖，山字頭底下嚴格的嚴。奶奶是叫松子？不對，松惠吧？」婦人開始屈指計算。「然後是爸爸叫做阿尊，媽媽叫做悅子，還有個女兒小華。我記得好像還有個兒子，但是我沒見過人，也不知道叫什麼。只知道這家人不太跟鄰居來往，我沒什麼好印象。」

名字幾乎都對，看來三雲家確實住過這裡。

「我昨天晚上也來這一帶巡邏過，發現好像有女子從這戶人家出來，會不會就是三雲家的女兒？」

「不可能啦，警察先生。」婦人笑著否定。「我聽說爺爺偶爾會回來過夜，但是小華應該沒回來過吧。如果小華在，一定會跟我打招呼。她是那家人裡說得上是最正派的一個，看到誰都會打招呼，真是個可愛的女孩。」

和馬聽到這裡就想起幾件事。之前在青山骨董通的咖啡店聽三雲悅子說，三雲夫妻住在都內的飯店裡，還在找房子。昨天晚上三雲尊又說，小華的爺爺只要有空就會遊歷日本各地。他現在真是一頭霧水，不知道究竟該相信什麼。

「警察先生，我可以走了嗎？」

婦人作勢要回家裡去，和馬便道謝說：

「感謝妳的配合。我想請教三雲家怎麼管理這間空屋，請問妳知道他們搬到哪裡去了嗎？」

「抱歉，我不知道。」

「這樣啊，抱歉耽誤妳這麼多時間。」

婦人要走向自家玄關，和馬看著婦人離開，把手上的警察手冊收回西裝口袋，突然感覺到手指在口袋裡碰到什麼。那是一張照片，照片裡的人是在河濱發現的男性死者，案發之後和馬就隨身帶著照片不放。警視廳資料庫裡說這人是立嶋雅夫，但和馬偵辦之後發現並不是。後來透過小松川警署的荒川調查，才知道這人是身分不明的傳奇扒手。

和馬無法解釋為何會有一股衝動，勉強算是種直覺吧？和馬已經多次碰過兩件風馬牛不相及的事硬是搭在一起，結果讓案情急轉直下。

「不好意思，能再打擾一下嗎？」

和馬忍不住趕上婦人的腳步，從西裝口袋掏出照片，向婦人問：

「請問妳認得這照片裡的人嗎？」

「咦？這張照片啊？」婦女被和馬的氣勢稍稍震懾，看向照片。「看上去有點年輕，不過就是三雲家的爺爺，三雲巖，不會錯。」

「這、這是真的嗎？」

「真、真的啊，我不會搞錯。可是警察先生怎麼會有三雲爺爺的照片……」

和馬已經聽不見婦人說些什麼，甚至忘了要道謝，就逕自離開。他又回到三雲家住過的房子前面，只覺得腋下猛冒汗，不停耳鳴。

就像被敲了頭般震撼，在河濱遇害的人就是小華的爺爺，而且如果計程車司機山本說的話可信，這人同時也是傳奇扒手。

手機響了，而且已經響了好多次，隨便算算都超過十次吧。和馬終於摁下通話鍵。

「喂，我是櫻庭。」

「櫻仔，你搞什麼鬼啊？跑到哪裡去了？喂！」

打電話來的人是卷，已經快到上午十一點，這還是和馬第一次無故缺勤。

「對不起，卷哥，我身體不太舒服。」

「那至少通知一聲吧，組長也很擔心，還以為你出了什麼意外。」

和馬心想，要是出了什麼意外還算好，或許出個車禍送醫急救也比現在來得輕鬆。

「我會去跟組長解釋，你今天就休息吧。」

「沒關係，我下午就過去。」

「你不是說身體不舒服嗎？休息個一天不會遭天譴。」

「我真的沒事，下午就過去。」

和馬掛斷電話，把手機收進西裝口袋。天空下起雨來，和馬沒帶傘，直接坐在路邊護欄上仰望天空，灰濛濛的一片。

和馬來到四谷，在小華上班的圖書館前面，而且已經在圖書館前面的馬路護欄上坐了兩個多小時，直盯著圖書館的門口。今天是星期六，一早就不斷有媽媽帶著小孩走進圖書館，圖書館旁邊的腳踏車停車場已經都停滿了。

和馬看到一名男子經過他面前，這男子的打扮有些寒酸，但是笑容可掬。男子拎著一個紙袋，走進圖書館去。

雨勢愈來愈強，和馬從護欄上起身，走向腳踏車停車場。停車場的屋簷可以擋些雨水，但是和馬早已淋成落湯雞了。

和馬看起來真是淒慘。他想起阿香曾說過的話「老哥真是瞎了眼」，如今他自認一點都沒錯。情人謊報了自己的住處，到現在他還不知道對方究竟住哪兒，原來月島那間房子只是個幌子。

小華究竟在隱瞞什麼？應該是瞞著她爺爺的事，那人是個傳奇扒手，要隱瞞自己家族裡有個罪犯，也不是不能理解。但是話說回來了，自己的爺爺被殺害，而且即將被當成陌生人下葬，小華卻什麼也不說，和馬就不懂小華的心境了。

回想起來，其實有過不少徵兆。小華第二次去和馬家拜訪時，回程路上，小華就對小松川河濱發生的凶殺案很感興趣。小華當時應該就知道死者是她爺爺，和馬沒有辦法證明，只是這麼覺得。

說到底，和馬自己才是說謊的人。他沒把自己的刑警身分告訴小華，就這樣交往了，確實也有不對。但是小華也隱瞞了真相，甚至謊報住處，連爺爺死了都不肯對論及婚嫁的情人說，這完全就是背叛。

要找小華問個清楚，和馬來這裡就是這個打算，但現在卻很難鼓起勇氣走進圖書館，親自面對小華。他有預感，只要跟小華見到面，一切就結束了。而且即使見到小華，沒信心能保持冷靜。

一名男子走出圖書館，是剛才笑盈盈走進圖書館的人，男子往和馬所在的腳踏車停車場的相反方向離去。和馬看了一眼，男子表情相當失望，手裡還提著進去之前所提的紙袋。

和馬想立刻去見小華，把話問個清楚，但另一方面又有個軟弱的自己，要他就這麼回頭離開。

雨下得更大，和馬覺得渾身發冷，環抱身子上下搓，牙齒還直打顫。

※

秋天正是讀書天，小華所任職的圖書館這陣子幾乎天天都為了民眾舉辦活動，今天依然有許多民眾擠滿了圖書館。

「三雲小姐，有訪客，在借書櫃檯前面等妳喔。」

小華在整理夜間歸還的書本時，同事告訴她。她跑著趕到櫃檯，來訪的是扒手近藤。

「哎呀，小姐，我碰巧路過這裡，想說來見見小姐。」

近藤說得笑容滿面，小華連忙拉著近藤的手帶到牆邊。

「近藤先生，拜託你不要隨便跑來找我好嗎？還是你查到什麼消息了？」

小華認為近藤也有他自己的打算，應該會去調查巖跟櫻庭和一的交集，想不到近藤搖搖頭回話：

「沒有啊，我什麼都不知道。」

「受不了，我好歹也在上班好嗎？」

「不嫌棄的話，請收下這個。」近藤遞出他帶來的紙袋。「這是我在淺草老牌日本點心舖買的甜包子，不排隊還買不到呢，很好吃喔。」

「這，該不會是偷來的吧？」

「妳、妳怎麼會……」

近藤驚慌起來，這人實在太好懂了。小華把紙袋推回近藤懷裡說：

「這我不能收，如果沒事的話就請回吧。」

小華說完，離開現場，半路回頭，看到近藤垂頭喪氣地走出門口，就繼續回去工作了。

小華繼續整理歸還的書本，但是還不到五分鐘，又有個同事來找小華說：

「小華，有訪客，我請客人在借書櫃檯前面等了。」

又來了？小華不耐煩地起身，心想只是甜包，收下應該不打緊吧？小華走向櫃檯，但是看到櫃檯前的訪客，一時以為自己眼花。

「阿和？你怎麼會在這裡……」

「我有點話想說，能不能給我一點時間？」

「可是我在上班……」

「這件事情很重要。」

和馬硬拉住小華的手腕，然後直接把小華帶到圖書館外面，不少帶著小孩的媽媽經過這兩人，都投以訝異的眼神。

和馬總算放手，停在腳踏車停車場前面，外頭下著雨，小華沒穿外套覺得有些冷。她很在意和馬的臉色，一副痛心疾首的樣子，不由得擔心起來。

「小華，我有件事要找妳問清楚。」和馬終於開了口，表情還是很僵。「妳爺爺的名字是三雲巖，沒錯吧？」

怎麼會提到爺爺的事呢？而且和馬應該不知道爺爺名字，小華想不透但還是回答了：

「嗯，對啊。」

「大概兩個星期之前，荒川的河濱發現一具老先生的遺體，我應該也提過這件案子，妳還記得吧。」

「嗯，是啊，好像有這麼回事吧。」

「一開始警方判斷被害人叫做立嶋雅夫，但是我懷疑起死者的身分，就到處查訪一番，結果發現立嶋雅夫本來是在池袋生活的流浪漢，而且很可能今年六月就死了。一個人不會死兩次，所以荒川的那具遺體不是立嶋雅夫。」

「你等一下。」小華終於忍不住插嘴。「阿和，你在講什麼啊？辦案的內容嗎？我不懂你為什麼要跟我講這個。」

不，小華其實再明白也不過，但是她不想繼續聽和馬說下去，怕得不敢聽和馬接下來要說的事情。

「我、我要上班，先回去了。」

小華轉身就要離開，背後的和馬卻補了一刀。

「在荒川河濱發現的死者是三雲巖，也就是小華的爺爺。妳早知道這件事情，對不對？」

小華無法回答，僵在原地動彈不得，雨水從她臉上滑落，她卻毫無感覺。

和馬繼續說，口氣有些激動。

「小華，妳就別再撒謊了，我什麼都知道，包括妳其實不住在月島那間房子裡。妳到底住在哪裡？妳到底是什麼人？」

和馬的口氣已經不算訴說，而是吶喊。小華默不作聲，只能愣在原地不動。

「我還知道，三雲巖是個傳奇扒手，是瞞著警方幹壞事的惡劣罪犯。小華，妳是三雲巖的孫女，我有說錯嗎？喂，小華，妳說點什麼？」

無話可說。小華冒著大雨跑回圖書館裡，中途回頭看，和馬沒有追上來。

第三章　不速之賊

一切都完了。小華心想，既然巖的身分已經被和馬發現，這一切就結束了。果然應該早點抽身才對，比方說喜歡上了別人，還是要搬到遠方去，藉口要多少有多少，卻什麼都沒做，過一天算一天，自己必須要負責。小華真是悔不當初。

「哎呀，小華，妳還在啊？」

「啊，嗯，我正要回去。」

一名同事喊小華，早就過了下班時間，小華卻無法離開座位，她實在不想回家。

「打起精神來啊，小華，你們一定會和好的。」

同事替小華打氣，看來小華跟和馬白天在圖書館外面談話的模樣在圖書館裡引發不小的話題。同事紛紛猜測小華是不是被男朋友甩了，但小華才不管旁人怎麼想。

兩人交往還不到一年，小華跟和馬交往時，總想著大概會跟這個人結婚，而且認為對方也有一樣的打算。兩星期前和馬突然帶小華回家，事出突然讓小華相當驚訝，但其實也有點開心。小華可以感受到這個人對自己是認真的。然而當她發現和馬的家人與和馬都是警察，就知道注定會走到破局的這一天了。

「小華，我先回去了。」

小華看著同事離開辦公室，也緩緩站起身。時間是晚上七點多，平常是應該要關門了，不過今天為了準備週末的活動，還有幾位同事在加班。

小華從夜間出入口離開，雨還在下，她發現傘忘在圖書館裡，就這點小事現在也讓她想哭。反正雨沒很大，離車站也不過五分鐘路程，小華就走出去了。

看來我真的無法談平凡的戀愛。小華走在下雨的人行道上如此心想。反正我就是盜賊家族的女兒，不該嚮往什麼平凡的戀愛、結婚，更別說對象是個刑警，想結婚真是癡人說夢。

小華看到一名上班族的男性迎面而來，他好像也忘了帶傘，把公事包頂在頭上快跑。兩人錯過的時候，男子的手臂撞到小華的肩膀，小華一個不穩跌坐在柏油路上，男子連聲道歉也沒有就跑開了，平常應該閃得過，小華只是默默起身。

她發現頭上突然沒有雨了，抬頭一看有人替她撐了傘，再回頭一看竟然是櫻庭香。

「阿香，妳怎麼來了？」

阿香笑顏逐開。

「上次不是妳幫我付錢？我來還錢啦。」

她說的是前些天去燒烤店的事，當時阿香徹底醉了，所以小華付了帳，阿香應該是要來還這筆帳吧。

「真是……也不用特地跑一趟。」

「沒關係，反正我回家順路。妳臉色很差，身體不舒服嗎？」

「也沒什麼不舒服啦。」

小華想起第一次見到阿香的經過，那是她第二次造訪櫻庭家，阿香當時劈頭就問小華交過幾個男朋友，所以小華對阿香的第一印象是個性大剌剌，是櫻庭家裡最難親近的人。但是後來兩人一起去了健身房，去燒烤店喝酒，阿香也成了櫻庭家裡跟小華最熟的人，真是奇妙。

小華與阿香並肩走著。阿香撐的傘算是男用大傘，兩人幾乎都沒淋到雨。阿香的身高大概有一百七十公分，一起走感覺更高大，而且不愧是和馬的妹妹，五官就是有那個神韻。小華不至於誤以為自己跟和馬走在一起，但不禁回想起跟和馬並肩走的光景。

阿香收起傘，因為已經走到通往地鐵的階梯了。小華正準備下樓梯，聽到阿香的聲音。

「喂，等等啊。」

「啊，不好意思，錢的事情妳別放在心上，就當我請客好了。」

「不是啦，妳跟我來一下。」

小華聽話掉頭回來，阿香望向馬路對面，有一塊大型連鎖咖啡店的招牌。

「我好歹也算是個警察，怎麼能放著愁眉苦臉的女孩不管呢？我們去喝點熱的吧。」

阿香說完，又撐起傘，走向行人穿越道。小華猶豫了一下，還是急忙走上前。

「聽說昨天的餐會很成功。我爸媽都很開心，聽說連婚禮日期都敲定了？真是一帆風順啊，想不到妳就要變成我的嫂子。」

兩人走進咖啡店，坐在窗邊的位子，小華點了紅茶，阿香點了低脂牛奶。可能是為了躲雨，咖啡店裡高朋滿座。

「我們家今天早上開了家庭會議。我們家不管碰到什麼事情都要開家庭會議，今天的會議主題就是老哥結婚，大家一致通過，也就是大家都點頭接受妳啦。」

服務生過來把飲料放在桌上，阿香等服務生離開才繼續說：

「不過妳的臉色可真差，難道已經發作了嗎？婚前憂鬱症之類的？」

「不是啦。」小華邊回答，邊把牛奶倒進紅茶裡。「阿香，真的對不起，其實……我看應該是泡湯了。」

「泡湯？泡什麼湯？」

「就是我跟和馬的婚事，我們不會結婚了。」

「怎麼回事？這麼突然？怎會變這樣？難道老哥有了別的女人？不過老哥怎麼可能……」

「請不要問原因，一切都是我的錯。」

阿香大為震驚，張口結舌地看著小華，小華移開視線，低頭拿起杯子，喝了一口紅茶，打起精神來問阿香：

「不提這個，妳怎麼樣呢？」

「什麼怎麼樣？」

「松田先生啊，棒球隊隊長松田先生，你們一起去吃過飯了嗎？」

「其實啊……」阿香有點難以啟齒。「昨天碰面了。老爸老媽都去餐會不在家，我就跟他約在澀谷一起吃飯。」

「很棒啊，有什麼進展嗎？」

「哪有什麼進展，總之，約了下個星期六去看棒球賽。不過看的不是職棒，是少棒，他在當少棒隊的教練，我去加油。」

「這明明就是很大的進展啊。」

「是、是喔？」

「當然是啦。」

阿香有點害羞得臉紅。阿香的身材在女性之中算是精壯，但五官就像哥哥和馬一樣端正，是個美人胚子。松田先生既會上健身房，又是少棒隊的教練，八成是個體育男，兩人應該很相配。

「別說我的事了，問題是妳啊。」阿香把話題拉回來。「為什麼？為什麼婚事泡湯了？我完全不明白啊。」

「就說都是我的錯了，我不會再說了。」

小華心想真相遲早會曝光，但不會由她親口說出來。就算她說了真相，阿香八成也不信——其實我全家都是賊——真的這麼說了，阿香也只會當成笑話。

「果然沒錯。」阿香點頭說，小華好奇地反問阿香：「什麼果然沒錯？」

「我早就覺得妳瞞著什麼事情了。第一眼見到妳的時候，就覺得妳跟我完全相反，簡直是磁鐵的南北極。妳看，妳這麼正經，又成熟，還在圖書館上班，跟我剛好相反吧？」

沒錯，其實小華對阿香也有一樣的感覺。她個性強，身體壯，還是個警察，跟自己真是完全相反。

「可是我慢慢懷疑起妳的真面目，開始想說妳會不會有另外一種面貌，後來覺得搞不好妳不是跟我相反，而是跟我同類。我懂喔，我從小就練柔道跟空手道，跟人家過招的時候，可以感覺到對方的真功夫。我多年的直覺告訴我，這個女的不簡單啊。」

阿香說到這裡，一口氣喝了半杯的低脂牛奶，用手背擦掉嘴邊的奶漬繼續說：

「到底哪裡不簡單呢？我當時還搞不懂，但是妳散發出來的氣勢跟普通人就是不太一樣。只有精通某種功夫的人才有這股氣勢，我家其他人都沒注意到這股氣勢，老哥當然也是一樣。老哥明明那麼聰明，但碰到愛情就瞎了眼啊。」

不對，除了阿香之外還有另外一個人發現，就是櫻庭和一。小華認為櫻庭和一想必知道些什麼，但沒有說出口，只是聽阿香繼續說：

「所以我從一開始就想說，妳跟老哥一定不會有好結果，既然妳不肯說出口，肯定是做了什麼虧心事。不過我現在想支持妳，我不討厭克服難關、力求上進的人，這種人我更想要大聲加油的。」

「阿香……」

「不過，我也不知道我能為妳做什麼啦。」

阿香露出笑容，喝光了剩下的牛奶，背起皮包，站起身。

「這次我請，我先回去啦。」
阿香一把抓起收據，走向收銀台，小華站起身，對著阿香的背影深深鞠躬。小華很感謝阿香的貼心，但無論阿香多麼大聲替她加油，這個問題也解決不了，答案一開始就決定好了。
看看窗外，仍下著雨。

※

「這雨還真能下，不知道明天會不會放晴。」
一旁的卷看著天空的雨嘟囔。和馬來到新小岩，在一家小鋼珠店前面，耀眼的霓虹燈在雨中閃爍。現在是晚上八點多，他們來到新小岩是因為青山的珠寶店搶案有了新進展。
警方調了珠寶店附近的所有監視器，發現離現場一公里的路邊有一輛可疑車輛，在案發前的兩個星期之間有三天連續停在同一個地方。或許就是犯案的集團開來觀察地形的車輛吧？搜查總部這麼認為，查出影像中的車輛，得知車主是中國籍留學生，叫做楊修梅。查了楊修梅的背景之後，得知他三年前來日本念語言學校，但目前已休學，而且大概從一年前開始，生活過得十分闊綽。根據楊修梅朋友們的推測，他似乎結交了一批可疑人士。
今天傍晚，搜查總部接獲情報。情報提供者是楊修梅就讀日語學校時的同學，幾天前接受過偵訊。這人說楊修梅今晚找他吃飯，約在新小岩的小鋼珠店碰頭。現在，楊修梅的留學生朋友已經在小鋼珠店裡等著，但是還沒看到楊修梅。

「喂，櫻仔，你在聽嗎？」

「不好意思，怎麼了？」

「我說這雨不知道要下到什麼時候。」

「我也不知道，我沒看氣象預報。」

和馬也知道自己沒有專心辦案，今天上午他去了四谷的圖書館逼問小華，小華看來非常驚慌，和馬相信小華確實刻意隱瞞了很多事情。

到底是怎麼了？老實說，和馬現在無所適從。在荒川河濱發現的屍體，是名叫三雲巖的扒手，而小華是扒手的孫女，說穿了也僅止於此。但是小松川警署的搜查總部認定屍體是屬於一個名叫立嶋雅夫的流浪漢，兇手是個沒名沒姓的男子，死在案發現場下游的瓦楞紙小屋裡，還打算就這樣結案。目前注意到三雲巖這個人的，只有和馬跟荒川警署的刑警荒川，就算向搜查總部通報三雲巖這個人，八成也會被長官罵說少插嘴。

而和馬現在最頭痛的還是小華，他其實已經看破了，當他在圖書館看到小華的表情，就隱隱知道他們倆已經結束了。

不過，和馬也並非完全不抱希望，因為沒有證據證實三雲巖就是傳奇扒手，畢竟目前只有計程車司機山本這麼說。

首先要掌握三雲巖就是扒手的證據。和馬經過一番苦思，終於有了這個結論。要查明三雲巖這個人、了解他的為人，這麼一來就知道他為何會被殺，又是誰下的手，一切都會真相大白。

但是和馬搞不懂三雲家的人，爺爺三雲巖都已經死於非命，為什麼這家人看來若無其事呢？難道三雲家還沒發現三雲巖已死？和馬原本這麼想，但是看小華今天的態度，相信並非如此。小華，以及三雲家的其他人明知道巖遭到殺害，而且被判定為某個毫無關聯的陌生人，為什麼一句話都不說？這是和馬最不解之處。

「有一名男子從車站那邊靠近，應該就是楊修梅。」

左耳塞著的耳機突然發出探員的聲音，和馬往車站方向看去，看到一名男子撐著傘走過來。雨傘擋住了，看不清這男子的長相，男子直接走進小鋼珠店。

「A組兩員，進去確認長相。」

目前現場有八名探員，前門與後門各有四人待命，和馬是負責正門的A組。卷跟另外一名探員假裝是客人，走進小鋼珠店。

大概過了三分鐘，和馬這段時間一直緊握著傘柄，總算聽到耳機傳來聲音，是卷的聲音。

「就是楊修梅，不會錯，他跟朋友一起往後門去了。」

走後門啊，所以不會到前門來，不過凡事就怕萬一，和馬仍保持警戒，聽著耳機的聲音。

「他發現了，前門，A組，前門！」

局勢瞬間變得緊張，走進店裡的兩名探員還沒歸隊，前門只有和馬與另一名探員看守。和馬與另一名探員對看一眼，這人也是搜查一課的探員，比和馬早兩屆的學長，只是不同組。

自動門打開，一名男子走出來，正是楊修梅。學長手持特殊警棍上前，楊修梅突然拿手裡的傘就打過來，學長沒料到這招，被打得跪倒在地。楊修梅扔掉了打爛的透明塑膠傘，和馬連忙上前擋住楊修梅的去路。

楊修梅雙眼布滿血絲，這眼神感覺什麼都幹得出來，而且手裡突然就冒出了一支匕首。和馬已經從槍套裡掏出手槍，但是他還沒有真的對歹徒開過槍。

楊修梅揮舞著手裡的匕首慢慢靠近，看來相當激動，但神情有些瞧不起和馬。應該是有一定的信心，認為日本警察不可能開槍。

和馬舉槍並踩穩馬步，拇指扳開保險，楊修梅一聽到手槍開保險的聲音，臉色就變了。當和馬把食指放在扳機上時，突然有了意外的動靜。

有個黑影從楊修梅後方撲了上去，原來就是卷。卷一個掃腿把楊修梅踢倒在地，然後往他臉上招呼幾拳。B組探員也趕來支援，瞬間逮住了楊修梅。

「多謝卷哥，得救啦。」

和馬趕到卷身邊，卷氣喘吁吁地說：

「小事啦。不過櫻仔，你一定要告訴我，到底有沒有女朋友啊？」

和馬笑笑，也只有卷在這種時候還開得了玩笑。

「沒有啦。正確來說本來有，只是分了。」

和馬想起了小華，但搖搖頭不再多想。

警方偵訊楊修梅到晚上十一點，和馬沒有參與，但是在赤坂警署的一間偵訊室裡待命，所以會持續獲得資訊。

楊修梅三年前到東京都內的日語學校留學，後來沉迷賭博，欠了一屁股債，繳不出學費而遭到退學。當時他常去的麻將館，有個人來找他搭話，這人跟楊修梅一樣是中國人，問他要不要幫忙做買賣。

楊修梅第一次下手的目標，是千葉縣內某個家電量販店的倉庫。一行人半夜破壞門鎖，闖入倉庫，搬走值錢的家電產品，裝上貨車帶走。其中一名同夥是贓物商，負責銷贓。楊修梅幹了這一票，賺到百萬日圓，一名同夥勸他不如買輛二手車，所以楊修梅就用第一票賺的錢買了中古的輕型汽車。

這批人大概每三個月就會搶一次關東地區的家電量販店倉庫，人員除了楊修梅還有另外三名男子，都是中國籍。楊修梅記得每個人的名字，一接受偵訊就馬上供出來，但八成都是假名，要查出真實身分難如登天。

這批人大概一個月前，決定要搶青山的珠寶店「白瑪莉」。原來其中一名同夥說想回國，決定最後幹一票大的，就是搶珠寶店。勘查狀況之後，眾人的結論是剛開門的時候最好搶。珠寶店裡只有女店員，又沒有什麼防搶措施，日子就這麼來到執行計畫的那一天。

「楊修梅負責開車，把車停在珠寶店門口待命，三名同夥搶完就上車逃走。」卷解釋，因為卷參與了偵訊，向和馬說明。

「催淚彈的來源不清楚，楊修梅只是開車接應的，其他人把他當小弟使喚。他的手機裡也有同夥的電話號碼，但都打不通。勘查場地用的車，就是楊修梅買的輕型汽車。不過呢，這小子說了一件有意思的事情。」

卷說到這裡顯得有些困惑，和馬問：「什麼有意思的事情？」

「他們搶來的金銀珠寶又被人搶了。」

楊修梅的供詞如下：同夥成功搶到了珠寶，搭上廂型車，逃往麴町的立體停車場，計畫是要在這裡換別台車。

「當他們在立體停車場要換車時，突然兩名穿黑衣的男子搶了他們搶來的珠寶，楊修梅是這麼說的。」

這夥人以為只要換車就能遠走高飛，一時粗心大意，突然兩名男子現身，兩人動作迅速，用催眠噴霧接連迷昏了楊修梅一夥人。兩小時後這夥人醒來，車上成堆的金銀珠寶早就無影無蹤，才知道是被那兩人搶了。

「留在麴町立體停車場的那台逃亡車輛，記得驗出安眠藥的成分對吧？」

和馬說。卷點頭說：

「沒錯，符合楊修梅的供詞。不過這小子說的話也不能盡信，明天還要繼續偵訊。」

今天的偵辦就到此為止，和馬與卷走出偵訊室，搭上電梯，電梯往下的途中，卷突然又想到什麼就說：

「話說回來，楊修梅說那兩個黑吃黑的程咬金，其中一個可能是女人。」

「女人嗎？有什麼證據呢？」

「也沒什麼證據，就是楊修梅被噴了安眠藥時死命掙扎，結果碰巧摸到兩人組其中一個的胸口，他說摸起來軟綿綿，是女人的胸。」

「所以對方是一對男女嗎？」

「現在還不清楚。哎呀，結果今天也加班到這麼晚。」

電梯抵達一樓，卷伸懶腰走出電梯，和馬也跟著出去。此時，和馬想起昨天晚上見到的三雲悅子。

昨天晚上，三雲悅子的左手無名指和右手中指都戴著戒指，和馬注意到右手中指的戒指，他對那只戒指有印象。之前跟小華一起去逛白瑪莉時，店員曾拿給他看過，是今年秋天最新款的四葉草造型戒指。

不會吧。和馬苦笑著趕走腦中的念頭，他一時想像三雲悅子穿著一身黑的模樣，根本不可能。三雲悅子不是也去了那家珠寶店嗎？一定是她自己買下來的。

「櫻仔，搞什麼啊？快走啦。」

「好，卷哥。」

赤坂警察署一樓大廳已經空無一人，大廳裡只有兩人的腳步聲迴盪著。

※

「我回來了。」

小華說，脫掉鞋子，時間已是晚上十一點多，後來小華在咖啡店消磨了快三個小時。實在不想回家，就待在那裡等到雨停。

「小華，怎麼這麼晚。」

小華一走進客廳，發現爸爸阿尊還醒著，而且喝了不少葡萄酒，滿臉通紅。電視裡跟平常一樣放映電影《瞞天過海》。

「妳跟和馬一起啊？」

「不是。」

小華說，準備回房間，阿尊又把她留下。

「小華，妳等等，看看這個。」

沙發上放著兩幅畫，一幅是描繪秋天田園的風景畫，另一幅是裸女圖。阿尊交叉雙臂，盯著這兩幅畫說：

「妳覺得哪個好？」

「什麼哪個好？」

「這還用問？當然是要送給櫻庭兒，慶祝妳準備嫁過門啦。這一幅是米勒，一幅是雷諾瓦，我想送其中一幅，小華妳看哪個好？說說妳的意見吧。」

「不用了。」

「妳說什麼？」

「我就說不用了。拿偷來的畫送人，也太亂來了吧，有沒有一點常識啊？正常來說這些畫是掛在美術館裡的吧？送這種東西，收的人還沒開心就先傷腦筋了吧。」

「小華，妳這……」

「而且我們不結婚了。」

小華丟下這一句後離開客廳，阿尊連忙趕上來。

「小華，妳沒頭沒腦說這什麼話？不結婚了？夢話等妳睡了再說吧。還是怎麼著？和馬搞外遇了？要是這樣可真不像話，我去好好訓他一頓。」

此時前方一扇門打開，悅子探出頭，她穿著睡袍，揉揉惺忪的睡眼。

「安靜點，我正要睡覺。」

「悅子，妳來得正好，小華竟然說她不結婚了，妳快來說她幾句。」

悅子聽了瞬間清醒，瞪大雙眼說：

「小華，真的嗎？」

「嗯，對，不結了。」

「怎麼突然這樣說？明天我還打算去逛逛都內幾個結婚會場呢。」

「不要多管閒事，總之我不結婚了。」

小華從悅子身邊經過，在走廊上聽到悅子在後方說：

「我懂妳的心情，女人一旦決定要結婚，心裡就會七上八下。我以前也是這樣，所以我明白。小華，妳是不是在想，真的該跟這個男的結婚嗎？是不是有更配得上自己的人？」

「悅子，妳，竟然想過這些……」

「老公你閉嘴。」

小華走到房門前，打開門，走進房間，隨手把門帶上，然後將背靠在房門上。

「小華，快出來，我們好好談一下。」

「是啊，小華，妳要不要吃拉麵？」

小華從皮包裡拿出手機，打開螢幕，叫出訊息履歷。只見信箱裡幾乎都是和馬傳來的訊息，她一股作氣全刪光。

我跟阿和已經完蛋了。小華突然深深體會到這一點，不禁流下淚。回想起來，小華今天好像都在流淚，好想哭好想哭，就是忍不住。

為什麼我會生在這樣的家庭呢？小華詛咒起自己的境遇。不管心胸多麼寬大的男人，都不可能接受盜賊人家的女兒。這輩子應該是結不了婚，就算有人願意跟我結婚，八成也跟爸爸阿尊一樣是個賊。打死我都不想跟賊結婚，門都沒有，只有電影裡才會出現像喬治克隆尼或布萊德彼特那種帥賊。

好想出生在普通家庭裡，小華由衷地這麼想。爺爺，為什麼？小華想起巖，在心中問。為什麼要教我偷竊的功夫？我只想當個普通女孩啊。

小華這輩子第一次恨起爺爺，同時也痛恨自己竟然恨起死去的巖。她沿著門板挪動身子，坐在地上，然後抱著雙腿哭個不停。

※

隔天，和馬起床走向廚房，看到爸爸典和與媽媽美佐子正在吃早餐。和馬坐在桌邊，典和說：

「昨天早上我們開了家庭會議，剛好就是你出門之後。議題是你跟小華結婚的事情，你該開心啦，全場都贊成，這下你可以跟小華結婚啦。」

典和笑容滿面，簡直像是自己要結婚一樣開心。美佐子也是笑盈盈，幫和馬準備白飯與味噌湯。

「和馬，我前幾天說過，半年的時間真是一眨眼就過了。我知道你工作忙，但是也別疏忽了婚禮準備。」

典和說到這裡，和馬開口說：

「爸，我想我應該不會跟小華結婚了。」

「你說什麼？」典和瞪大眼睛。「怎麼回事？到底出了什麼事？你不是想跟小華結婚嗎？還是你被小華拒絕了？」

「不是啦，說來話長，我以後慢慢解釋。」

美佐子把白飯和味噌湯放在和馬面前，也插嘴說：

「和馬，到底怎麼回事啊？你要解釋清楚。」

「媽，這個問題很複雜，我只能說一言難盡。」

因為小華的爺爺是個扒手。要這麼說很簡單，但是現在不能輕易說溜嘴，得等掌握確切的證據，才能向家人說明。

「這是怎麼搞的？我們兩家不是才和樂融融吃過飯嗎？要是現在取消婚事，怎麼對得起人家？」

和馬對典和的話充耳不聞，拿起筷子，但是完全沒胃口，只是把白飯往嘴裡塞。

此時電話響起，是家裡的市內電話，美佐子起身去接聽。

「是，這裡是櫻庭家。哎呀，妳早啊，那天真是謝謝妳了。咦？小華竟然這樣講……就是說啊，和馬也一樣。」

和馬心想應該是三雲家打來的電話，他邊吃飯邊聆聽美佐子講電話。

「真不知道在想什麼啊……對呀，就是說。我也會勸勸我們家和馬……好，我知道了，今天就先取消吧，等下次有機會再說。再見。」

美佐子放下話筒，皺著眉頭對典和說：

「是三雲太太打電話來，看來對方也是一樣的狀況，小華說她不想結婚了。」

「小華也這樣？喂，和馬，現在是怎麼啦？你跟小華吵架了嗎？」

和馬放下筷子，不理會典和，直接問美佐子：

「媽，妳說取消是取消什麼？」

「今天我本來要跟三雲太太去看看都內幾家婚宴會場，順便吃個飯，人家昨天打電話來約我們。」

「媽，妳別多管閒事了，這是我跟小華的問題。」
「什麼多管閒事……和馬，我是看你工作忙，才打算幫你多看幾個場地啊。」
「這就是多管閒事啊，就別管了。」
「喂，和馬，你太過分了。你媽也是為了你好……」
「總之，我不會跟小華結婚了，等我有結論，會跟你們解釋清楚。」
和馬站了起來，想離開廚房，半途又想到什麼停下腳步，回頭問典和：
「爸，有件工作上的事情想請教一下。」
典和抬起頭，顯得一頭霧水，看來他很困惑兒子為何要取消結婚的大事。
「我想研究竊盜犯，而且不是最近的，是昭和年代的竊盜犯。你認識誰知道很多竊盜犯資訊的嗎？有的話就告訴我吧。」
看來典和無法拒絕工作上的話題，望著天花板沉思片刻後說：
「竊盜犯啊，我記得三課的草野挺熟的，他辦了一輩子的竊案，以前他很照顧我。聽說他明年三月就要退休了吧？」
「謝謝。」
和馬道謝後打算離開，典和又補上一句：
「和馬，我不知道怎麼回事，不過你要跟小華和好喔。聽著，這是我的命令。」
和馬無視典和的話，離開餐廳，發現阿香在走廊上，看來她一直在偷聽。兩人錯身時，和馬對阿香說：

「妳說得一點都沒錯，我真是瞎了眼。」
「是啊，不過我會幫她加油。」
「這又是吹什麼風了？」
「不好嗎？我已經決定啦。」
「隨便妳。」
和馬撂下一句就往前走，走進盥洗室用冷水洗洗臉，擦都沒擦就看著鏡子，對自己說：總之，我必須盡快查明真相才行。
警視廳搜查第三課是專辦闖空門與扒竊的部門。近年來日本盛行開鎖竊盜，也是由這一課來負責。三課會學到很多偵辦刑事案件所需的技術，所以目前菜鳥刑警都會先分發到這裡來。
今天是星期天，所幸草野還在三課辦公室。這位前輩看起來是個老好人，和藹親切，沒什麼刑警的感覺。
「我認得你，你是櫻庭的兒子吧。」
和馬還沒自我介紹，草野就先開口。和馬鞠躬之後說：
「對，我是櫻庭，聽家父說很受您照顧。今天來找您是想請教幾件事情。」
「先坐吧。」
和馬聽從草野的話，坐在隔壁座位上。即使今天是星期天，還是有些同事在座位上。

有些應該是輪今天當班，有些可能是利用假日來寫報告。

「我就開門見山問了，請問您對三雲巖這個名字有印象嗎？」

「三雲，巖？」草野聽了臉色大變。「怎麼會知道這個名字……你跟我過來，這事情不好讓人聽見。」

草野起身，前往打開一扇門，是三課課長的辦公室。課長星期天不在，所以課長室裡沒人。兩人在待客用的沙發坐下，草野問：

「你怎麼會知道三雲巖這個名字？」

「我在打聽某件案子，得知有個傳奇扒手名叫三雲巖，我想說您或許知道些什麼。」

「你聽說過L嗎？」

天外飛來一問，和馬困惑不已。

「L？是什麼意思？」

「我想最近的年輕人應該不知道吧。就像個都市傳說，我也是從前輩口中聽來的，說是有個技巧高超的竊盜犯，外號就是L。」

「所以這個L的真面目就是三雲巖嗎？那您怎麼會知道三雲巖的名字呢？」

「就跟你一樣啊，櫻庭。大概十五年前吧？我逮住一個三流扒手，從他口中洩露出來。不過完全沒有證據，警方也無法舉發。其實這種流言蜚語就是容易亂傳，像我是從學長那裡聽來的，L其實代表一個家族，代代都以竊盜維生，所以又稱為L家族。而這個L，就源自於怪盜魯邦（Lupin）[5]啦。」

魯邦的L，全家都是竊盜高手，和馬聽了這話不禁心跳加速。也就是說，三雲尊和三雲悅子也都是竊盜犯？青山珠寶店搶匪被人黑吃黑，證言顯示很可能是男女兩人組幹的。不會吧？和馬拚命想打消這個念頭。

「另外。泡沫時代出現了一個奇妙的搶匪，專搶黑市裡流通的藝術品。比方說政客、大公司老闆，他們私藏的繪畫與工藝品據信都被這傢伙偷走。這種東西被偷當然是不會去報案，所以也就石沉大海。我想這會不會也是L幹的好事，就一直偵辦下來。」

「然後就確定是三雲巖的犯行？」

「不是。」草野搖搖頭否認。「我盯上的不是三雲巖，是他兒子三雲尊。三雲家當時住在中野的一戶獨棟民房，但是後來不知道搬去哪裡了。我心裡盤算，如果三雲巖就是L，他兒子八成也繼承了偷竊的伎倆，所以盯了他好一陣子。結果什麼也查不到，只好放棄。不過要是我沒猜錯，三雲尊是專偷藝術品的盜賊，計畫縝密，行動大膽，還有注意做到完全不留痕跡的超強執行力，是個百年難得一見的高明盜賊。」

和馬想起跟三雲尊吃飯的經過，他對三雲尊的第一印象是膽子很大。爸爸典和搭計程車回家的路上，也說三雲尊這人感覺不太像上班族，甚至可說不像個普通人。

「所以您認為三雲家就是L家族，但完全沒有證據？」

和馬確認地問，草野點點頭。

「對，就是這樣。不過，大概十年前，某個大區域幫派老大家裡遭人洗劫，一幅狩野畫師所畫的掛軸被偷了。這名老大向警方報案，案子是由我負責偵辦。最後沒有找出歹徒，那名老大說不惜提供一切協助，我到他家裡採集所有指紋跟毛髮，比對所有出入的幫派成員跟女傭，花了我一個月的時間。最後發現一根不屬於任何人的毛髮，很長，應該是女人的頭髮。」

「所以這是唯一能追查L的線索了。」

「對啊，至今我還保管著。不過我剩不到半年就退休，追查L也就到此為止了吧。也許L只是個都市傳說，今後也會流傳下去。」

和馬很驚訝，草野這樣幹練刑警竟然也盯上這件事。L家族就是三雲家，這個想法應該不會錯。真是太荒謬了，小華的家人竟然會是盜賊——

「有件事情挺好玩的。」草野突然說。「據說L家族有條家規，只偷壞人的東西。仔細想想也確實如此，那些藝術品被偷走的人都是腦滿腸肥的政客、奸商，掛軸被搶的還是個黑幫老大。我聽說這條家規時，其實心中也有個頭緒。大概四十年前吧？我高中剛畢業就進警視廳工作，第一個分發的單位是上野警署。某天我在上野車站裡面巡邏，突然聽到一名婦人慘叫。」

草野連忙跑向那名婦人，聽說她被人搶了錢包。後來做筆錄才知道，婦人剛從東北來到東京，要探望在工廠上班的兒子，因為所有家當都放在錢包裡，所以哭得呼天搶地。

---

5 Arsène Lupin，台灣主要譯作亞森．羅蘋，在日本動漫界音譯為魯邦，設定是魯邦三世的爺爺。

「我當時看到一名男子跑遠了，婦人看來受了傷，我又是獨自巡邏，沒辦法丟下她追上去。就在這時一個大概三十多歲的男人走了過來，親切地笑著說：『太太，錢包要好好收在懷裡才行』，這男的伸出右手，手裡就是婦人的錢包，接著什麼也沒多說，就離開了。」

「所以那個人是三雲巖？」

「對啊，我也是好久之後才知道這件事。沒錯，L家族都是罪犯，罪犯不能逍遙法外。不過，如果三雲巖就是L，那還真是讓人又愛又恨，心情複雜啊。」

草野說著，不禁露出微笑。

約好的咖啡店就在銀座，室內裝潢走裝飾藝術（Art Deco）風，以紅色為主色，桌椅感覺都相當有歷史了。咖啡店裡的客人以年長婦人為多。

約好的時間是上午十一點，三雲悅子準時現身，今天她不是穿和服，而是貼身的灰色套裝，還戴著墨鏡，感覺像個幹練的女老闆。

「不好意思，突然找伯母出來。」

和馬起身鞠躬，悅子笑得親切，邊坐下邊說：「你快坐，正好，我也有話想告訴你呢。」服務生來點餐，和馬點了冰咖啡，三雲悅子點了熱咖啡。

「你要找我說什麼呢？」

「不好意思，伯母應該聽小華說我們吵架了。」

「果然沒錯，我想也是這樣。」

和馬一離開草野所在的三課，立刻聯絡了媽媽美佐子，打聽三雲悅子的聯絡方式。美佐子接到這通電話相當吃驚，但和馬不斷強調，這件事情很緊急，一定要馬上聯絡，之後會好好解釋。美佐子拗不過和馬，不甘願地說出三雲悅子的手機號碼。和馬立刻打給三雲悅子，希望能當面聊聊，三雲悅子約了這家咖啡店見面。

「是為了什麼吵架呢？」

悅子問。和馬回答：

「其實是雞毛蒜皮的小事，說出來都覺得丟臉。平常我們會很快和好，但是這次真的談不攏。」

「原來如此，所以才來找我求救啊。和馬，你來找我就對了。」

悅子笑得爽朗，看來一點都沒有起疑。悅子喝了一口服務生送來的咖啡，那舉止真是風情萬種。

「女人一旦決定要結婚，情緒就會不穩，我也有這種經驗，所以很清楚。這種時候你只要盡量順從，別亂說話刺激到她就好。」

「這樣啊。」

「就是啊。總之你快點聯絡小華，先道歉再說。那孩子別看她乖，其實還挺倔強的，你先低頭就好說話了。」

「我懂了，就這麼辦。」

悅子從皮包裡取出菸盒，發現和馬盯著菸盒不放，悅子笑著說：

「我在家人面前不抽菸的，但是怎麼也戒不掉啊。」

悅子從菸盒裡拿出細長的香菸，用一支看來頗名貴的金色打火機點菸。餐桌上有個銀色的菸灰缸，和馬將它推到悅子面前。

「謝謝。和馬，蜜月旅行決定要去哪裡了嗎？」

「呃，沒有，還沒決定。」

「這樣不行啦，和馬，這種事情要快點決定。」

和馬在心中苦笑，簡直就像遠房的婆婆媽媽一樣，但他不討厭這種感覺，畢竟悅子原本有機會變成他的丈母娘。

「我告訴你，我的蜜月旅行是去羅馬，當初我說什麼都想去一趟。你們去紐約如何？我去年夏天去了趟紐約，還碰到有趣的計程車司機，要不介紹給你認識？」

「也、也好啊，要是決定去紐約了，就麻煩伯母多指教。」

感覺還是不太真實，眼前這位女士真的就是號稱L家族的高強竊賊之一嗎？再說L家族這個稱呼，簡直像少年漫畫的內容一樣奇異，甚至不能確定是真是假，只是草野也沒理由說謊。

「不過我看紐約還是算了，小華應該不喜歡那種地方，她比較適合去什麼無人祕境吧。比方說尼泊爾的加德滿都河谷，還是委內瑞拉的圭亞那高原之類的。」

兩人聊了一陣子，應該說都是悅子自己說個沒完，和馬只是偶爾回應一些感想罷了。和馬抓準時間，低頭看看手錶說：

「伯母，今天真的很感謝妳，不過我差不多也該回去工作了。」

「這樣啊，對不起，我說個沒完，這次就我請吧。」

悅子拿了收據起身，在走向收銀台途中說：

「下次見面就叫我『媽媽』好不好呀？喊伯母實在太見外啦。」

「好，就這麼辦。」

和馬在咖啡店門口跟悅子告別，然後在門口站了一陣子，直到悅子消失在轉角為止。為了謹慎起見，和馬還低頭看錶，等秒針轉了三圈，心想應該是時候了。

和馬掉頭回到咖啡店裡，走向剛才坐的座位，只見咖啡杯還留在桌上，因為他早已經吩咐過店員不要收拾。

和馬從口袋裡拿出保存證物用的塑膠袋，銀色的菸灰缸裡還留著悅子抽過的三支菸蒂，濾嘴上留著悅子的口紅。和馬拿起菸灰缸，將菸蒂全裝進證物袋裡。

※

小華一個人在公園裡吃便當，奶奶做的便當就放在腿上，她幾乎一口都沒吃。平常她都是在圖書館的休息室裡跟同事邊聊邊吃，但只要心情不好，或身體不舒服，她就會走到圖書館附近的公園，一個人坐在長凳上吃便當。因為她覺得邊曬太陽邊吃飯會比較有精神。

可惜這招完全沒用，即使昨天的大雨像是做夢般，今天一片萬里晴空了，小華的內心還是烏雲密布。星期天的公園裡有許多家庭一起來玩耍，到處都是小孩嘻笑的聲音。

突然覺得附近有人，小華發現這人坐在隔壁的長凳上，對方注意到小華的眼神，摘下頭上的帽子點頭致意，小華看了不禁驚呼。

「咦？怎麼會……」

坐在隔壁長凳上的老先生正是櫻庭和一。櫻庭和一站起身，坐到小華的這張長凳來。什麼時候來的？竟然完全沒發現？小華覺得自己今天真的太不對勁了。

「妳好啊，三雲華小姐。」

小華連忙收起放在腿上的便當，起身鞠躬。

「您、您好。」

「何必這麼客氣呢？來，坐下吧。」

「是。」

小華回話後又坐下，她發現自己正在冒汗，不是因為熱，而是緊張。小華看了坐在旁邊的櫻庭和一一眼，他嘴上掛著笑，卻有股箭在弦上的緊張感，這感覺跟爺爺很像。小時候跟爺爺認真比試偷竊技術時，他就是散發著這樣的氣勢，但是櫻庭和一的感覺好像比爺爺冰冷了幾分。

「這是我第二次，不對，第三次見到妳了吧。」

「難道，當時您……」

「這還用說嗎？我幹了那麼多年的刑警，老歸老，可還沒殘。」

小華是第二次拜訪櫻庭家才跟櫻庭和一正式碰上面，但小華曾經在錦系町的居酒屋見過櫻庭和一，當時她連忙躲在近藤背後，看來還是沒逃過櫻庭和一的法眼。

「妳查了我的背景，查出什麼沒有啊？」

「我、我哪裡敢查什麼……」

「沒關係，我沒生氣。」

和一說，笑瞇眼睛。小華心想，她一直很想知道爺爺與櫻庭和一有什麼關係，既然本人就在面前，不就是問清楚的好機會嗎？

「嗯……我查到我爺爺三雲巖跟櫻庭先生會是大學同學，而且也查到你們每個月會有一次在錦系町的那間居酒屋坐隔壁喝酒。」

「這樣啊。」櫻庭和一點頭，然後笑著說：「那已經是五十多年前的事了。當時我從明成附中畢業，升上明成大學的法學院，宿舍就在學校附近，那個年頭的學生大多都很窮，所以宿舍很搶手。我當年也是住宿舍，搬進去當天正好櫻花盛開。宿舍是兩人一間，我那天走向自己分到的房間，發現室友已經先到了，這人留著平頭，感覺很親切。」

「這個人該不會……」

小華忍不住插嘴，櫻庭和一望向遠方，點頭說：

「沒錯，這個人正是三雲巖，也是我一生的摯友。」

「這個人真是妙啊。我當時從來沒見過像三雲巖那樣的人，如果要簡單形容他，就是個耀眼的男子。他有種發光的特質，會吸引眾人靠近他。」

那應該是昭和三十年代初期，年輕時的三雲巖與櫻庭和一曾在同一宿舍的同一間房間生活過，這段往事把小華嚇得說不出話來。

「我跟巖在同一間房裡，起居時間都一樣，很快就混熟了。我們都是念法學院，而且社團都是劍道社，所以常常同進同出。」

「爺爺練過劍道？我都不知道呢。」

小華這麼說，櫻庭和一笑了。

「巖很強喔，尤其是身手敏捷，我真沒見過像他那般靈活的傢伙。他擅長掌握對手的劍招走向，戰術則是東溜西竄，趁對方累了再一舉敲人家的手。」

巖的身手肯定很敏捷，小華從小就被爺爺逼著練偷竊功夫，比誰都清楚巖的手腳有多靈活。

「當時女子劍道社裡有個漂亮女孩，有趣的是我跟巖同時都迷上她。先跟那女孩混熟的是巖，我這個人自覺是硬派，實在拉不下臉去跟女孩子說話。但是巖這人個性就是親切，不管同性異性都能很快混熟，真的很奇妙。」

這下換羅曼史了。說到大學時代，應該是巖認識阿松之前的事。不知不覺，小華聽櫻庭和一說話聽得入迷，畢竟家裡沒人聽說過巖二十歲左右的往事，她忍不住湊上前仔細聽。

「那爺爺就跟那位女生交往了嗎？」

「沒有。某天我早上起來聽到巖在棉被裡呻吟，他說前一天吃生魚片吃壞肚子，可明明我也吃了一樣的餐點卻沒事。我記得那天是星期天，巖拜託我替他去一趟上野，我拒絕了好多次，但巖死求活求，我於心不忍，只好照他說的去了上野車站。」

這下就很好猜了。爺爺就是喜歡算計，所以小華搶先開口：

「結果劍道社的女神就在車站等你，對吧？」

「就這麼回事。妳說的那個——女神，後來就跟我去上野動物園約會，那也是我第一次看到剛搬進上野動物園的大猩猩。當時我在心儀的女生身邊，緊張得什麼都不記得了，所幸對方也對我頗有好感。後來我們就常常見面，所以巖可說是幫我跟伸枝牽線的愛神邱比特啊。」

「咦？所以那位女孩就是……」

「沒錯，就是我的妻子伸枝。如果當時不是巖吃壞肚子，還不知道會怎麼發展。不對，就連巖是不是真的吃壞肚子都很可疑。後來我去逼問巖，結果他只是笑著打迷糊仗。我跟伸枝開始交往後，跟巖的關係也沒變過，我們三人常一起出門玩。可惜就在即將畢業的二月底，發生了一件事情，打亂了我們。」

「是怎樣的事？」

小華問。櫻庭和一搖搖頭回答：

「我不能說，至少目前還不行。不過這件事情，確實是大大影響了我跟巖的人生。後來到了畢業典禮前一天，也是我們住在宿舍的最後一個晚上，我跟巖兩個就在房間裡喝酒。」

當天晚上，和一說要進警視廳，巖則決定要去貿易公司上班。巖年輕時就夢想要環遊世界，為了實現夢想，選擇了經常要去海外出差的貿易公司。

「就是那天晚上，巖語重心長地開口，這也是我第一次聽巖說起三雲家的祕密。三雲家是代代相傳的盜賊家族，巖則是三雲家的長子。當時我聽巖這麼說還半信半疑，怎麼可能有人一家都是賊？這根本是虛構故事吧。但是看巖的神情，一點都不像在說謊。」

畢業典禮結束後，兩人搬出宿舍，緊緊握手之後就道別。想不到畢業半年之後，和一輾轉得知巖沒有進入貿易公司工作，就此失去蹤影，再也沒見過面。直到過了三十歲，兩人才碰巧在總武線的電車裡重逢。

「那是七〇年代初期，當時我才當上刑警沒多久，每天忙得暈頭轉向，累得精神渙散，結果就在電車上被人扒了錢包。當我正頭痛時，突然有人從後面拍了我的肩膀，回頭一看就是巖。」

「刑警先生，這麼粗心大意不好喔。」巖說，接著就把和一被別人偷走的錢包還給他。電車停在錦系町，巖什麼也沒說就下了車，和一也連忙下車。

兩人走在路上，和一滿腹疑問，但是一句話都問不出口。和一雖然才剛當上刑警，已經接觸過不少罪犯，直覺告訴他身邊這人就是罪犯，而且功夫高強。和一感覺到巖氣勢驚人，但還是與他並肩走著。夜空中掛著一輪滿月，又圓又亮。

「後來巖走進一家居酒屋裡，我跟巖一起坐在櫃檯前喝酒。我們一句話也沒說，只是默默喝著酒，直到居酒屋要打烊了，我才總算開口。我問巖，你常來這間居酒屋嗎？他笑著說：『是啊，每個月來一次，大概都是月底吧。』後來我每個月底的晚上都會去錦系町的那家居酒屋，有時工作忙得去不成，但只要我去，巖一定都在櫃檯前的同一個位子喝酒。我們曾是摯友，不過那時一個是刑警，一個是高明的罪犯，所以我們幾乎沒有交談，只像是兩個碰巧坐隔壁的熟客，碰巧一起喝酒罷了。有趣的是那酒喝起來感覺還不差，總覺得有他坐在身邊，我就放心不少。」

櫻庭和一說完了。不知何時飄來雲朵遮住陽光，覺得有點涼意。兩個過去的摯友，只有每個月底的一天晚上，會在那家居酒屋默默碰面喝酒，這就是巖與和一的關係。

「哎呀，都這個時間，妳的午休時間快結束了吧？」

櫻庭和一說，小華低頭看錶，午休時間只剩五分鐘。小華連忙拿起便當袋，起身說：

「可以請教您最後一個問題嗎？」

小華說。櫻庭和一疑惑地問：「什麼問題？」

「就是我跟和馬的事。和馬之前是為了還您借的書，才會到我上班的圖書館，我跟和馬就是因為這樣才會認識交往，請問這是巧合嗎？」

「原來是這個啊。」和一大嘆一口氣。「我從警視廳退休之後，擔任私人保全公司的顧問，做到七十歲才又退休。畢竟年紀也大了，我跟巖也算是退隱江湖，慢慢開始聊了起來，話題幾乎都是家人，炫耀孫子、抱怨老婆等。當我們聊到彼此的孫子，巖就笑著說：『要是你我兩家的孫子結了婚，不知道會怎樣』，我一聽忍不住起心動念，想說撮合你們倆見面看看，只是當時想都沒想到，你們真的會交往。」

和一說完後站起身，對小華深深一鞠躬說：

「三雲華小姐，請原諒我，我沒有讓妳傷心的意思，一切都是我的錯。」

「請等等。」

小華打開皮包，從裡面拿出一支老舊的手錶，這是她一直想歸還的手錶。

「呃，真的很抱歉，我不自覺就拿走了……對不起。」

「不要緊，那是妳的東西，嚴格來說算是巖的東西。畢業那天，他送了我這支手錶。」

「那我更不能收了。」

小華遞出手錶，和一收下手錶，戴在自己的左手腕上說：

「對年輕人來說太老氣了是吧，我倒是希望妳能收下。」

已經沒時間了，這下要用跑的才能趕回圖書館，當小華準備起跑時，又聽見和一在身後說。

「還有一件事。妳爺爺——巖他過世了，我由衷感到難過。」

小華不禁回頭，應該只有三雲家的人知道，在荒川河濱發現的，其實是三雲巖的遺體，想不到還有一個人知道真相。

「您、您怎麼會知道……是聽阿和說的嗎？」

「不是，我一開始就知道了，救不了妳爺爺是我的錯，希望妳原諒我。」

櫻庭和一再次深深鞠躬，就轉身離去，那背影出奇地渺小。

※

青山的珠寶店搶案偵辦碰到瓶頸，警方逮捕了歹徒之一的中國人楊修梅，但就沒下文了。楊修梅供出還有另外三名搶匪，但警方查不出這三人的背景，而且從楊修梅一夥人手中黑吃黑的兩人組也是身分不明，偵辦進度完全觸礁。

和馬在銀座與三雲悅子見了面，隔天就隻身前往青山的白瑪莉珠寶店。店家還不確定何時重新營業，不過已經有廠商送來新的展示櫃，確實在準備中。和馬走進後方的辦公室，一名三十好幾、身材微胖的男子出來迎接。

「警察先生，您說有事，是要談什麼呢？」

男子是這珠寶店的店長，珠寶店遭搶的時候，歹徒打了他的頭，使他當場昏倒。店長嘴角還貼著ＯＫ繃，應該是昏倒時撞到的傷。

「是啊，想請教這珠寶店裡販賣的商品，什麼東西賣給哪位客人，請問你們可以掌握得到嗎？」

「有些可以，有些不行。如果是本店的會員，就查得到哪位客人買了些什麼，但如果不是會員就很難掌握了。」

「這件案子發生之前，我個人也來這裡逛過。」

和馬這麼說，店長才稍微放鬆一點，笑盈盈地說：

「多謝您的惠顧。」

「當時店員推薦我一只今年秋天新推出的戒指，是四葉草造型的鑽石戒指，我想知道有誰買了這樣的戒指。」

「這樣啊，那麼——」店長打開了桌上的筆電，右手拿來滑鼠墊。「這件商品價值不斐，我記得幾乎都是會員才會購買，而且才上市還沒有多久，應該只賣了七、八件吧。」

旁邊的列印機發出低頻震動聲，然後吐出一張紙，店長把這張紙交給和馬說：

「這款是僅有三十件的限量商品，目前賣出九件，所有購買的客人都是本珠寶店的會員，這就是購買人的名單。」

和馬接過名單看看，上面記載了購買人的姓名、地址與聯絡方式，沒有三雲悅子的名字。三雲悅子在星期五的餐會上戴著一只戒指，很像這家珠寶店的限量商品。和馬對珠寶一竅不通，但如果那只戒指是這家珠寶店的商品，三雲悅子是從哪裡弄到手的？現在結論只有一個。

「警察先生，這份名單有什麼用處嗎？」

「這是辦案機密，我還得深入追查下去。」

和馬道謝後離開珠寶店，走在骨董通上，打算先回搜查總部所在的赤坂警署。

正好就在一星期前，和馬與小華兩人走在這條路上，還去逛了白瑪莉。當時和馬一心想著要買戒指送小華，殊不知這段關係即將結束。後來兩人碰到三雲悅子，戒指沒買成，卻迅速敲定了兩家人要一起吃飯，真是令和馬歡欣鼓舞。

才過了一個星期，和馬與小華的狀況急遽生變。和馬想起一星期前有個小孩不小心放掉了手中的氣球，小華不知何時抓住氣球要還給小孩，小孩哭個不停，小華也是一臉為難。不過今後應該再也不會與小華一起逛這條街了吧。

手機鈴聲突然響起，打斷了和馬的感傷。來電的是警視廳搜查第三課的刑警草野。草野一開口就顯得相當激動：

「櫻庭，完全符合啊。」

昨天和馬在銀座的咖啡店採集到的菸蒂，交給草野幫忙做ＤＮＡ鑑定，比對目標是一根毛髮，毛髮主人疑似是十年前侵入黑幫老大住宅，偷走掛軸的歹徒。這下就能證明三雲悅子很可能牽涉這件案子。

「這下可能立大功，你能不能馬上回來？希望你能告訴我那支菸蒂是哪裡弄來的。不愧是大名鼎鼎的櫻庭，應該早就知道歹徒是誰了吧？」

「可以等我一陣子嗎？」

和馬說。可以感受到電話那頭的草野有點訝異，他又接著說：

「給我一天的時間就好，我明天一定會去拜訪，親自解釋清楚。」

和馬掛斷電話，將手機收進胸前口袋。那支菸蒂是三雲悅子抽過的，這條線報意義重大，甚至可以粉碎整個三雲家。

我究竟想怎麼做？或者說我該怎麼做？和馬不經意發現，自己的腋下正猛冒汗。

六年前，爺爺和一辭掉了保全公司的顧問工作，退隱江湖。不過目前和一依舊是櫻庭家的大家長，就連爸爸典和在爺爺面前還是抬不起頭來。

和馬小時候碰到什麼事情不懂，通常都是找爺爺和一商量。和一不會強迫灌輸自己的想法，而是先聽和馬的意見，然後才重點說個幾句話，在和馬判斷方向時推一把，至今受到和一啟發的次數，真是多到數不清。

今天辦案結束，和馬回到家已經是晚上九點多。往客廳一看，媽媽美佐子和奶奶伸枝正邊吃煎餅邊看電視，爸爸典和則是難得加班。

洗澡前，和馬先去了爺爺的臥房，敲敲門後開門往裡面看，發現房裡關了燈，爺爺似乎已經上床睡覺了。沒辦法，看來今晚只好放棄。正當和馬悄悄地想關門，突然聽到了和一的聲音。

「和馬啊？」

「啊，對，是我，爺爺。」

「有話想找我說嗎？」

和一說著想要坐起身，和馬也走進房裡，攙扶和一的背。和馬想要開燈，但和一阻止了他。

「別開燈，太亮了。你就先坐下吧？」

和馬坐在床邊的按摩椅上，和一坐在床邊，低聲說：

「你想說什麼？」

「嗯，其實——」和馬不想提起三雲家的名號，所以小心地用字遣詞。「我想找爺爺商量一件事，只是不能說得太仔細，首先，有一家人，這家人我很熟，對方也跟我很熟。」

和馬眼睛習慣了黑暗，見和一在床上交叉雙臂，默默聽著自己說話，和馬繼續說：

「最近呢，我不小心發現這家人可能涉及犯罪，而且可能全家都在犯罪。只要我舉發，他們肯定全家遭殃，但是老實說，我真的不知道該怎麼辦才好。」

「和馬，你認為怎麼做才是對的？」

和一問。和一也總是這麼問，他會先聽完和馬的主張才給意見，這就是和一的作風。

「這次我真的不知道了。」和馬雙肘靠在腿上，手抱頭。「我真的不知道啊，爺爺，我到底該怎麼辦……」

「想，和馬，用力想，你不是已經有答案了嗎？」

不管和馬怎麼想，結論都是回到自己的警察身分上。先不管未來如何發展，至少現在和馬毫無疑問是個警察，警察發現罪犯就要取締，這就是職責。

「我、我是個警察。」和馬好不容易擠出聲音來。「只要是警察，我就不該縱放罪惡，就算是熟人犯罪，我也不能睜隻眼閉隻眼。」

這是完全正確的說法，正確到和馬說出口都想吐。只要告發三雲家，結果就很清楚了，小華的父母必定會遭到逮捕，而且還可能會影響到小華。和馬有著身為警察的責任感，卻又想著是否有方法可以拯救三雲家——應該說拯救小華，就夾在兩種念頭之間左右為難。

「假設我站在你的立場，」和一閉著眼睛說。「我應該也會選跟你一樣的路，就算是親骨肉，犯了罪一樣要逮人，警察的工作就是這樣。你的想法沒錯，應該說如果你不這麼想，我就會瞧不起你。」

果然沒錯，看來還是只能告發三雲家了嗎？無論那家人要受到多大的苦難，我都不能縱放他們啊。

「不過，我現在已經退休，離開警視廳都十六年了，你就當聽到老人家的自言自語吧。這是我老爸，也就是你曾爺爺的故事了。」

和一開了這個頭，接著說：

「我老爸在太平洋戰爭中是一名陸軍，不斷轉戰菲律賓一帶的島嶼。就在某個南洋小島上，老爸奉命擔任戰俘收容所的哨兵，整天看管戰俘還挺無聊的，他就用破爛的英文跟美軍戰俘聊聊天，有時候還會給他們菸抽。」

和馬只知道曾爺爺的名字——櫻庭一郎，退伍之後進入警視廳，在即將退休的那年因病去世。為什麼這時候要提起曾爺爺呢？和馬想不透，但還是聽下去。

「老爸就這樣跟戰俘們聊了大概兩個月，後來戰況惡化，老爸他們的部隊收到撤退命令，而且要求放火燒了戰俘收容所之後再撤退。軍令如山，軍紀如鐵，但是就在撤退當天，老爸瞞著長官溜進收容所，把牢房鑰匙放在牢門前，留下一句『Good luck』就離開了。緊接著，長官就下令放火燒了收容所。」

「所以他救了戰俘？」

和馬問，和一搖搖頭回答：

「老爸說他也不清楚，他只是搭上船離開小島，也看到收容所冒出黑煙。對不起啊，和馬，我說了些無關緊要的往事。」

和馬聽懂了和一的弦外之音，其實還有一條路，就是在告發三雲家之前給他們逃跑的機會。倒不至於當面對他們說「快逃」，但有得是辦法轉告。

「爺爺，謝謝。」

「不客氣，我說說往事罷了。」

和一又躺回床上。和馬記得以前和一的身影是那麼龐大，現在看來卻消瘦許多，但說的話與之前一樣有分量。

和馬靜靜地離開房間。

※

今天也下著雨。小華撐起傘，從圖書館走路要回家。

她前天在公園見過和馬的爺爺櫻庭和一，這兩天就不斷思考櫻庭和一說過的話。她現在知道巖、櫻庭和一與櫻庭伸枝之間的關係，知道三人過去的事，也知道兩位老朋友的交情是如何延續下來。現在還不懂的有兩件事，為什麼櫻庭和一會知道荒川河濱的那具遺體就是巖的？另外一件，他們大學畢業之前發生了怎樣的事件？根據櫻庭和一所說，這件事情嚴重影響了兩人的一生。

「小華。」

突然有人叫她，小華停下腳步，和馬就站在馬路邊。小華相當緊張，她正打算聯絡和馬，但是又鼓不起勇氣主動出擊，連動手指傳訊都不太有意願。

「小華，我想找妳談談。」

和馬的神情相當嚴肅，他撐著透明塑膠傘，難道在這裡等很久了？

「嗯，我也想找你談。」

「是嘛，那——」和馬左右張望，指著馬路對面的一塊招牌說。「站著也不好談，我們去那裡吧。」

那就是上星期六跟阿香去過的咖啡店。兩人穿過行人穿越道，進入咖啡店，坐在最裡面的座位，向服務生點了飲料。和馬什麼也沒說，只是板著一張臉，偶爾看看小華，卻又馬上轉頭看牆壁。服務生總算送上飲料來，和馬點了冰咖啡，小華點了紅茶。

「之前對不起。」和馬似乎在等服務生離開，人一走就低頭說。「我單方面的責怪妳，是我的錯，我太激動了，明明我們都撒了謊。」

小華喝了一口紅茶回答：

「嗯，沒關係。幸好今天碰到你，我覺得這種事情還是要當面說清楚才行。」

小華已經下定決心，只剩把話說出口。她深吸一口氣後說：

「阿和，分手吧，我們結束吧。」

「小華……」

「已經不行了，我們沒辦法交往下去。」

和馬什麼也沒說，只是默默地看著小華，眼神有些許空洞，最後和馬總算開口說：

「小華，對不起，這應該是我要說的。對，我不得不說，妳說得沒錯，我們不得不分開啊。」

和馬的語氣好像是說給自己聽。其實小華心中有些許期待，希望和馬會說：「小華，妳在胡說什麼啊？為什麼我們一定要分手？」她希望聽和馬這樣說，但真的只有一點點的期望。不過小華並不失望，因為她知道無論什麼男人，終究都會離開她，只要她還是個小偷的女兒就不會改變。

「小華，對不起。」和馬說著又低頭，幾乎要把額頭貼在桌上，接著說：「原諒我，我沒辦法給妳幸福。我本來有這個打算，是真心的，沒騙妳。我到現在還是把妳……」

「阿和，夠了。」

小華本來覺得自己一定會哭，但奇怪的是她沒有流淚，連自己都沒想到會如此平靜。

「小華，真的對不起。」

「不必道歉，我知道你跟我的心情一樣，也算鬆了口氣。如果我不是生在三雲家，或許可以當個好太太吧。」

小華半開玩笑地說，和馬的表情也開朗了些。

「小華，這就不對了，應該說如果我沒有生在櫻庭家，或許就能給妳幸福了。」

小華現在還是喜歡和馬，這份心意一點都不假，她希望兩人能永遠在一起。知道和馬也有同樣的心情，就夠令人開心了。

「那你想跟我談什麼呢？」

小華問。和馬喝了一口冰咖啡，坐直身子。

「好，這算是我自言自語，妳聽聽就好。」

和馬的表情突然認真起來，小華平時看不到這樣的表情，或許這是和馬身為刑警的表情吧。想不到剛分手就看到他不同的一面，人生真是奇妙。

「我聽說一個傳奇，有一家人代代以竊盜維生，多年下來都能躲過警方的查緝。這一家的大家長是個傳奇扒手，兒子則是在泡沫經濟時期靠偷竊藝術品大發利市，到現在都沒人知道他們的真實身分。可是有名刑警發現了他們的真面目，而且還掌握了確切的物證，足以告發這一家人。」

是什麼證據呢？小華感到心跳加速。

「這名刑警煩惱了很久，最後做出一個結論，他要盡刑警的職責，揭發這家人的真面目，但是他也希望這家人能夠遠走高飛，金盆洗手，過普通人的生活。」

「這、這名刑警打算什麼時候舉發呢？」

「今天晚上，所以時間不多了。」

事發突然，小華大吃一驚，但是和馬在事發之前先告訴她，這是刑警應有的行為嗎？

小華擔心地問了和馬：

「那，這位刑警他會沒事嗎？」

「嗯，沒事，不用擔心。還有小華，就算他今晚就去舉發，那家人也不會馬上就被通緝，警方還需要掌握更多證據才行，不過，還是趁早行動比較好。」

「我、我知道了。」

和馬的貼心讓小華很感動，而且這可能是千載難逢的良機，三雲家或許可以金盆洗手，過正常的人生。

「這次就我請吧。」

「嗯，謝謝。」

小華拿起皮包，和馬抬頭看小華，表情滿是不捨。

「小華，妳保重，或許我們再也不會見面了。」

「不會啦，我想還會再見最後一次。」

「什麼意思？」

「我打算明天晚上去你家裡一趟，好好跟你的家人道歉。」

「小華，妳何必這麼……」

「我已經決定了，一定要做個了結，要是沒道歉，我心裡過不去。」

「是嘛，既然小華這麼堅持，我就不多說了。」和馬說完起身，拿起收據，突然又想到什麼。「對了，小華，我有點好奇，所以妳……也有那樣的功夫嗎？」

沒辦法了。小華嘆口氣，走向和馬，在幾乎擦肩的距離之下錯過，然後迅速轉身，把手裡的東西拿給和馬看。

「你看吧。」

小華手裡有個皮夾，正是從和馬後褲袋裡叨擾來的。和馬瞠目結舌，從小華手上接過皮夾。

「嚇我一跳，我完全沒發現。」

「別看我這樣，我可不是普通女生喔。」

「看來一點都沒錯，我真是瞎了眼。」

兩人四目相接，同時噗哧一笑，和馬邊笑邊說：

「小華，妳最好快點。」

「嗯，我會盡快。」

小華轉身走出咖啡店，出門後發現自己臉上還掛著微笑。小華鬆了口氣，慶幸能夠笑著分手。

雨還在下，小華撐起傘，快步走在馬路上。

「小華，妳在胡說什麼？真的嗎？妳這樣也算是我女兒嗎？真不知道妳到底在想什麼，和馬竟然是刑警？」

小華一回家就告訴父親和馬是個刑警的事，阿尊聽了勃然大怒。這也難免，女兒交了個刑警男朋友，對小偷來說真是天大的噩耗。

「小華，真的嗎？和馬真的是刑警嗎？」

「嗯，對啊。」小華豁出去了，坦白回答。「而且不只阿和，他的爸爸、媽媽、爺爺、奶奶，全部都是警察。連家裡養的狗都是警犬，櫻庭家就是警察家族。」

「妳說什麼？」阿尊說，以手指搓揉眼角，攤坐在沙發上。「不會吧，小華？這全都是鬼扯的吧？不可以捉弄爸爸。」

「我沒騙人。」

「所以是怎麼？我跟悅子竟然陪警察開開心心吃飯去了？開什麼玩笑。」

「就跟你說不是開玩笑啊。不過千萬要相信我，我原本也不知道阿和是刑警，是到最近才知道的。」

「妳是不是腦袋壞掉啦？正常來說根本不會交往吧？竟然不小心跟刑警勾搭上，怎麼配當個賊啊？」

「我本來就不是賊啊。」

「小華，結婚可不只是兩個人的事，還有婆媳之類的各種問題。結婚不是終點，是起點，妳也聽過這些話吧？我絕對不准你們結婚！」

「我不就說過不會結婚了嗎？」

此時有個人走進客廳來，是悅子，悅子穿著浴袍，頭上包著浴巾，看起來就像沐浴乳廣告裡的女主角一樣煽情。

「你們兩個在吵什麼啊？老公，還有葡萄酒嗎？沒有的話可以去張羅來嗎？」

「悅子，現在不是喝酒的時候。」

阿尊向悅子解釋一番，只見悅子的臉色愈來愈蒼白。

「咦？所以櫻庭太太也是警察嗎？」

「對啊，媽，人家是鑑識課的職員，現在算後備就是了。」

「小華，妳竟然搞出這種事……」

悅子一陣頭暈目眩，跌坐在沙發上。小華走向廚房，打開冰箱，想喝點烈酒，可惜冰箱裡只有啤酒。往餐桌上看，有瓶阿尊喝過的葡萄酒，大概還剩一半。小華抓起來對著嘴就喝，又聽到身後的悅子說：

「小華，妳知道自己在做什麼嗎？馬上分手吧。」

「已經分了。而且我還有一件事要說，警察已經發現我們家的真面目，一切都完蛋了。」

「發現了，怎麼回事？」阿尊站起身。「你是說和馬他出賣了我們？他是這種卑鄙小人嗎？」

「他可是刑警啊。逮捕眼前的壞蛋就是刑警的工作。爸，你看到眼前有幅昂貴的畫就會下手去偷對吧？一樣的啊。」

「別拿我跟警察相提並論！所以和馬那小子一開始接近妳，就打算著要逮捕我們？」

「不是，我們交往的時候都不知道彼此的家庭背景。後來爺爺不是死掉了？事情就此有了變化。阿和負責查那件案子，覺得那具屍體不單純，最後就查出我們家的真面目了。」

阿尊嗤笑一聲，從容不迫地說：

「知道了我們的真面目又能怎麼樣？又沒證據，警察根本沒辦法抓我們。」

「聽他說他有很關鍵的證據。」

「什麼？」

阿尊聽了臉色大變，坐在沙發上的悅子皺著眉頭說：「啊，可能是我搞砸了。」

「什麼意思？」

「上星期天和馬約我出去，說要找我商量事情。他說他跟小華有些狀況，問我該怎麼辦，我對他一點戒心都沒有，所以抽了菸，還把菸蒂留在菸灰缸裡，沒有帶走啊。」

竟然有這回事？小華還是第一次聽說，看來和馬八成是蒐集了悅子抽過的菸蒂，小華好歹也聽過DNA鑑定這個詞。

「不能拖拉下去了。」

阿尊說，拉著悅子站起來，然後問悅子：

「妳看還有多久？」

「三天，不對，兩天吧。」

「馬上動手準備。喂，阿涉！老媽！快過來，集合啦！」

阿尊對著走廊那頭大喊，小華在阿尊背後問：

「你們打算怎麼辦？」

「準備開溜，我才不會乖乖被逮。」

「開溜，要溜去哪……」

小華突然覺得頭一晃，才發現被賞了個巴掌，訝異地抬頭望著阿尊。

「為、為什麼打我？」

「妳啊，知不知道自己幹了什麼好事？現在不只是我跟悅子，連妳奶奶、妳哥哥都陷入絕境了！給我離開這個家，滾出去，馬上滾出去！除了清明掃墓跟過年不准回來。」

「不用你趕，這種家我早就不想待了。」

小華火氣上衝，心想早該離家出走。現在打從心底後悔，為什麼沒有早點離家呢？早該謊稱自己無親無故，獨自過生活，或許這樣就能跟和馬結婚了。

小華走向走廊，聽見阿尊在後面大喊「全家集合！」阿涉打開房門走出來，似乎還沒睡醒，搓著惺忪的眼睛。阿松也從走廊那頭走來，小華有好多話想告訴奶奶，但努力忍住，走進自己的房間。

小華從衣櫃裡拉出行李箱，隨便塞了些換洗衣服進去，短短幾分鐘就收拾完畢。她本來就沒有多少衣服，只要有幾件就可以過生活了。

小華離開房間，拉著行李箱經過走廊，全家人都已經集合在客廳，阿松擔心的眼神深深印在小華心頭。小華還是直接經過客廳，走向玄關，此時後方有腳步聲跟上。

「小華，快向爸爸道歉，妳道歉，爸爸就會原諒妳了。」

是悅子，但小華不聽，只是穿鞋。

「小華，妳要去哪兒？回話啊，小華。」

「我被趕出家門了，已經不是這個家的人了。」

小華開了門就走出去，隨手把門帶上，拉著行李箱走向電梯。

※

「所以這根毛髮是三雲悅子的沒錯吧？」

草野確認，和馬回答：

「對，沒錯。」

和馬前往警視廳搜查第三課，他的組長松永也跟著去。畢竟這條線報很重大，和馬猶豫著該不該由他自己提供給搜查第三課，但只要組長松永同行，就可以說是由第一課提供給第三課了。

「L家族啊……」一旁的松永搓著下巴說。「我也聽說過，還以為只是傳說，沒想到還真有其人啊。」

「對，另外還有一件事，小松川警署轄區內所發現的立嶋雅夫的遺體，真實身分八成是三雲巖。先前有名計程車司機供稱，案發當天曾載著三雲巖前往現場。」

和馬大略說明了經過，草野得知三雲巖死亡卻沒有太驚訝，和馬就好奇地問了草野：

「三雲巖死了，你不感到意外嗎？」

「當然很意外。」草野清清喉嚨說。「不過，我的目標是他兒子三雲尊。我看他應該已經賺到了好幾億日圓，還聽說他偷了大尾政客收藏的藝術品。這麼大的案子，地方檢察署可能也不會放過。」

草野雙眼炯炯有神，看不出來是個半年後就要退休的老刑警。和馬心想這也難免，畢竟他追查多年的一批歹徒終於浮上檯面了。

「總之我明天就去找課長談，要掌握足夠證據才能舉發三雲家。我看需要三名，不對，五名專任探員，這下有得忙啦。啊，對了，松永，你手下的人真是給了條好線索，謝啦。」

和馬與松永離開搜查第三課的辦公室，前往一課。現在已經是晚上八點多，整層樓裡空蕩蕩，只剩幾名留守的刑警。由於各地轄區經常發生刑案，所以一課刑警通常椅子還沒坐熱又要出發。

「小松川這件案子。」松永邊坐上座位邊說。「我試著隨口套了點話，發現上面咬定被害人就是立嶋雅夫，警視廳準備以嫌犯死亡的說法移送檢察署了。」

「這也太蠢了吧？」

「沒辦法，這不是我可以插嘴的事，或許是因為事到如今已沒辦法回頭了吧？總不能重開記者會，說被害人另有其人啊。」

和馬對某件事很好奇，剛開始在荒川河濱發現屍體的時候，警方算是很快就斷定死者身分為立嶋雅夫，關鍵是登記在警視廳資料庫裡的指紋。既然指紋符合，當然如此斷定並無不妥，和馬把自己的想法告訴松永。

「你的意思是說，有人篡改了資料庫？」

「對，我想只有這個可能。一定是有人改寫了資料庫，我想去查查看。」

「說到資料庫，就要找總務部了吧。」松永拿起電話撥打內線，同時說：「這由我去談，我等等要回赤坂，櫻庭你今天可以直接下班回家了。」

「好，了解。」

和馬敬禮後離開辦公室，他在走廊上想著，終於揭穿了三雲家的真面目，已經不能回頭了。

他已經在傍晚「委婉」地把事情說給小華聽，只希望三雲家可以順利逃跑。最好是能金盆洗手，過著腳踏實地的日子，這就是和馬的心願。

總務部裡還有人留著，一名男子看到和馬過來，從座位起身說：

「是櫻庭啊，我聽松永提過了，這邊請。」

這人年紀跟和馬差不多，但外表看起來不太像警察，像個文書員。身材肥胖，大概有八十公斤，胖得一點都不像練過柔道。

「坐吧。」

和馬依言坐了下來，眼前有幾台電腦並列，螢幕上不斷有文字滑動。

「我看看，立嶋雅夫，是吧。只要找出有誰存取他的資料就好了嗎？」

「對，能麻煩你幫個忙嗎？」

男子沒回話，逕自轉向電腦，操作鍵盤與滑鼠一陣子，又抬起頭。

「查到了。八月一次，九月一次，然後到十月突然很多次。」

十月的存取次數暴增，應該是因為案件發生的關係，搜查總部的人才會多次查看被害人的資料。

「八月這次就怪了。」

「哪裡怪呢？」

「存取點不明啊。正常來說，我可以精準查出是警視廳底下哪個警署，哪台電腦存取過檔案。你要問的這筆檔案呢，在八月二日晚上有人動過，但是沒有留下存取點的紀錄。至於九月的存取點是地區課，這應該沒有問題，因為他們常常會清查前科犯的名單。」

「存取點不明，會有什麼問題嗎？」

「嗯，問題可大了，多虧你幫我抓到這隻蟲。這個叫做不當存取，要相當高明的駭客才辦得到。」

男子掏出手帕擦汗，現在並不熱，看來這人容易流汗，和馬又問：

「要存取警視廳資料庫必須先輸入密碼對吧？可以查出是誰存取了這筆檔案嗎？」

「我查不到是誰存取了這筆檔案，但是可以輕易查出是誰的ＩＤ登入了資料庫。」

「請告訴我，這個人是誰？」

男子又敲打鍵盤一陣子，然後抬頭不解地說：

「該不會是你的親戚吧？八月二日存取這筆檔案的是警備部的櫻庭典和。」

和馬回到家已是晚上十點多，典和正在洗澡，美佐子與伸枝照常在客廳看電視。和馬走進客廳，對看電視的媽媽和奶奶說：

「我有要緊事想說，等爸爸洗好澡，請你們到和室來一趟。」

美佐子一臉訝異地說：

「和馬，你該不會真的跟小華……」

「我會解釋清楚。」

和馬沿著走廊前往和室，拉開紙門走進去，盤坐在自己平常的座位上。

他很在意總務部那名同事所說的話，據他確認，立嶋雅夫的檔案在八月曾遭到不當存取，而且用的竟然還是爸爸典和的ＩＤ。正常來說，這證明是典和去動手，但和馬認為不可能。他很了解爸爸，爸爸絕對不會篡改資料庫。

也就是說有人冒用了爸爸的ＩＤ做不當存取，根據總務部同事的說法，爸爸的密碼是八位數字，也就是爸爸的出生年月日。和馬不確定有多少人知道爸爸的生日，但有些人肯定知道。對，就是家人，家裡所有人都知道爸爸的生日。

「和馬，你要說什麼啊？」

典和拉開紙門走進和室，美佐子與伸枝也跟著進來。大家接連就坐，伸枝不好意思地說：

「你爺爺好像還在睡覺，阿香出去慢跑了。」

「等等再轉告他們兩個就好。抱歉讓大家操心，我總算有結論了。」

「太好啦，和馬。」典和忍不住插嘴。「每個人都有鬼迷心竅的時候，再說婚姻就像一場漫長的馬拉松，現在先吵架比較好啦。」

「不是啦，爸，我們不是和好，剛好相反。我跟小華已經分手，不會結婚了。」

「分、分手？你跟小華分手？」

「為什麼？和馬。怎會突然就分手了？上星期不是才跟三雲家的人吃過飯嗎？」

典和與美佐子同時開口，和馬接著說：

「是我思慮不周，隱瞞了自己的刑警身分跟她交往，才會落到這個下場。如果我早點說自己是個刑警，應該不會走到這一步吧。」

典和的眼神突然變得嚴肅，看來是聽懂和馬的話中有話，於是開口問：

「你是說，他們家裡有什麼狀況嗎？」

「對，爸你聽說過L家族嗎？聽說年長的警察就知道，這個家族代代都以竊盜維生，在罪犯之間也不斷流傳，像是一種都市傳說吧。」

「對，我聽過，魯邦的L對吧。」典和交叉雙臂。「不就像日本的鼠小僧[6]嗎？聽說他們專偷壞人的錢，不過我也是聽說，完全沒有根據啊。和馬，難道你想說三雲家就是……」

「爸，你猜對了，三雲家就是L家族。他們全家人都有一身偷竊功夫，是瞞著警方不斷犯案的犯罪集團。小華的爺爺三雲巖是傳奇扒手，爸爸三雲尊是專偷藝術品的竊賊，據說在泡沫經濟時期就賺了好幾億日圓，我想三雲悅子應該是三雲尊的偷竊搭檔吧。」

「胡說八道，三雲先生怎麼會……」

「這是如假包換的事實。爸，所以我才放棄跟小華結婚，我不得不放棄啊。」

「和馬。」原本靜靜聆聽的美佐子開口說。「既然你說得這麼肯定，應該有什麼物證證實三雲家就是那個……什麼L家族，還犯了什麼罪吧。」

媽媽美佐子不愧是鑑識課員，無論如何都堅持要有物證。和馬解釋，大概十年前有個黑幫老大家裡失竊了一幅掛軸，現場採集到一根疑似歹徒掉落的毛髮。後來和馬取得三雲悅子抽過的菸蒂，上面驗出來的DNA與該毛髮符合。美佐子聽完這話，大嘆一口氣：

「原來，是真的啊。我就想說那位太太不簡單，想不到是這樣……」
典和也附和美佐子的話：
「那位先生也是，我就想說他不是普通百姓，想不到是這樣一個大人物啊。竟然敢騙我們，真是膽大包天。我們以為人家是和馬的親家，也是開心過頭，沒能好好打量清楚。」
「就是這樣，你們可以理解我為什麼不能跟小華結婚了吧？」和馬回想起小華，連忙趕走這念頭接著說。「三課也掌握了這條線索，明天應該就會有動作。只要證據確鑿，應該就會宣布通緝三雲尊跟三雲悅子了。」
「那小華呢？她也幫忙偷竊嗎？」
和馬聽了典和的話後回答：
「我相信她是清白的，她只是個在圖書館上班的普通女孩。」
眾人一陣沉默，氣氛凝重，首先打破沉默的是奶奶伸枝，她正襟危坐，開口說：
「和馬，你看這樣如何？乾脆你辭掉警察的工作，跟小華在一起。這就叫做私奔對吧？如果你不戀棧警察這個職稱，這不也是個辦法嗎？」
「奶奶，不行啦，爸爸媽媽都還在警視廳工作，如果我做出這種事，必定會連累他們啊。」
其實和馬已經多次想過要私奔，不過考慮到會影響到其他家人，實在算不上是最好的

6 相傳為江戶時代後期的義賊。

方法。

「我還有另外一件事要說，之前在荒川河濱發現的那具男性屍體，搜查總部斷定死者是名叫立嶋雅夫的流浪漢，我發現其實不是。原來有人，而且是警方內部的人，打算把被害人當作就是立嶋雅夫來結案，除此之外想不到其他可能。」

典和一聽立刻皺眉插嘴，看來碰到實際發生的案件，典和馬上換上警察的表情。

「你確定沒錯嗎？但是和馬，這件事情跟三雲家又有什麼關係？」

「因為死者是三雲巖，也就是小華的爺爺。」

在場眾人都倒抽一口氣，尤其奶奶伸枝，更是臉色蒼白。和馬不明白為什麼伸枝會如此震驚。

「警方已經查出是誰殺了立嶋雅夫，呃，應該說是三雲巖。兇手是住在案發現場附近的流浪漢，身分不明，但是我認為兇手另有其人，搞不好……」

和馬說到這裡就閉嘴，應該是認為不該隨便揣測吧。和馬先起身，對另外三人說：

「總之我說的話就到此為止，我不會跟小華結婚，而你們現在也很清楚我跟她不能結婚的原因了。」

三人都啞口無言，這也是當然的，如果三雲夫妻即將遭到逮捕，和馬身為警察，就不可能與他們的女兒結婚。

「媽，希望妳把我剛才說的話轉告給阿香。聽說小華明天晚上會來我們家，我阻止過她，但她說想來正式道歉，我希望全家人都能在場。」

和馬說完後離開和室，關上紙門，然後大嘆一口氣。剛才沒能說出口的話，還悶在他的心裡。

搞不好隱瞞三雲巖遇害案件真相的人，就在我們家裡。

※

空間好小，頭頂上有台小液晶電視，小華戴著耳罩式耳機看綜藝節目，但是完全看不進去，只聽著陣陣虛偽的笑聲。

小華住進東京車站附近的膠囊旅館。她跟家人大吵一架後離家出走，卻沒有地方可去，雖想過去住月島的老家，但又不願意住進爸爸名下的房子，想來想去最後決定來住膠囊旅館。

小華還是第一次進到膠囊旅館，想不到這麼整潔又讓人安心。有女性專用樓層，還有咖啡室，相當舒適，但也不能因此就一直住下去。

接下來該怎麼辦？小華一直想著將來怎麼走，她每個月領的薪水都存了下來，還算是有些積蓄，而且也還有工作，暫時是不必擔心過不了日子。但要是警察對三雲家發布通緝，就不知道會怎樣了。最壞的打算，是爸媽遭到逮捕，那兩個人隨便查都是一身重案。

一旦如此，自己就很難繼續在圖書館上班了。也擔心奶奶阿松和哥哥阿涉，奶奶或許還能打理自己，但是小華不認為哥哥阿涉有辦法獨自求生，或許爸媽會帶著哥哥找個地方一起生活吧。

小華真的沒想過三雲家的祕密會有曝光的一天，從她懂事的那天起，就覺得全家是賊，天經地義。後來她知道自己家其實非常特別，一股反作用力讓她想當個普通人，所以才會跑去圖書館工作。

下班回家，爸爸媽媽計畫著要搶誰，哥哥窩在房間裡當駭客，爺爺在外面當扒手，她以為這種生活可以持續到永遠，沒想到瞬間就分崩離析。

和馬說得對，或許這是個好機會，讓她們全家金盆洗手，跟平凡人一樣過生活。但是小華一想到爸媽就頭痛，因為這對夫妻絕對不可能當什麼平凡人。

眼角有東西在發光，原來是放在枕邊的手機發光，顯示有人傳訊來。小華拿下耳罩式耳機，拿起手機。

手機收到和馬的訊息：「我已經把一切真相告訴家人，妳明天真的要來？」小華的心情有些沉重，她認為應該好好向對方的家人道歉，但既然對方已經知道自己的真面目，要跨進櫻庭家大門可需要不小的勇氣。

小華乾脆不回訊，把手機放在枕邊，拿起遙控關掉電視。小華很在意一句話，是櫻庭和一說過的話。

櫻庭和一與他太太伸枝，還有三雲巖，這三人是大學同學，一起參加劍道社，感情相當深厚。如果讓兩家的孫兒碰面會怎樣呢？小華不認為櫻庭和一只是為了看好戲，就安排這樣一場大戲，背後一定有更重大的原因。這個原因可能與他們大學時代發生的某個事件有關，那時究竟發生了什麼事？小華認為巖之所以放棄到手的貿易公司工作，決定走上扒手之路，也跟這個事件有關。

小華伸手關了床邊的燈，四周一片漆黑，但閉上眼也睡不著，清醒無比。

「小華，妳來啦。」

來應門的人是和馬，時間是下午六點整，和馬可能才剛下班，身上還穿著西裝，笑得很僵。

「打擾了。」

小華在玄關脫了鞋，又看到鞋櫃上擺著的櫻庭家全家福照片。照片裡的全家人都穿著警察制服敬禮，她第一次看到這張照片，嚇得眼睛都要跳出來，後來經歷風風雨雨，現在情況已經完全不一樣了。

「大家都到齊了，走吧。」

和馬帶著小華經過走廊，沒多久和馬停下腳步，拉開紙門。小華畏縮地踏進和室，發現典和、美佐子與伸枝坐在裡面，她立刻跪坐下來，在榻榻米上磕頭說：

「都、都是我給大家添麻煩了，真對不起。」

身邊發出聲音，小華從眼角看去，和馬也一樣跪坐磕頭。

「請抬起頭，三雲小姐。」

聽到典和的聲音，小華抬頭一看，典和板著臉說：

「事情我大概聽和馬說過了。或許妳沒有責任，但是終究不能成為這家裡的一分子。請妳往後不要再跟和馬有任何交集，我們談過的事也取消，請妳全都忘了。」

「爸，小華沒有錯……」

「你閉嘴，我是在跟三雲小姐說話。三雲小姐，我們打算把妳忘得一乾二淨，所以請妳也忘了和馬，忘了櫻庭家。我們兩家之間毫無關聯，過去沒有，將來也不會有，可以請妳幫這個忙嗎？」

「明白了，我會全部忘記。」

「我說完了。」典和說，站起身。「三雲小姐，妳回去吧，我們應該再也不會見面了。」

小華看看櫻庭家所有在場的人，大家都不敢正眼看她。雖令人傷心，這終究是現實，她是小偷的女兒，本來就沒有人會接納她。

最後小華又磕了一個頭。「伯母，對不起。奶奶，很抱歉。那天一起做的咖哩，真的很好吃。」

兩人都沒有回話，當小華要起身時，聽到後面有人拉開紙門，回頭一看是阿香。阿香氣得臉紅脖子粗，瞪眼又挑眉，可能一直在外面偷聽吧。

阿香氣沖沖地走進和室，手叉著腰說：

「你們不要聯合起來欺負人家！怎麼翻臉跟翻書一樣快？爸，之前是誰嗲聲嗲氣喊小華小華的？媽也是一樣，不是還很開心地要去看婚禮會場嗎？」

「阿香，閉嘴。」典和開口打斷阿香，板著臉繼續說。「妳也知道是什麼事了吧？而且妳這是什麼口氣？給我當心點。」

「我聽說啦，她是小偷的女兒對吧？可是你們想想看，人家的爸媽已經被逮捕了嗎？還是被通緝了嗎？」

「阿香，謝謝妳，不過沒關係，全都是真的，之前他們還搶了青山的珠寶店呢。」

小華突然發現旁邊的和馬倒抽一口氣。

「呃，小華，妳是說真的嗎？」

糟糕，不小心說溜嘴了。不過搶那點東西只是九牛一毛，小華乾脆豁出去。

「正確來說是黑吃黑啦，真正動手的是中國竊盜集團……」

「夠了啦，妳先閉嘴！」阿香繼續手叉腰說。「這種時候我們家都是開家庭會議決定，爸，家庭會議，我們來開家庭會議。」

「好，就這麼辦。」

典和清清喉嚨，坐了下來。小華曾聽阿香說過家庭會議的事，到底是怎樣的會議呢？就算好奇，也只能靜觀其變了。只見阿香也跪坐在榻榻米上，典和又清了一次喉嚨，開口說道：

「現在開始家庭會議，今天的議題，是討論三雲華小姐適不適合作為和馬的結婚對象。公平起見，投票表決，每人一票，可以嗎？」

典和看看大家，所有人都認真地點頭，他又接著說：

「那麼，認為三雲華小姐適合當和馬結婚對象的人，舉手。」

阿香立刻舉手，但是其他人都沒動作，小華看看旁邊，和馬咬唇低頭盯著榻榻米，雙手放在腿上緊握發抖。

「這是怎樣啦？」阿香氣得大喊。「怎麼連老哥都傻了？你不是很愛她嗎？連你都不舉手，還有誰會舉手啊？」

和馬什麼話都沒說，反而是美佐子開口：

「阿香，妳小聲點，想一下和馬的心情，他也很難過啊。而且妳冷靜想想，妳不也是個警察嗎？」

「我一直都很冷靜，媽，我贊成老哥結婚。」阿香高舉著手，看著其他家人說。「快點，贊成的人舉手。只有我嗎？你們到底是怎麼啦？快點給我舉手！」

阿香死命勸說，小華覺得她有這份心意就很開心了，她在心中默唸：「阿香，謝謝妳。」

「快啊，贊成的人快舉手啊。」

沒有人打算舉手，此時外面突然傳來狗吠聲，吠得好用力，好像要表達什麼一樣。

阿香站起身，拉開窗邊的紙門，原來是老大在外面狂吠，還不斷用前腳抓著窗玻璃，吠個沒完。

「老大，你也贊成對吧？」

阿香這麼說，窗外的老大吠得更用力。「老大，謝謝你。」小華光是看到死命吠叫的老大，就覺得心頭一陣暖，不禁紅了眼眶。

「既然爺爺不在，老大就幫忙投一票。奶奶妳看，妳養的狗都舉手了，妳怎麼能不贊成呢？」

「阿香，夠了。」典和加重口氣說。「老大沒有投票權，所以贊成的一票。再來，認為三雲華小姐不適合作為和馬結婚對象的人，舉手。」

典和說完立刻舉手，美佐子也跟著舉手，伸枝則是畏畏縮縮地舉起手。小華看看旁邊，和馬雙手還是放在腿上握拳，然後小小聲地說：

「對不起，我想棄權。」

「好吧。」典和點頭，看看所有人說。「贊成一票，反對三票，棄權一票，所以本案是反對。」

「喂！你們等一下啊，太怪了，頭腦是不是壞掉了？」

「阿香，頭腦壞掉的是妳，給我放尊重點。」

典和跟阿香吵了起來，小華覺得不該繼續待下去，她又看了跪坐在身邊的和馬一眼，就算捨不得，應該也是最後一次見到和馬了。小華跪坐著開口說：

「各位，我先告辭了，真是抱歉給大家添麻煩了。」

小華站起身，鞠躬後轉身，伸手去拉開紙門，但是門一開，小華整個僵住，因為櫻庭和一就站在紙門外面。

櫻庭和一緩緩走進和室，典和抬頭看著和一說：「爸，你不是身體不舒服嗎？」

和一沒有回答這個問題，而是看看在場所有人說：

「我在外面都聽見了，看來你們有結論了是吧。」

和一臉色凝重，魄力十足，好像光是靠近都會被他的氣魄壓垮，他低聲說：

「我本來還有點期待，你們會不會想辦法來接納這位小姐，也期待你們明知道會做白工，還是絞盡腦汁去想。結果呢？你們想都不願意想，就決定趕走這位小姐了。」

「爸，你等等。」典和開口反駁，還激動地抬起身子。「你也當過警察，應該知道警察不能跟家裡有罪犯的人結婚。我們也不是隨便就下決定，是很痛苦的抉擇啊。」

「閉嘴！」

和一怒斥一聲，典和立刻跪坐閉嘴。和一走上榻榻米，走到典和所坐的大位旁邊，典和先是有些吃驚，還是把位子讓給和一。和一緩緩坐下，開口說：

「如果你們試著要去接納這位小姐，我也不打算出面，但是你們完全沒有這個念頭。現在我要說出櫻庭家的祕密，本來我是打算帶著進棺材的，這下我改變心意了。」

小華心想自己不該留在這裡，正要偷偷溜出和室，和一卻對著小華說：

「小姐，這件事跟妳也有關係，希望妳坐下來聽。」

「啊，是。」

小華立刻坐下來，和一滿意地點頭，開口說道：

「其實我早就認識這位三雲華小姐，因為她的爺爺三雲巖，是我獨一無二的摯友。」

所有人聽了都驚訝不已，望向和一。這也難免，小華聽和一提起的時候也不敢相信。

其中小華最在意的就是和馬的奶奶伸枝。伸枝臉色蒼白，低頭不敢看和一。

※

真是驚愕連連，和馬只能默默聽和一說話。

和一不斷說著往事，包括他在大學時期跟三雲巖是宿舍室友，後來兩人成為知心好友，在劍道社切磋劍技。當時伸枝參加女子劍道社，三人經歷一段小小的三角關係，最後是和一與伸枝配成對。三雲巖原本內定錄取一家貿易公司，但是畢業後卻莫名選擇了扒手之路，兩個摯友相隔了八年才重逢。

「後來呢，我跟三雲巖每個月都有一天，去那家居酒屋坐在一起喝酒。我們兩人都在工作時，一句話也沒說，只是默默喝酒，直到後來雙方都退休了，才開始聊起來。其實和馬會認識小華不是巧合，某天巖半開玩笑地說『要是你我兩家的孫子結婚，我們不知道會怎樣？』我才會刻意安排他們兩個認識。」

和馬張口結舌，他從沒想過跟小華的相遇竟然是有人精心安排，往旁邊一看，小華似乎不怎麼驚訝，心平氣和地聽著和一說話。看小華剛才跟和一的互動，或許兩人早就認識了。

「爺爺，這樣有點賊喔。」阿香此時插嘴，還理直氣壯地對爺爺說。「爺爺早就知道他們兩個沒辦法在一起吧？還安排兩個人認識，這樣做也太賊了吧。」

「是有一點，阿香說得很對，不過，我去她工作的圖書館借書，再叫和馬去還書，也不過五次而已。才五次喔？他們就墜入情網了。這之間確實是有我的安排，不過我會說他們兩個人真的有緣啊。」

一點都沒錯，和馬沒有開口，但他贊成和一的話。和馬是對小華一見鍾情，感覺是良緣天定。

但是話說回來了，就算和一與三雲巖是大學同學，又一直有往來，也算不上什麼天大的祕密。沒錯，現任警察要跟當扒手的好朋友來往，檯面上不好看，但算不上要帶著進棺材的祕密吧？和馬心想，會不會跟三雲巖放棄貿易公司工作，跑去當扒手有關係呢？結果是典和開口，代替和馬說出了心聲。

「可是爸，這哪裡算祕密了？爸跟三雲巖是摯友，如果你還在當差，跟扒手交朋友是不太體面，不過也沒必要瞞得這麼謹慎吧？」

「現在開始才是重點。」和一交叉雙臂，閉上眼睛。「距今五十多年前，當時是二月底，再過一個月就要畢業。那陣子我們劍道社的社員捨不得畢業，每天晚上都聚在社辦裡聊到大半夜。那天，我們也是熱情地討論彼此的夢想，一回神都過了晚上十二點。」

伸枝也參與其中。當時伸枝住的女子宿舍，離學校大概三十分鐘腳程，大半夜的總不能讓一個女孩自己走夜路回家。不過和一聊得正起勁，實在走不開，於是三雲巖就起身說「我送伸枝回去」，兩人便離開社辦。

「巖要送伸枝回去，我就放心了。我把伸枝交給巖，又繼續聊下去。想不到過了兩個小時，巖還沒有回來，我開始擔心，決定去找他們。」

明成大學的校園位在東京近郊，附近相當繁華，但是五十年前那一帶還叫做武藏野，是荒涼的農田。和一走在夜路上，邊走邊喊兩人的名字。那條路沒有鋪柏油，只是壓實的泥土路。突然，有人呻吟著對和一的呼喊發出回應，和一拿手電筒往聲音傳來的方向照去，是一座鐵皮搭蓋的簡易公車站，有名男子趴在車站前，和一連忙趕上前去。

「倒在地上的就是巖，我扶起他，巖的太陽穴流著血，意識也不清楚，只是不斷呢喃喊著『伸枝、伸枝』，我直覺不妙，先把巖輕輕放在地上，接著趕緊拿起手電筒去找伸枝，結果發現伸枝在樹林裡，離公車站大概五十公尺遠。」

伸枝血流滿面，額頭受了嚴重的傷，和一先是愣住，連忙打起精神，上前安撫哭喊的伸枝。和一背起伸枝，回到公車站又叫醒巖，三人才離開現場。

「我們馬上去看醫生，我在候診室聽巖說，突然一名男子從公車站後方跳出，手裡拿根木棒胡亂打了過來。巖當場被打倒，但仍奮力起身，只見那個人要攻擊伸枝。巖發現這人的目標就是伸枝，伸枝也奮力抵抗，可是被木棒給打中額頭，當場暈倒了。」

巖下定決心，一定要保住伸枝，所以就算受了傷，意識不清，還是死命抱緊男子的腰間。男子不斷用木棒敲打巖的背後，但巖死都不放手。最後男子受不了巖的難纏，匆匆離開了。

「歹徒的目標很明顯，就是要對伸枝施暴，所幸巖阻止了。我們向警察報案，可是最後仍找不到歹徒。當時伸枝額頭的傷勢很重，縫了十三針。伸枝一直窩在病房的病床裡，消沉到我們都看不下去。巖也是一樣，他不斷怪罪自己，認為要是自己更有出息，就能保護好伸枝。」

和馬以前聽說伸枝額頭的傷疤，是年輕時在海上受的傷，家裡其他人應該也都這麼想。

「所、所以爺爺，才沒有進貿易公司對嗎？我懂，我懂爺爺的心情。」

小華難得開口，沒有人敢怪罪小華說的話，因為大家都專心聽著和一說往事。和馬望向奶奶伸枝，伸枝似乎無法承受，把頭壓得很低，頭上一樣包著髮帶。

「沒錯，三雲華小姐。當我畢業後，輾轉聽說巖沒去貿易公司上班，也就猜到了，他打算自己去找出歹徒。當時歹徒用布條蒙住半張臉，但是案發之後巖對我說：『只要再見一面，我一定認得出來』。我問他為什麼，他說：『認得，我只要看到那對眼睛就認得』。」

和馬想起在荒川河濱發現的那具屍體，臉都被砸爛，那就是三雲巖。這人為了找出攻擊摯友情人的歹徒，五十多年來每天上街當扒手，就只為了找到可恨的歹徒。

「我跟巖的想法一樣，就算當了警察，每天忙得昏天暗地，但是只要知道哪個性犯罪嫌犯被逮，就會亂闖管區去旁聽偵訊，或打聽嫌犯有沒有涉及其他案子。可惜，最後我跟巖都沒能找到那個歹徒。」

和一、伸枝，以及三雲巖。和馬沒想到三人竟然有這樣一段過去。兩個男人花了五十多年要揪出歹徒，這段時光之漫長讓和馬驚訝不已。

「如果當時巖不在，我光想那下場都渾身發毛，或許伸枝可不只是額頭受傷了。你們給我想清楚，巖可是從強暴犯手裡救出伸枝的恩人，而你們打算趕走他的孫女。你們聽了我這段話，還是要趕走這位小姐嗎？」

眾人一陣沉默，和馬聽見後方傳出紙門開關的聲音，回頭一看，奶奶伸枝正要離開和室。或許奶奶想起過去的慘案，坐不住了。

「爸，沒辦法。」典和首先打破沉默。「你想想看，這女孩的爸媽是盜賊，而且應該不用多久就會被通緝。她有這種父母，怎麼能嫁到我們家來？我很感謝她爺爺救了媽，不過終究是兩碼子事。」

「典和，你真的這樣想？」

和一又問了一次，典和點點頭。

「對啊，我是現任警察，爸已經退休，我們立場不一樣。我不能讓和馬娶個罪犯的女兒回家，如果爸你也還在崗位上，應該會跟我做出一樣的決定吧。」

「你們其他人也都這麼想？」

和一看看其他人說，首先開口的是阿香。

「我贊成老哥結婚，現在知道小華是恩人的孫女，老哥更是無論如何都該娶她才對！」

「阿香，閉嘴！」典和氣得面紅耳赤。「沒妳說話的份！如果和馬真的跟這女孩結婚了，三雲夫婦又被逮捕，那會怎樣？我們就全沒辦法繼續當警察啦！」

「不能當就不能當，到時候再打算就好啦。」

「妳就是這樣思想淺薄，簡直不可理喻。」

「明明就是爸逞強！」

「妳對妳爸是什麼口氣啊！」

兩人爭吵起來，和一突然開口插嘴：

「你們兩個都住口。其他人沒意見嗎？美佐子，妳怎麼看？」

美佐子被和一點名，表情僵硬。

「我……我覺得典和說得沒錯，可憐歸可憐，這女孩終究沒辦法跟和馬在一起的。」

「和馬，你怎麼想？你之前對我講過，你已經做好成家的準備了是吧？」

那天晚上，和馬對家裡人提了餐會的事，後來在走廊上碰到和一，和一問他這個問題。當時和一板著臉，現在也一樣板著臉盯著和馬。

「爺爺，現在的狀況跟當時不一樣。當時我什麼都不知道，對小華的家人一無所知。」

「那又怎樣？你現在知道她家人的背景，你要怎麼辦？你不是要跟她的家人結婚，是要跟三雲華這個女孩子結婚，不是嗎？」

不行，照常理來說，和馬實在很難跟小華結婚。小華的爸媽應該很快就會被通緝，和馬實在無法認真考慮這樁婚事。

和馬瞥了小華一眼，小華低著頭，一副陷入苦思的樣子。和馬認為小華會懂，所以擠出一句話來：

「我……不能跟小華結婚。」

「老哥！」阿香脫口大喊。「你亂講什麼啦！老哥這樣講就完蛋啦！收回，你馬上收回這句話。」

和馬低著頭握著拳，用力之猛連指甲都陷進肉裡去，卻不覺得痛。

和馬聽到和一的聲音。

「大概兩年前，巖告訴我這孩子在四谷的圖書館上班，隔天我就去圖書館看看。我第一眼見到三雲華這個女孩子，就覺得很感動。她在一家子的賊裡長大，卻腳踏實地過生活，那模樣讓我太佩服了。相反的，我對你們失望透頂，原本興高采烈的，結果一聽說她的背景就翻臉不認人，你們可再也找不到這麼好的女孩了。」

小華聽了，小聲地說：「我、我沒有那麼好……」

「是啊，爸，妳會不會太抬舉她啦？不過就是個小偷的女兒。」

典和說得實在過分，和馬不禁頂嘴：

「爸，等等啊，小華又沒有錯。然後我想說……」剛好和一跟典和都在，和馬有件事必定得問清楚。「其實在荒川河濱發現的那具屍體，指紋符合警視廳資料庫所登記的指紋，所以搜查總部很快就認定死者是立嶋雅夫，不過這是誤導辦案啊。」

「喂，和馬。」典和插嘴。「現在不是談案子的時候。」

「拜託，聽我講完。警視廳的資料庫有遭到篡改的紀錄，而且駭客是用爸的ＩＤ登入資料庫。我知道，爸不可能會做這種事，但是百分之百，有人用了爸的ＩＤ不當存取。」

「和馬，你……」

典和看著和馬，和馬用力點頭，接著說：

「對，沒錯，櫻庭典和本人，或者跟他很親近的人，涉及篡改警視廳資料庫，而且這個人跟小華的爺爺三雲巖遭到殺害有密切關聯。」

典和瞪大眼睛，和一交叉雙臂，閉眼聆聽和馬說的話。

「你還記得三雲巖出事的那天吧？就是我第一次帶小華回家的那天，我大概是晚上七點帶小華回家，大概過了一個半小時後，我開車把小華送回月島，然後再回家。回家之後我要上二樓，突然被爸叫住，走進和室來。和室裡有四個人，爸爸、媽媽、奶奶，還有剛從健身房回來的阿香。我們當時就召開家庭會議，大家都記得吧？」

沒有人回話，和馬接著說：

「我想時間應該是晚上九點半之後，另一方面，在荒川河濱遇害的三雲巖，推測死亡時間是晚上八點半到十點之間。但是把三雲巖載到案發現場的計程車司機說，三雲巖是晚上九點半左右抵達現場，代表實際的案發時間大概就是九點半。所以有參加家庭會議的人沒時間來回小松川和向島之間。」

「和馬，你該不會……」

典和支支吾吾，和馬感覺到所有人都盯著他，只有坐大位的和一沒看他。

「我們家裡就只有爺爺沒有不在場證明，我們總以為爺爺一定在房間睡覺，但是爺爺，你當時根本不在家對吧？我認為，爺爺當時瞞著家人，偷偷溜出家門，而且會去的只有一個地方。」

「和馬，了不起。」和一閉著眼睛說。「你的意思是說我殺了巖，還預先篡改警視廳的資料庫要隱瞞巖的身分，是不是？」

和一問，和馬回答：

「我認為篡改資料庫的人就是爺爺，或許實際執行駭入的是其他人，不過爺爺是警視廳的老前輩，可以弄到爸爸的ＩＤ，也知道爸爸的生日。但是我不認為爺爺殺了三雲巖，只是肯定跟他的死有關係。」

和馬今天聽了和一的話，才搞懂三雲巖遇害的原因。和馬一直搞不懂三雲巖為何會被殺，如今則有個直覺，這應該跟五十多年前伸枝遭到攻擊的案子有關。

和一開口說：

「今年的七月，我跟巖照常一起喝酒，他突然一臉嚴肅地告訴我說，找到了。」

「找到了？該不會……」

「對，和馬，巖說他找到了，那個讓伸枝受重傷的人。但是他死都不肯告訴我這個人的身分，應該是打算自己做個了斷。巖說他不打算要人命，只希望對方道歉，如果我介入這個計畫，日後被人發現，會影響到你們這些現任警察。巖這個人想得就是這麼嚴密，他心想要是有個萬一，至少要以別人的身分死掉，才不會害到家裡人。所以我幫了個忙，把典和的ＩＤ跟密碼告訴他。」

這天終於到了，好巧不巧竟然就是和馬帶小華回家的晚上。晚上八點多，和一的手機收到訊息，是三雲巖傳來的，訊息只有短短兩個字「今晚」。

「我馬上就聯絡巖，問他人在哪裡，但是他不告訴我。我跟他爭論了一陣子，最後他終於投降。我說我也有權知道是誰攻擊伸枝，巖就指定了那個地方。我瞞著你們，偷偷下樓走出屋子。我沒告訴你們，其實我當時腿傷早就痊癒，可以自由走動了。」

和一搭上計程車前往小松川，為了謹慎起見，離約好的地方還有兩公里遠就下了計程車。和一在黑夜中前往現場，結果只發現氣若游絲的巖。

「我跑向巖，他還有一口氣，但是看了就知道叫救護車也沒用。巖開口講些什麼，我湊到他嘴邊聽，他說著『臉，臉啊』。我懂了巖的意思，他希望毀掉三雲巖這個人的痕跡。我就從附近撿來一塊大石頭，敲打他的臉，一次又一次地敲。妙了，我竟然沒有掉淚，等我確認他的臉被砸到認不出來，就打道回府了。」

「所以，爺爺你……」和馬開口說話，但聲音沙啞，想到爺爺親手把摯友的臉砸到稀巴爛，讓他毛骨悚然。「你趕到現場才發現三雲巖反被對方攻擊，已經沒救了，是嗎？」

「對，和馬，就是這樣。所以你打算怎麼辦？以毀損屍體的罪名逮捕我嗎？你想怎麼辦就怎麼辦。」

和馬辦不到，他沒辦法告發爺爺和一。和一又緩緩開口：

「我要說的都說完了，這下櫻庭家再也沒有祕密了。最後，三雲華小姐，我由衷向妳道歉。我非但沒能幫伸枝報仇，還讓巖白白丟了老命，請原諒我。」

和一說完後鞠躬，站起來走向小華，從口袋裡拿出某樣東西，是條灰色手帕。和一把手帕交給小華說：

「這條手帕是巖的遺物。我趕到的時候，這條手帕就在他口袋裡，我想應該交給妳才對。」

手帕上繡著英文字母M，應該是三雲（Mikumo）的縮寫。

「櫻庭家不願意接納妳，不是妳的錯，是我們這家人的錯。妳的眼神很棒，就像巖一樣，希望妳能好好過日子。」

和一說完這句話就離開和室，接著好像有人起身，是小華。小華迅速起身，深深一鞠躬後，悄悄離開和室。

再也不會見到她了吧。和馬這麼想，卻無法鼓起勇氣去追小華，只能深深嘆氣。

※

車廂廣播說下一站就是月島，小華這才回過神。習慣真是可怕，小華不知不覺就坐上了地下鐵有樂町線，早忘了她已經被逐出三雲家門。電車慢慢減速，終於抵達月島站，小華也就姑且在月島站下車。

小華停在票口前，往皮包裡伸手要找錢包，這下可糟了，皮包裡竟然有三個陌生的男用皮夾。一定是因為太專心沉思，在電車上不自覺下了手，所以一走出閘口就趕往站前的派出所。

「有人掉了皮夾。」

小華說了就把三個皮夾放在派出所櫃檯上，健壯的制服警察看著皮夾目瞪口呆。

「這些都是？妳在哪裡撿到的？呃，請問妳的姓名？有些文件需要……」

「告辭了，我有急事。」

「咦？喂，妳等等……」

小華離開派出所，快步遠去，她想先回家裡一趟，但是不打算向爸爸道歉，只是想知道目前狀況如何。阿尊打算逃亡，小華想知道其他家人打算逃去哪兒。

櫻庭和一那番話，說明了爺爺遇害的前因後果，和一說巖找到了當初攻擊仲枝的歹徒，結果反遭到歹徒攻擊身亡。可是現在依舊不清楚歹徒是誰，畢竟都是五十多年前的事情，歹徒年紀應該也很大了。巖已經七十六歲，但是身體硬朗，生龍活虎。可是歹徒竟然輕鬆收拾掉巖，難道是什麼功夫高手嗎？

總之殺害巖的歹徒依舊身分不明，小華很想揭開這個人的真面目，但是巖都已經過世，或許很難查出來了。不過，小華一想到殺害巖的兇手竟然還逍遙法外，就悲憤得雙腿發抖。

還有一點，由於巖擔心會害到家人，決定假扮成立嶋雅夫。案發當晚，櫻庭和一趕到現場，將快斷氣的巖的臉砸爛。小華光想像和一的心情就頭皮發麻。

小華到了大廈，站在稍遠一點的地方，集中精神觀察附近狀況。可能已經有警察在附近監視，小華有本事發現警察的行蹤。她大概在現場觀察了三分鐘，確認目前沒問題，才鬆口氣走進大廈。

小華搭上電梯前往五十二樓，沿著走廊走到家門口，先停在門前就不動。怪了，門裡一點氣息都沒有。小華輸入密碼進門一看，只見屋裡空蕩蕩的。

小華脫了鞋走進屋裡，家具已經全都搬空，看來根本沒住人。窗簾也都拆了下來，感覺隨時都可以讓新屋主入住。

小華又看了房間，每個房間都是空無一物。大家跑哪裡去了？難道已經遠走高飛了嗎？這家人就是跑得快。

小華發現客廳地板上有東西閃了閃，窗簾拆掉之後，窗外的微光反射出來，是顆彈珠。那是爺爺留下的彈珠，小華蹲下來撿起彈珠，突然手機鈴聲就響了起來。鈴聲在屋裡大聲迴盪，小華連忙從皮包裡掏出手機，將彈珠收進褲子口袋裡，然後看看手機螢幕。

收到一則訊息。

「小華，太晚啦，搞什麼鬼啊。」

現在是晚上十點多，JR有樂町站還是人來人往，幾乎都是要回家的上班族男女，其中有些人喝得滿臉通紅。小華鑽過等電車的人群，走向月台的盡頭，只見三雲家成員就等在那裡。

「爸，怎麼回事啊？你把大廈的房子清空了？」

「沒錯，我的規矩就是不留痕跡。」

傳訊息的人是悅子，訊息指定了這個地點，有樂町站三號、四號線的月台盡頭。阿尊與悅子各提著一個沉重的旅行袋，看來就像到東京觀光的一家人，或者準備去羽田機場旅行的一家人。

「好，這下就到齊啦。」阿尊滿意地點頭，然後清了清喉嚨說。「我想大家都清楚狀況了。這次因為小華搞砸，我們全家都被警察盯上，所以我們得要躲上一陣子。」

「躲？躲去哪兒？我可不想躲去國外。」

「小華，這種時候最麻煩的就是機場。機場到處都有人監控，我們五個人一起行動實在太顯眼了。所以我想到個點子，就是我們從今天起分道揚鑣。」

小華不太懂阿尊的意思，阿尊露出笑容，從旅行袋裡拿出幾個信封，分給所有家人。小華看看信封裡面，有幾張紙鈔跟一張駕照。

「這是我送行的禮物，也幫你們準備了假的駕照。從今天開始，大家都不准用三雲這個姓，要用假駕照上的名字，小心駛得萬年船啊。」

小華從信封裡拿出駕照，駕照上貼著她的照片，名字是鈴木花。這張駕照做得實在精美，看起來根本不像偽造證件。阿尊有些得意地說：

「小華，我花了不少功夫才找到這麼像的名字。這個人年紀比妳大，不過妳打扮樸素，年紀大點沒關係吧。」

「爸說要分道揚鑣，是什麼意思啊？」

「意思就是大家各自過喜歡的日子，我們沒辦法繼續全家一起過生活啦。」

悅子聽了這話連忙開口：

「老公，阿涉沒辦法自己過生活啊，我不能陪著他嗎？」

「不行，阿涉是長子，今年都要三十歲了，怎麼能永遠當個媽寶呢？」

「爸，等一下啦。」小華忍不住插嘴。「奶奶怎麼辦？奶奶也要自己過嗎？這樣太可憐了。」

「老媽，要去住安養院了。」

「安養院，怎麼會……」

「最近的老人安養院可厲害了，簡直跟大飯店一樣豪華，老媽去住的那家就是。」

阿尊說，掏出一張傳單，是一家位於白金台的老人安養院，看傳單上的照片，建築物確實是時髦又豪華，簡直像某國大使館。小華看完傳單，又推回給阿尊。

「什麼老人安養院，奶奶太可憐了。」

「小華，沒關係。」保持沉默的阿松終於開口，臉上帶著笑容。「我都一把年紀了，與其拖累大家，不如進安養院還輕鬆點。我今天去參觀了，感覺還挺不錯的。」

我爸怎麼這樣糟糕？小華不禁懷疑阿尊在打什麼算盤，就算要躲警察，也沒必要讓家人各奔東西吧？一定有什麼可以讓全家人一起生活的方法啊。

「哎，老公，阿涉真的不能想辦法跟我們走嗎？」

悅子很擔心地說。小華看看哥哥，阿涉還是穿著高中時代的深藍色運動服，上面縫著寫有「三雲」兩個大字的名牌。阿涉已經好幾年沒有走出家門，他從信封裡拿出駕照看看，不解地歪頭，阿尊看到阿涉的反應才恍然大悟說：

「阿涉，對不起啊，我怎麼找都找不到適合你的新身分，這你就湊合著用吧。」

小華走了幾步繞到阿涉背後，看看阿涉的手裡，他拿的駕照名字是「凱文田中」。

「阿涉，你從今天起就改叫凱文。」

阿尊正式宣布，然後似乎想起什麼，混入等電車的人群之中，不見蹤影。沒多久阿尊拿了一支奇異筆回來，阿尊的扒竊功夫雖不如小華，但也跟爺爺巖學過些基本功夫。

阿尊蹲在阿涉面前，摘下奇異筆的筆蓋，把名牌上的「三雲」兩字打叉，然後在空白的地方寫了潦草的兩個字「凱文」，寫完就滿意地起身。

「好，這就行了。阿涉，呃，凱文，從今天起你就是凱文，可別忘啦。」

阿涉一臉五味雜陳，低頭看著被改寫的名牌。聽見電車駛進月台的聲音，是京濱東北線往品川方向的電車，乘客下車，月台擠滿了人。阿尊拿起自己的公事包說：

「各位，再會啦，多保重。」

阿尊說完便轉身搭上京濱東北線的電車，車上幾乎爆滿，所以阿尊一下就不見蹤影。很快的發車鈴響起，電車也就出發了。

「那我也該出發啦。」

阿松說完後邁開腳步，推著買菜時用的一輛手推車。小華追上阿松說：

「奶奶，妳真的要走了？」

「是呀。」阿松笑了笑，表情有些落寞。「我今天要去住朋友家，明天才住進安養院。小華，妳要好好過日子，總有一天大家還是可以團圓過生活的。」

阿松說，推著手推車離開，走進電梯，小華只能目送阿松離去的背影。月台上響起廣播，下一班列車要進站了。

「小華，到這邊來。」

悅子開口，小華回頭，發現悅子的表情很嚴肅。電車駛進月台，悅子扯開嗓門免得被噪音蓋過。「聽好了！你們兩個一定沒問題！媽媽擔心歸擔心，還是相信你們能好好過。阿涉，聽好喔，如果有什麼麻煩就打電話給媽媽。我馬上匯錢過去。」

悅子留下這句話，拉著行李箱搭上山手線，往品川、澀谷方向的電車。悅子一直對著小華與阿涉揮手，但也很快被乘客淹沒了。

真是不負責的爸媽啊。小華大嘆一口氣，竟然丟下小孩自己開溜，真是讓人無言以對。小華看著山手線慢慢遠去，回頭發現阿涉緩慢地離開，阿涉的行李只有身上一個背包，裝備少到像是要去高尾山健行一樣。

「哥，你要去哪啊？」

阿涉一時停下腳步，看著小華說：

「小華，妳保重，如果出事，我一定去救妳。」

「哥……」

阿涉沒有多說便邁出腳步，沒多久便消失在等電車的人群中。

月台上人來人往，大家不是跟同事交談，就是在玩手機等車。這些人都有家可回，但自己卻已無家可歸。想到這裡，小華頓時感到孤單感迎面襲來，在原地愣了好一陣子。

第四章　賊兒送上愛

「和馬，太慢了，搞什麼，真是的。」

和馬一到廚房，媽媽美佐子就哀怨地說。典和也坐在餐桌旁，邊看報紙邊吃早餐。

「吃飽就快點換衣服。阿香還沒好啊？」

美佐子顯得七上八下，忙著幫和馬弄早餐。和馬坐上座位，喝著美佐子盛給他的味噌湯。美佐子往走廊探出頭，對著二樓大喊：

「阿香，快起床，準備好了沒？」

今天是星期天，櫻庭家上午十點要去站前的照相館拍紀念照，但是和一與伸枝不參加，只有四人。美佐子說，希望和馬結婚之前拍張全家福，所以一大早就忙進忙出的。

和馬與小華分手已經過了一年，櫻庭家再也不提起小華的事。警視廳搜查第三課認定三雲尊與三雲悅子大約十年前涉嫌犯下掛軸搶案，正全力追緝中。但是警方根本找不到人，看來三雲家已經遠走高飛，連和馬也不知道小華在哪裡。

「阿香，妳總算起來了，不吃飯嗎？」

阿香揉著眼睛走進廚房，沒有回答美佐子的問題，從冰箱裡拿出牛奶倒一杯，一口氣喝光。

「阿香，只剩一小時了，要準備好喔。」

阿香喝完牛奶就離開廚房，典和則是默默看著報紙。

表面上，這家人的生活跟過去沒兩樣，事實上家人之間的氣氛很尷尬，和馬不時會感覺到有種以前絕對不會有的苦悶。自從把小華趕走之後，每個人都很內疚，尤其阿香更是叛逆，在家裡幾乎不說話，而典和也鬧起脾氣，完全無視阿香。

和一約半年前開始身體變差，幾乎都在家裡睡覺，去醫院做過詳細檢查，但什麼都查不出來，伸枝整天陪在他身邊照顧著。只有美佐子一個人努力打起精神，想找回過往的時光，可惜都是白費工夫。

「和馬，今天有什麼行程？」

美佐子問，和馬停下筷子回答：

「我傍晚會去跟她碰面，打算去買些東西。」

「是喔，幫我向繪美里問好啊。好快，只剩一星期了。」

一星期後的星期天，和馬就要舉行婚禮了。結婚對象是名叫橋元繪美里的女子，比和馬小四歲，背景普通。美佐子一直勸和馬去相親，大約半年前和馬實在推不掉，就去了一場。對方相當中意和馬，進展順利，今天和馬就要陪繪美里去逛街採買婚禮相關的東西。

「老公，你快點換衣服啊。」

美佐子看到典和放下報紙起身時說，典和簡短應了聲「好」便離開廚房。美佐子又說：

「別看你爸爸冷淡，其實他挺緊張的，他這陣子好像都在偷偷練習婚禮致詞。」

婚禮訂在一星期之後，和馬情緒是有點波動，但同時又冷冷地覺得「就只是這樣」。或許對繪美里不太禮貌，但和馬認為除了小華之外，天底下的女人都差不多。

吃完早餐，和馬離開廚房，跟從盥洗室出來的阿香擦肩而過。阿香看了和馬也是什麼都不說就走開了。

當初和馬要跟小華結婚，阿香一開始大力反對，後來又全力贊成，還替小華加油。這次和馬要與繪美里結婚，阿香從頭到尾完全不表示任何意見。

和馬看著阿香沿走廊遠去，走向盥洗室。

這天早上的櫻庭家跟平常一樣寧靜，甚至靜到有些令人尷尬。

※

「小姐，兩個A套餐。」

「好，馬上來。」

小華在店裡忙來忙去，對著廚房喊：「兩個A套餐」，又拿著抹布去收拾剛空出來的座位。店裡客人很多，電視正在播放賽馬實況，幾乎所有客人都是一手拿著賽馬報一手吃飯，眼睛還同時盯著賽馬實況。

小華在錦系町的居酒屋「小松屋」已經工作十個月了。她辭掉四谷圖書館的工作，在都內到處找工作，後來想起巖生前常光顧的這間居酒屋。過來一看，發現門口貼著「徵店員」的告示，便進門向老闆應徵了。小松屋的老闆就姓小松，是個好好先生，一口答應小華的求職。因為原本在居酒屋幫忙的小松太太腰痛，正缺人手。

營業時間是晚上六點到凌晨一點，有了小華的幫忙，停了一陣子的午餐也可以再開始供應了。小松屋的午餐是銅板價，深受附近的上班族歡迎，大家都期待著何時重新開賣。每到週末，就會有很多客人帶著賽馬報上門，附近好像有外圍的馬票賣場。老闆小松先生也是個賽馬迷，都會跟客人大聊賽馬經。

「老闆，A套餐還沒好啊？」

小華攀著櫃檯往廚房裡看，發現老闆小松正在看賽馬報，被發現的老闆立刻尷尬地回頭做菜。

「抱歉啊，小花，等我一下。」

小華在這裡用的是鈴木花這個名字，「花」與「華」寫法不同，但是讀音都一樣，所以小華不覺得自己在用假名字。自從三雲家在有樂町站各奔東西後，小華再也沒有見過其他家人，畢竟她連大家在哪裡都不知道。小華只知道奶奶阿松住在白金台的老人安養院，但還沒去探望過。雖然一直很想去，但是小松屋工作繁忙，一天拖過一天，她總想著下次放假一定要去。

「小花，休息一下吧？」

老闆娘對小華說，小華就進廚房休息了。老闆娘本來為了腰痛所苦，小華來上班之後她就能專心養傷，現在已經好了不少，目前每天可以在居酒屋幫忙兩小時左右。

「有小花來幫忙，真是太好啦。」

老闆娘說，小華搖搖頭。

「哪裡，是我要感謝老闆，不然我差點就流落街頭了。」

「說什麼流落街頭，太誇張了啦，小花。」

老闆娘笑說。小華每天都很忙，上午去幫忙採買，十一點半開始賣午餐，下午兩點多供餐告一段落，又要趕快準備晚上的材料，沒多久就是晚上營業時間了。小華在附近租了間公寓，每天回到家都已經是凌晨，精疲力盡。幸好忙得暈頭轉向，才沒有想太多無謂的事。

小華看到有客人拿著收據前往收銀台，準備去收銀台結帳，老闆娘攔住她。

「我去吧，小花妳休息。」

老闆娘走向收銀台結帳，客人出去之後又有一名男客人進來，小華一看到他立刻怔住。這位客人穿著運動服外套，是過去曾十分熟悉的深藍色運動服，而且還繡著寫有「凱文」的名牌，是她哥哥阿涉。

「咦，哥哥？」小華連忙跑到阿涉面前。「怎、怎麼了？怎麼會跑來這裡？怎麼回事？」

小華問個沒完，阿涉為難地愣在原地，老闆娘發現阿涉就說：

「哎呀，你們認識啊？」

「啊，對呀，算是認識沒錯。」

「這還是頭一次有小花的朋友來呢。還沒吃飯對吧？看你喜歡吃什麼，隨你點。」

「不好意思，老闆娘。」

阿涉好奇地東張西望，這或許是他第一次走進站著喝的居酒屋。店裡只有櫃檯前有座位，櫃檯邊邊正好有空位，小華把阿涉帶到空位一起坐下。

「哥，你到底來做什麼？而且你怎麼會知道我在這裡？」

阿涉沒回答小華的問題，抬頭看著牆上的黑板。

「哥，那個不行喔，現在是午餐時間，只有A套餐或B套餐。A套餐是鹽烤青花魚，B套餐是鮪魚丁配納豆，你要哪個？」

「B。」

「老闆，一個B套餐。」

小華向廚房裡喊，又回頭問阿涉：

「哥，你怎麼知道我在這裡工作？我沒有告訴任何人啊。」

「小華，妳沒換手機吧，所以我知道。」

確實小華嫌換手機麻煩，所以號碼沒換，難道阿涉是利用GPS功能查到小華的下落？阿涉是電腦高手，這對他來說應該是小菜一碟吧。

「那你來這裡幹嘛？出什麼事了嗎？」

小華問話的同時，老闆娘也送上套餐。老闆娘說聲「久等啦」，把套餐放在阿涉面前。阿涉拿起筷子，雙手合十謝過後便吃了起來。

「怎麼樣?好吃吧?味噌湯裡的蔥花是我切的喔。」

「嗯,好吃,好久沒吃到米飯。」

阿涉像餓很久般狼吞虎嚥。不知道這一年來,他是怎麼過日子的?小華實在無法想像阿涉要怎麼自己賺錢,或許還是接受媽媽悅子的金援吧。總之平安就好,小華覺得好像跟走失一年的寵物兔重逢般終於放心了。

阿涉三兩下就吃光套餐,放下筷子,喝光杯子裡的茶,站起來。

「小華,走吧。」

「走,走去哪兒?」

「去奶奶那邊。」

阿涉說完就快步走出店裡。

午餐尖峰時間已經結束,老闆讓小華去午休。小華跟阿涉搭電車前往白金台。兩人很快就找到阿松入住的老人安養院,就跟之前傳單上看到的一樣,外觀就像五星級飯店。兩人在櫃檯登記姓名,準備入內參訪,但是不知道阿松是用什麼名字入住,幸好小華努力描述阿松的特徵,安養院員工才聽懂。

「哦,松村太太是吧。她現在應該在交誼廳,進去就看到了。」

小華換上拖鞋進入安養院內部,是阿涉說要來探望阿松,現在卻畏畏縮縮的,所以變成小華帶著阿涉往裡頭走。

前方傳來音樂聲，看到一個大廳，大廳裡有個舞台，年長的爺爺奶奶們坐在椅子上仰望舞台。舞台上有個老太太，拿著麥克風跟著配樂大唱〈津輕海峽冬景色〉，竟然就是奶奶阿松。

小華從來沒看過阿松唱卡拉ＯＫ，靜靜地聽了一陣子。阿松唱到第二輪副歌才發現小華，她放下麥克風，走下舞台趕到小華面前。

「你們什麼時候來的？」

「剛剛才到。奶奶，好久不見了，身體好嗎？」

「我很好啊，看你們兩個也不錯，太好了。」

阿松伸出手來，小華也伸手握住。伴唱機還在播放音樂，兩人握手握了一陣子。小華突然發現眼前一片模糊，是眼淚。

歌曲結束，坐在舞台底下的老人家們對著空無一人的舞台拍手。

「奶奶好像挺開心的，我還是第一次看到奶奶唱歌呢。」

「還好啦。」阿松羞紅了臉。「這間安養院有好多課程可以上呢。有唱歌、跳舞，還有插花，我可忙得很。」

感覺阿松好像變年輕了些，或許跟同年齡的人交流，每天就是比較充實。阿松提議一起喝杯茶，說是安養院裡還附設招待訪客用的咖啡店。三人剛要離開大廳，立刻就有一位先生衝進來，這位老先生七十幾歲，他停在阿松面前喘吁吁地說：

「松村太太，糟糕了，阿山又被關在廁所裡了。」

「又來啦？」

「是啊，幫個忙吧。」

老先生說完後跑開，阿松微微聳肩，往老先生離開的方向走去，邊走邊解釋：

「這個安養院裡也住了些失智的朋友，那個叫阿山的老先生就是其中之一。他只要進去廁所，把自己鎖住就出不來，這已經第三次啦。」

走廊盡頭聚集了幾個安養院的住客，一看到阿松過來，眾人立刻讓開一條路。小華跟阿松一起走進房間，這個房間就像高檔的商務旅館一樣舒適。進房門旁邊就是廁所門，剛才來找阿松的老先生邊敲著廁所門邊喊：

「喂，阿山，開門啊，你在裡面對吧？哦，松村太太，妳來啦。」

老先生發現阿松來了就立刻讓開，阿松拿下頭上的小髮夾插進鑰匙孔，不消五秒鐘就打開門鎖。不愧是開鎖師，這功夫還真學不來。

「多謝啦，松村太太，不愧是當過鎖匠的人。」

看來阿松在這裡用的是「退休的鎖匠」這個身分。老先生打開門走進廁所，小華往門縫裡面看，發現有位老伯坐在馬桶上，下半身光溜溜。小華脫口驚呼，跑出房間外。

阿涉在房間外無所適從，阿松走出房間後問：

「你們來找我做什麼呢？」

是阿涉說想到這裡來，小華看看阿涉，阿涉伸手到運動服外套口袋裡，掏出名片大小的紙片。

「奶奶，明天上午十點，在這裡等妳。」

阿涉說完就快步走開。小華看看阿松手上的紙片，阿涉好像是給了一張小地圖，於是她連忙趕上阿涉。

「哥，怎麼回事啊？好久沒見到奶奶了，我們應該多聊聊啊。」

「沒空，再來是媽媽。」

阿涉直盯著前方說。

「媽在這種地方啊？」

小華停下腳步問阿涉，這裡是中目黑山手通路邊的一家中古車行，裡面賣的是高級進口車，從櫥窗外看進去，都是漂亮的名車。小華對車不太熟，看起來應該是保時捷或法拉利之類的跑車吧。

走進店裡，地板打蠟打得亮晶晶，一塵不染。正當小華不知如何是好的時候，有名年輕男店員走上前來。

「歡迎光臨，請問今天想找哪款車呢？」

這位店員看來屌兒啷噹，但是說話客氣，態度親切，不過眼神中帶著一絲輕蔑，這也難怪了，眼前這兩人一個是對車子沒興趣的居酒屋工作人員，另一個是穿著運動服的男子，跟這裡完全不搭軋。

「這兩位是我的客人。」

前方一名女性走了過來，沒錯，就是媽媽悅子。悅子穿著深藍色制服，走起路來抬頭挺胸，她停下腳步對男店員說：

「這裡交給我吧。」

「好的。」

男店員離開後，悅子小聲說：

「好久沒看到你們啦。阿涉，媽媽好擔心喔，你都沒聯絡我。現在你怎麼過生活？有沒有好好吃飯？」

阿涉沒有回答問題，只是盯著旁邊一輛火紅的跑車，那標價都可以買棟房子了。

「小華看來也過得不錯，我就知道妳一定有辦法自己過活。」

真是不負責任的媽媽。小華心中忿忿不平，但畢竟從小就知道如此，也就沒有特地開口責怪。

「主任，可以打擾一下嗎？」剛才的男店員說著趕到悅子面前。「大野先生光臨了，該怎麼辦呢？」

「大野先生啊……好吧，由我來應付，你們先在這裡等等我吧？」

悅子說，快步走向大門口，門口走進一名五十多歲的肥胖中年人。主任，就是業務主任嗎？短短一年就當上主任，媽媽的業務本領實在了得。

悅子輕輕攬著大野先生的腰，帶到展示間後面去，大野先生笑得臉上的肉都擠在一起了，可見已經被悅子迷得神魂顛倒。可憐哪，小華不禁同情起這個素不相識的人，彷彿看到一隻斑馬被獅子給盯上了。

就跟你說了吧。小華眼尖見到悅子從大野先生後褲袋抽出皮夾的關鍵時刻，悅子迅速將偷來的皮夾藏到背後，等等八成會假裝要去洗手間，把皮夾洗劫一空，回頭又把皮夾物歸原主。不只皮夾被清空，還可能被拐著買下昂貴進口車，可憐到都不忍看下去了。

「這輛車是瑪莎拉蒂的GranTurismo，雙門款，但是空間寬敞，可以坐四名成年人。您坐上駕駛座看看吧？」

剛才的男店員向阿涉搭訕，但阿涉充耳不聞，往展示間後面走去，小華也跟上去。

悅子跟那位大野先生正談笑風生，阿涉從後面靠近，拍拍悅子的肩膀。悅子回頭，阿涉拿了張名片大小的紙片交給她，跟剛才給阿松的一樣。

「明天上午十點，在這裡等妳。」

阿涉只說了這句話就離開展示間，然後喃喃自語：

「再來，下一個是……」

「我知道，是爸啦。」

阿涉點點頭，走上山手通。

阿涉帶小華來到了後樂園的東京巨蛋，在售票亭買了當天的票，兩人就走進東京巨蛋。小華小時候經常跟著阿尊到這裡，阿涉也是一樣，進來就像自家廚房一樣熟。

兩人上了看台，星期天白天的球賽正值七局下半，巨人隊大幅領先，看來贏定了。

兩人發現阿尊就在一壘後面的一樓觀眾席上，阿涉知道阿尊有全年季票，所以找人很輕鬆。阿尊看到兒女現身，大聲說：

「哦，你們兩個一起來啦！過得好不好啊？」

阿尊已經喝起生啤酒，喝得滿臉通紅，旁邊坐了個染棕髮的年輕女子，還勾著阿尊的手臂。這女孩比小華還年輕，應該才二十歲左右吧。

「爸，你來一下。」

小華拍拍阿尊的肩膀，就逕自走上樓梯，她能感覺到阿尊跟阿涉就跟在後面。到了通道上，小華才回頭說：

「爸，那個女生是誰啊？」

「嗯？哦，那個女生啊，碰巧坐我旁邊的，不知道她叫什麼名字。」

「少騙人了，那個位子不是爸買的全年票座嗎？怎麼可能有人碰巧坐你旁邊？到底是誰？」

「小華，何必臉那麼臭呢？我們父女難得重逢啊。」

「我要去跟媽告狀，你被宰了我才不管。」

「拜託千萬不要啊。喂，阿涉，不對，凱文，你也勸勸你妹妹吧。」

阿涉充耳不聞，眼神往旁邊看去，阿尊傷腦筋地說：

「你們倆要不要吃個熱狗啊？」

「不要，反正也是偷來的，我又不是小孩子，有得吃就被騙了。」

「是嗎？可是阿涉，呃，凱文看來很想吃啊。」
原來阿涉盯著一家小吃賣店，現在正好是換場時間，商家前面正在排隊。
「哥，你想吃熱狗啊？」
小華問，阿涉點頭說：「嗯，還要配可樂。」
「我等等買給你，等一下喔。爸，我跟你說……」
「就說臉不要那麼臭啊。小華，妳發火的樣子跟悅子愈來愈像了。總之你們兩個都過得不錯，很好很好。我這一年來擔心你們，擔心到睡不著呢。」
「騙誰啊。」
「哪有騙人，尤其是小華，妳總算克服失戀的痛苦啦。現在靠什麼過日子？這個嗎？」
阿尊用右手食指打勾，小華嘆氣反駁：
「我可是好好地在工作呢，不要把我看得跟你一樣。」
小華解釋了，她目前在錦糸町的居酒屋從早忙到晚，腳踏實地過生活。現在已經成了小松屋的招牌店員，還有常客慕名而來。阿尊聽了小華的話，交叉雙臂滿意地說：
「不愧是我女兒，了不起。所以妳是打這個算盤對吧？等那對老夫妻掛了，就可以收下那居酒屋對吧？這計畫有點漫長，不過我喜歡，悅子年輕時就常用這招，叫做寄居妹啦。」
「我才沒有打那種主意。」
跟阿尊說話就是會頭痛，阿尊老是這樣，不小心就會被他牽著鼻子走，但又感覺莫名懷念。

「總之爸快點跟那個女生分手，不然我真的要去找媽告狀。哥，快啦。」

盯著賣店的阿涉轉身回來，給了阿尊一張名片大小的紙片，阿尊不解地盯著收下的紙片。

「他的意思是明天上午十點在這裡集合。哥，走吧。」

小華替阿涉說完重點，就走向賣店，阿涉也小跑步跟上，兩人就一起在賣店前排隊。

有很多客人都喝得醉醺醺，拎著剛買的食物走回看台，毫無戒心。小華只要有那個心，十秒鐘就能偷來五、六份熱狗吧。

不行不行，不能想著偷東西，不然不就跟爸爸一樣了？小華警惕自己的同時，旁邊的阿涉開口了：

「明天小華也要到才行。」

「我也要？我上午得去採買，正忙呢。」

「不行，小華不來，就沒用了。」

阿涉的表情瞬間變得認真，但仔細一看，還是跟平常一樣有氣無力。到底是怎麼回事？阿涉召集全家人想做什麼？

小華想不透，只是繼續排隊。

※

「不好意思，久等啦。」

約好的時間是下午五點，橋元繪美里到了。地點是新宿的百貨公司，兩人約在一樓的咖啡店碰面，咖啡店有露天座位，天氣又好，和馬就在露天座位上等她來。

繪美里身穿粉紅上衣配白裙，聽說大學之前當過女性雜誌的讀者模特兒，真是美人胚子。繪美里的輪廓比較深，名字的讀音又很像艾蜜莉，常常有人誤以為她是混血兒，不過她是純正日本人。繪美里在銀座的化妝品公司當內勤職員，她說結婚之後還是打算繼續上班。

「怎麼樣？要點個飲料？還是出去逛逛？」

和馬問，剛坐上座位的繪美里就立刻起身。

「那我們走吧，和馬，茶等等再喝就好。」

和馬結了帳，跟繪美里一起走進百貨公司。星期天下午的百貨公司真是人山人海，有很多是家庭客。兩人搭電梯前往八樓的男裝部，打算找和馬要在婚禮穿的襯衫。

和馬這陣子下班後，都是去婚宴的飯店跟婚禮主持討論流程。他深刻體會到辦婚禮真是件大工程。現在已經萬事俱備，只等著一星期後舉行婚禮。和馬預定要穿兩套燕尾服，因為繪美里堅持要為和馬挑襯衫，所以兩人才來百貨公司。

到達八樓，兩人逛了幾個專櫃，繪美里好像已有想要的款式，怎麼找都找不到。和馬平常都穿西裝上班，但是對品牌沒什麼堅持。反正襯衫是消耗品，便宜也沒關係，穿得舒服就好，所以很少來逛。

「這件款式不錯，但我希望料子可以更有光澤，有這種料子嗎？」

「那麼這件如何？比較貼身，但我很推薦。」

和馬沒認真聽繪美里跟店員的交談，看著店內放空。

和馬還是不太相信一星期後就要結婚。是因為美佐子老勸他去相親，為了給媽媽點面子，想說隨便去一次看看，結果事情就這樣發生了。來相親的繪美里是個美女，個性也落落大方，我這個刑警或許高攀不上吧？和馬心想。但回到家，卻聽說繪美里透過美佐子轉告，想跟和馬再見面，老實說和馬真的感到驚訝。

兩星期後兩人第二次見面，地點是惠比壽的義大利餐廳。和馬這次又嚇了一跳，想不到繪美里是他刑警學長卷的表妹。繪美里從小就常進出卷家，夢想當警察的老婆。和馬聽繪美里這麼說時，心想天底下還真有這種怪人，如果自己是女人，絕對不會想嫁給警察。

繪美里說早就打算二十五歲之前一定要結婚，今年她剛好二十五歲，於是家裡就勸她相親。相親對象是她喜歡的刑警，而且還是表哥的同事，繪美里一開始就覺得是命中注定。

和馬看繪美里換過幾次婚紗，心想她真的很適合穿純白婚紗，就像個雜誌模特兒。繪美里打算婚禮上換裝兩次，兩套都是亮眼的西式禮服，沒有和服。如果是小華，應該就會穿和服吧？既然她母親悅子穿和服很好看，女兒穿和服肯定也很美。和馬看著繪美里換裝時，老在想這些事情。

和馬知道這樣對不起繪美里，但總忍不住拿繪美里跟小華比較。比方說出去吃飯，繪美里通常會約在時髦精緻的餐廳，而且週末不訂位就沒位子。但是之前跟小華吃飯，不是去居酒屋吃燒烤，就是吃一碗五百日圓的拉麵、迴轉壽司什麼的。倒不是說繪美里不好，只是和馬覺得一碗五百的拉麵，比餐廳的精緻好菜更適合自己。

「就選這件吧，和馬你覺得呢？」

聽到繪美里的聲音，和馬回過神，看來是襯衫已經選好了。「讓我幫您量個尺寸。」店員說，和馬站直，店員拿著布尺丈量肩膀到手腕的長度，期間和馬不經意地看看貨架，雙眼突然停在一點上。

那組貨架放著包包、皮夾等配件，玻璃架板上還放了幾條手帕，和馬就是盯住其中一條。好像，和馬心想，就是那條手帕，爺爺和一從三雲巖的口袋裡留下那條灰色手帕，當作好友的遺物。

「接下來量頸圍……這位客人，麻煩不要走動……」

和馬不理會店員的話，逕自走向貨架，拿起上面的灰色手帕。他覺得愈看愈像，於是拿著手帕問身後的店員：

「請問一下，這條手帕可以繡姓名縮寫的英文字母嗎？」

「呃，可以呀，是有這種服務，要另外收費就是了。」

「請問這條手帕是什麼時候上市的？」

「這條嗎？我記得，是今年春天上市的吧。」

三雲巖是一年前遇害，現在則是十月，所以三雲巖不可能有跟這個同款的手帕。但是和馬覺得心頭有根刺，手帕，刺繡，這些元素構成疑問，不斷擴大。

一回神，和馬已經衝出百貨公司，拿出手機，找到其中一個聯絡人摁下通話鍵。幸好電話馬上就打通了。

「好久不見，我是櫻庭。」

「哦，是你啊。」電話那頭傳來男子的嗓音，是小松川警署的荒川。「好久不見，過得還好嗎？」

「託福，還可以。」

大概半年前和馬與荒川通過電話，提到小松川那件案子似乎還在偵辦，在現場下游的流浪漢小屋裡找到了被害人的血跡，但是缺乏證據證明就是流浪漢犯案，這樣下去很可能會變成懸案。

「有什麼事嗎？」

「想請你幫個忙，或許會有點麻煩。」

「是跟那件案子有關嗎？」

「對，有些事情想請你私下查查。」

※

阿涉指定的地點，是西新宿某座摩天大樓的二十五樓，這裡有許多公司進駐，大樓裡到處都是西裝筆挺的上班族。阿涉所給的紙片上寫著南Ａ５，小華出了電梯，按照地圖找到南A5的位置，看到一扇門。小華看看手錶，剛巧是約定好的十點，就轉開門把走進去。

裡面是間大辦公室，差不多一個籃球場的面積，但是東西不多，感覺格外寬敞。窗邊放了幾組辦公桌，其他什麼也沒有，阿涉就坐在其中一組辦公桌前，還是穿著一樣的運動服。

「其他人都還沒到啊？」

小華說，走向窗邊，阿涉指著小華背後說：

「奶奶在啊。」

「咦？」小華回頭一看，阿松就站在後面，一臉笑嘻嘻。「奶奶？妳、妳什麼時候到的？」

「我不是從妳出電梯就一路跟過來了嗎？小華，妳的感覺是不是生鏽啦？」

完全沒感覺，不是自己不夠警覺，而是奶奶太特別了。這時候又有人打開門，是阿尊跟悅子，阿尊看看寬敞的辦公室，交叉雙臂說：

「這裡是哪裡？找我們出來有什麼打算啊？話先說清楚，我們也不是吃飽閒著，而且要是被人發現我們聚在一起就危險了。小華，妳快解釋清楚吧。」

「不是我，是哥啦。」

「嗯？是阿涉，呃，凱文的主意啊？」阿尊皺眉盯著阿涉。「凱文，這怎麼回事？不對，你先解釋這裡是哪裡？你怎麼能隨便用這種地方？」

阿涉操作著手邊的筆電回答。

「這裡是我租的，算是我的公司。」

「你的公司？你在胡說什麼啊？」

「真的啊，不過，應該說是空殼公司，我在都內還有幾間辦公室。」

阿涉說得很認真，感覺不像在說謊，悅子也是這麼想，就對阿涉說：

「阿涉，這怎麼回事啊？能不能跟媽媽解釋一下？」

「嗯，這個……」

阿涉支支吾吾地解釋起來，原來他靠著入侵各地電腦，將情報賣給私人企業與政府來賺錢。不僅如此，還靠炒股票跟外匯來錢滾錢，原來他窩在房間裡快十年，都在搞這些事。

「阿涉，那你存多少錢啦？」

悅子問，阿涉比出一隻手掌說：「大概這樣。」

「五千萬？」

「不是，是大概五億。」

「五、五億！」悅子雙眼圓瞪，立即上前緊抱阿涉。「太棒，阿涉太棒了！媽媽早知道你是個能幹的孩子，搞不好你比爸爸還有錢。」

阿尊聽了馬上臉皮抽搐，氣得反駁：

「胡、胡說八道！五、五億算什麼？我藏在國外保險箱裡的名畫，總價就超過這個數字了！不過，阿涉，你確實幹得不錯，不對，是凱文。凱文，你到底找我們來做什麼？如果只是要炫耀這間辦公室，我可饒不了你。」

「等等。」

阿涉說，站起身，摁了牆上的按鈕，百葉窗自動關閉，同時天花板上降下一面投影螢幕。阿涉回到座位上繼續操作筆電，螢幕上先映出一張建築平面圖。

「這裡是婚禮會場，東京帝王飯店的朱雀廳，在二樓，當天大概會有四百名賓客參加。」

聽不懂，小華不知道螢幕上的平面圖有什麼用意，其他人也是一頭霧水，於是阿尊代表發問：

「喂，阿涉，我聽不懂，講事情要有前因後果，你從頭到尾把話說個清楚吧。」

「就是啊，下個星期天，櫻庭和馬要在這裡舉行婚禮，小華要去偷，我們要幫忙。」

怎麼回事？小華只覺得青天霹靂。哥哥剛才說和馬要舉行婚禮，所以是阿和要結婚了？跟誰結婚？我去偷又是怎麼……

一旁的悅子插嘴：

「誒，阿涉，你說偷是什麼意思？要偷什麼？」

「這還用問？」阿涉一派輕鬆地說。「當然是偷新郎，小華要偷刑警新郎啊。」

眾人陷入沉默，小華不明白阿涉的意思，只是盯著螢幕發呆。螢幕上的影像不斷切換，繼平面圖後是飯店內部照片，連續幾張豪華宴會廳的景色。

「喂，阿涉，所以是怎樣？櫻庭那小子跟小華分手不到一年，就要跟其他女人結婚啦？」

阿尊氣呼呼地問，阿涉回答：

「嗯，對啊，我碰巧知道的。大概一個月前，我走在路上碰巧看到櫻庭跟漂亮女生走在一起。我一查，才發現他們要結婚。」

「哥，你等等。」小華忍不住插嘴。「怎麼會這樣？哥你見過阿和嗎？我記得我沒介紹你們認識啊。」

阿涉微微低頭說：

「小華，對不起，我瞞著妳駭進妳的電腦，看過你們的合照，所以我也認得他的長相。」所以阿涉連妹妹的電腦也駭了。小華跟和馬出門旅行過幾次，每次用數位相機拍的照片都存在電腦裡，她還以為哥哥是家裡最與世無涉的人，結果終究是三雲家的一員，繼承了沒常識的基因。

「就、就算如此，我為什麼非得偷新郎不可？莫名其妙。」

「因為小華現在還是喜歡櫻庭，對吧？」

和馬要結婚，小華剛才聽了真的是大受打擊，心跳快到自己都能聽得見。小華想隱瞞自己的驚慌，刻意說得冷淡：

「跟我無關，反正我們分手了。」

「妳真的這樣想？」

「當然啦，哥，你在說什麼啊？不要突然出些鬼點子。」

兩人分手才一年，和馬竟然就要結婚，小華真是太吃驚了。他是要跟怎樣的女人結婚呢？為什麼兩人才分手一年他就要結婚了？小華想知道的事情多又多，不禁要想，這種好奇心真是要不得。小華慢慢感覺到自己吃醋了。

「哥，不要多管閒事啦，你以為這樣我就會開心嗎？」

「小華，對不起。」阿涉老實道歉。「可是我希望小華非得到幸福不可。我們全家人都是賊，是雙手骯髒的賊，就只有小華不是，小華的手不髒，所以妳一定要幸福。」

「哥，你……」

小華沒想到阿涉竟然會這麼替她著想，心頭一陣熱，但很快又冷靜下來，冷冷地說：

「我要回去了，還得回居酒屋工作，我可是很忙的。」

小華走向門口，下定決心就要轉動門把、開門離去時，聽到阿尊的聲音從背後響起：

「小華，等等，我們還沒談完。」

「談完啦，這還有什麼好談？」

「這有意思喔。」阿尊搓著下巴說。「搶婚禮上的新郎，還有比這更痛快的壯舉嗎？要是我們成功了，肯定名留三雲家家史。小華，妳會跟《畢業生》裡的達斯汀．霍夫曼齊名喔！」

「我才不想留什麼名呢。」

「有什麼不好的呢，小華。」

悅子突然插嘴，臉上神采飛揚，雙眼炯炯有神。小華看過媽媽這種表情好多次，那是在餐桌上擬訂竊盜計畫時會出現的表情。

「有意思喔。我這輩子老是在偷珠寶跟鈔票，還沒從婚禮上偷過新郎呢，這太值得我挑戰了。」

這下沒救了。小華不禁嘆氣，這家人只要談到想偷什麼，就會灌注無與倫比的熱情。這個血統就是成天想著要偷什麼，又該怎麼偷。眼見阿尊與悅子已經是幹勁十足，這種時候只能靠一個人了。

「奶奶，妳說說他們啦，這些人滿腦子只剩偷東西了。」

小華說。阿松卻笑著回答：

「我也覺得不錯啊。」

「怎、怎麼連奶奶也……」

「小華，妳摸摸自己的心，好好想清楚，只要妳能獲得幸福，我什麼鎖都替妳開喔。」

「說得對！」阿尊插嘴了。「老媽，妳偶爾也會講好話的嘛。小華，就是這樣，妳要想清楚，那可是妳愛上的人，這不偷還有什麼好說的？站在旁邊咬指頭，什麼也改變不了，不偷就不會變啊，小華。」

阿尊這句話，就跟小華小時候聽爺爺巖說的一樣。有些事情，不偷就不會變。確實如此，但是從婚禮上偷走新郎，這麼丟臉的事小華實在下不了手。而且話說回來和馬都要結婚了，怎麼可能改變他的心意呢？

「不要啦，我絕對不參加，拜託你們不要亂來。」

小華說，握住門把。但阿尊才不管，逕自對大家說：

「她嘴上這麼講，心裡肯定想得要命。悅子，妳覺得如何？沒時間了，得快點擬定計畫。阿涉，呃，凱文，再讓我看一次平面圖吧。」

「老公，我想櫻庭家的婚禮應該滿場都是警察吧？」

「這麼說也沒錯，那這下又更有意思啦。在滿場警察的婚禮上偷新郎？我們三雲家啊，就是碰到難關格外來勁。」

小華丟下興致勃勃的家人，離開了辦公室。她走在走廊上，擔心得要命。那批人八成真的會訂出計畫，該怎麼阻止他們才好呢？

但是話又說回來，和馬真的要結婚了嗎？小華一直逼自己不要去想和馬，卻依舊滿腦子都是他。

※

「那我出發了。」

和馬說，在玄關穿好鞋。身後的美佐子說：

「要小心啊，我們也會馬上出發，等等飯店見。」

「我知道啦，媽。」

終於來到婚禮這天，但和馬不緊張，以平常的心理狀態迎接今天。就算要結婚，刑案還是不等人，這星期他每天都忙著辦案，老實說根本沒空去想婚禮。

走出家門，門口停著一輛黑色禮車。是飯店提供的一項服務，婚禮當天派禮車接新郎新娘前往飯店。一名年輕男子站在禮車後座的車門邊，身穿大紅色制服，應該是禮車的司機吧。司機有些緊張地對和馬鞠躬，然後打開後座車門。司機的動作有些生硬，和馬心想，應該是新手吧？

和馬坐進後座，裡面真寬敞，真皮座椅感覺就是高級，每個座位都有配一部小型液晶電視。年輕司機打開駕駛座車門，坐上車，禮車就出發了。

和馬看看錶，上午八點出頭，接下來禮車會前往在御茶水的繪美里家，接了新娘之後就前往有樂町的飯店。預計要九點出頭才會進入飯店，婚禮則是上午十一點開始。

這場婚禮決定得很匆促，老實說和馬不覺得他已準備好迎接新生活，這個星期應該要去區公所登記結婚，然後到雙方老家各住一陣子，最好能在今年之內租到一間大樓的房子。辦婚禮、登記證書，和馬覺得這些都是形式、規矩，等兩人開始共同生活，應該就真的會有結婚的感覺了吧。

車子突然用力晃了一下，看來司機不太會開車，右轉的時候車子大大傾斜。禮車還在向島的住宅區裡，路比較窄，禮車只能慢慢開，可以感受到司機很緊張。

禮車因紅燈停下，這種車子車身很長，坐在後座感覺離駕駛座很遠。此時燈號轉綠，車子又往前進，看來要左轉。

好像太早轉了。和馬心想，司機方向盤打得太快，普通房車還轉得過，但是這麼長的禮車應該過不去吧？有什麼內輪差還是外輪差的。

「司機先生。」

和馬開口，但為時已晚，車身左邊擦到護欄，發出刺耳的嘎嘎聲，禮車立刻停了下來。

和馬開門下車，繞過來左邊看看，發現擦撞得很嚴重，車身留下明顯傷痕。年輕司機也下車，臉色蒼白地看著車身傷痕。

「沒事吧？要我幫忙開嗎？」

「不、不用，沒關係，請上車吧。」

真是令人不能安心，路還很長呢。和馬擔心年輕司機的精神狀況，希望不要因為小車禍就變得緊張，又引發更大的車禍。或許跟繪美里會合之後，應該叫禮車先走，自己改搭電車去飯店才好。

和馬又坐上禮車後座，但是才上座就瞪大眼睛，因為車上竟坐了一名女子。

「和馬，過得還好嗎？」

「妳、妳怎麼會在這裡……」

三雲悅子掩嘴微笑，身穿紫色和服，梳起髮髻，露出雪白的頸子。

「問太多就不識相了。聽說你要結婚啦？跟小華分手還不到一年，想不到血氣這麼旺啊。還是說只要能結婚，選誰都沒關係了？」

和馬看看駕駛座，都有人闖進車裡了，年輕司機還是不以為意地握著方向盤。怎麼回事？為什麼三雲悅子會在這裡……和馬一頭霧水，現在究竟是什麼狀況？

「真討厭，有蚊子呢。」

三雲悅子皺眉。

「蚊子？」

「是呀，明明都十月了竟然有蚊子，真是受不了啊。」三雲悅子邊說，邊東張西望似乎在找蚊子。「和馬你看，看到沒有？」

和馬定睛也找不到蚊子的蹤影，只見三雲悅子從腿上的手持包裡拿出一只小噴罐，對著半空中就想噴，難道是隨身瓶的殺蟲劑嗎？

突然三雲悅子的手對準了和馬，和馬這才想起那樁青山珠寶店搶案。中國強盜搶了金銀珠寶，卻在立體停車場被人黑吃黑，聽說當時是被安眠藥給迷昏。該不會——

和馬發現自己被噴了白色煙霧，最後只記得煙霧那頭是三雲悅子妖豔的笑容。

※

真是糟透了，我到底在這裡做什麼啊？

小華獨自來到東京帝王飯店的一樓，她這一星期以來完全聯絡不上其他家人，打電話不通，傳訊息也不回。小華搞不懂家人在打什麼算盤，焦慮不安地過了一星期，直到昨天晚上才突然收到媽媽悅子傳來的訊息，只有簡單的「決定執行，上午九點，東京帝王飯店」幾字。小華本來想當沒看見，但又不知道家人們會搞出什麼亂子，苦惱半天後還是跑到飯店來了。

看來和馬是真的要結婚，小華剛才跑到二樓去看會場，櫻庭家確實是要在這裡辦婚禮。朱雀廳的入口寫著「櫻庭家」三個大字，同時也知道結婚對象是姓橋元。

時間剛過九點十五分，小華手中一直緊握手機，但手機完全沒動靜。此時發現一名女子跑進大廳來，小華忍不住躲到大柱子後面，那是阿香。阿香身穿和服，迅速地跑過大廳，跑向通往二樓的樓梯。小華很在意阿香的表情，看起來特別嚴肅。

發生什麼事了嗎？小華從柱子後面探出頭，盯著阿香的身影。婚禮當天早上，新郎的妹妹竟然這麼驚慌，八成出了什麼問題，小華很在意，於是也上了二樓看看。

時候還早，飯店裡人不多，但是今天要同時有三場婚禮在這裡舉行，到處都有零星的賓客、新人親友。只見身穿黑色制服的飯店服務員，從一扇門裡出來。

小華走向那扇門，門上寫著「員工專用」，她四下張望之後轉動門把，看來上了鎖。於是她拿下小髮夾，背對門板，反手將髮夾插進鑰匙孔，可惜沒那麼容易打開。奶奶阿松教過小華簡單的開鎖方法，但小華覺得學開鎖很無聊，現在才後悔當初應該專心聽課，不過也於事無補。

突然感覺有人靠近，小華連忙抽出鑰匙孔裡的髮夾，只見有位清潔員突然走近。

「咦，奶奶？」

原來是奶奶阿松，身穿藍色制服，頭戴白帽，怎麼看都像個派遣的清潔工。

「我在旁邊看了一陣子，這種門都搞不定，妳還太嫩了。」

「奶奶，大家到哪裡去了？」

「不知道啊，阿尊只要我在這裡看著而已。」

阿松說，拿下自己的小髮夾，插進鑰匙孔，不到五秒鐘就開了門。

「小華，開好啦。」

「不愧是奶奶。」

小華東張西望後，溜進門後面，阿松也跟了進去。門後有條窄窄的走廊，走廊兩邊有好幾扇門，小華看見其中一扇門，門牌寫著員工專用更衣室。

幸好這扇門沒有上鎖，小華打開薄板門確認裡面沒人，便走進更衣室。更衣室裡面有架子，架上放著洗好的乾淨制服，小華找出適當的尺寸。

小華迅速脫下身上的衣服，換上大紅色的制服，從皮包裡拿出拋棄式口罩戴上。換下來的衣服與皮包，就放進空的置物櫃裡。接著小華與阿松離開更衣室，又回到二樓大廳。

「奶奶，妳真的什麼都沒聽說嗎？」

「沒有啊，不過阿尊他們也已經出動了。想不到這間飯店還真豪華，就算扮成清潔員還是大意不得。小華啊，我先去躲著，有什麼事再去幫妳喔。」

阿松說完後離開大廳，小華四下張望，該怎麼辦才好？正在猶豫時，一名飯店的員工碰巧經過大廳，看他腳步有點匆忙，小華決定跟著這人過去。

男子走進大廳那頭的門裡面，看來這是朱雀廳的後台，到處都是休息室，擠滿了今天要參加婚禮的親友們。男子走進了櫻庭家的家屬休息室，小華在休息室門前停下腳步，幸好門沒有關上，小華勉強可以聽見裡面的對話。

「所以呢？不知道和馬跑哪裡去了嗎？」

語氣透露著擔心，小華知道說話的人是櫻庭美佐子。另外一個回答的男子聲音很陌生，應該是剛才趕到的飯店員工。

「是，人還沒到。」

「可是怪了，內人明明看見新郎搭上飯店的禮車啊。」

這次的說話的是櫻庭典和。飯店員工怯懦地回答：

「但本飯店沒有提供接送服務，這之間應該是有什麼誤會……」

這下小華想通了，和馬應該是搭上接送的禮車，結果失蹤了。這八成是阿尊他們幹的好事，說要從婚禮上偷走新郎，結果婚禮還沒開始就把人擄走，阿尊確實會幹出這種事。不過這麼一來……小華覺得很憤怒，這樣哪算偷，是綁票吧？

「到底怎麼回事啊？新娘都到了不是嗎？」

「是啊，剛剛已經抵達了。」

「老公，怎麼辦啊？」

「還能怎麼辦？只能等了。婚禮還有一個半小時呢。」

「該不會是捲入什麼案件裡了吧？」

「不知道，但是現在不該輕舉妄動，堂堂一名警察竟然在婚禮當天下落不明，這種蠢事我從來沒聽過，現在只能等和馬現身了。」

那名飯店員工好像要出來，小華離開現場。小華發現另外一個穿同樣制服的女子往這邊走來，就暗自先道個歉，然後在擦身之際借了女員工胸前的名牌，迅速別在自己胸前。名牌寫著「鈴木」，看來小華注定當不了三雲華，得當鈴木花了。

好，接下來該怎麼辦？小華邊走邊煩惱。

※

和馬張開眼睛一看，這裡是個陰暗的房間，他昏沉沉地想站起來，才發現自己被綁住了。目前他坐在椅子上，雙手跟椅子綁在一起。

他還記得在禮車上三雲悅子朝他噴了安眠藥，看看四周，這裡似乎是飯店的房間，床邊的電子鐘顯示上午九點半。他試著扭動身體，但是動不了。

「哎呀，和馬你醒啦。」

三雲悅子現身，一派輕鬆，一點都不內疚。

「三雲女士，這到底是什麼意思？妳知道自己在做什麼嗎？」

「我真是被你騙慘啦。」三雲悅子伸出手摸摸和馬的下巴。「長得這麼可愛，手法卻這麼陰險，竟然偷偷回收我抽過的菸蒂，不愧是刑警，難怪小華會看上你。」

難道是報當天的仇嗎？沒錯，如果不是那份ＤＮＡ鑑定報告，三雲家的日子依然安穩逍遙。

「沒辦法，我是個刑警，眼前有罪犯是不能放過的。」

「說得也對，那天的事我就不計較了，今天把你帶來這裡，其實是想談件大事。」

傳來開門聲，走進房間的正是三雲尊，阿尊看了和馬一眼，然後在床邊坐下。

「這是什麼狀況？兩位在打什麼主意？」

「我要發問了。」三雲尊劈頭就說。「你只要回答是或不是，懂嗎？第一題，你現在還是愛著三雲華。」

「怎麼回事？請放我離開，我今天可要……」

三雲尊打斷和馬。

「我知道，我當然知道你今天要舉行婚禮啦。小事情，不花多少時間的。快回答，你現在還愛著三雲華嗎？」

和馬一頭霧水，但是他知道，不回答就不會有進展。

「不、不是。」

和馬給了答案，三雲尊起身站到和馬面前，三雲悅子則交叉雙臂站在和馬後面。

「那麼第二題，你真心愛著要結婚的對象，橋元繪美里。」

「是，這當然，所以我才要跟她結婚啊。」

「廢話不用多說，第三題，如果三雲華跟橋元繪美里同時向你求救，你會毫不猶豫先救橋元繪美里。」

「是。」

「問完了。」三雲尊坐在床邊，翹起二郎腿。「我們三雲家的人啊，只要看著對方的雙眼就知道對方的心聲。沒騙你，我們光看眼睛就知道誰幹過虧心事。剛才的三個問題呢，你全都說謊，是不是？」

「怎麼可能有人看得出誰說謊……」

「回答我，你都說謊對吧？」

和馬無言以對，因為三雲尊說得沒錯，他還是喜歡小華，怎麼也忘不掉。最後一次跟小華單獨見面，是在小華上班的圖書館附近的咖啡店裡，離別之際，小華展露一手，巧妙地偷走了和馬的皮夾，露出笑容。和馬無法忘懷，他從沒見過小華那麼落寞的笑。

「你不否認，那就是默認了。悅子？」

「是啊。」三雲悅子交叉雙臂回話。「和馬，你現在還是喜歡那孩子對吧？人的嘴可以隨便亂說，但是眼睛騙不了人，可別小看我們三雲家的人。」

和馬什麼也不說，於是三雲尊說：

「這樣吧，給你個建議，別看我低調，我還挺有錢的，而且比你想像中還有錢。我主要的資產都在海外帳戶裡，國外還有很多不動產呢。」

和馬心想應該是這樣沒錯，三雲尊之所以能逃過日本警察的法眼，八成是因為資產藏得好。在日本國內持有資產的風險太高，只有國外有機會。

「所以啦，你有沒有打算拋棄現在的身分？要拋得乾乾淨淨喔。包括你的警察職業，櫻庭家的家世，全都丟掉。然後你直接前往機場，跟小華一起出國，遠走高飛，我看夏威夷不錯，我在那裡還有棟房子呢。怎麼樣？這建議不壞吧。」

這提議荒唐到和馬無言以對。直接去機場，跟小華在國外生活，如果辦得到不知道有多快活。但是按常理來看，這怎麼可能？今天就要跟橋元繪美里舉行婚禮，怎麼可能拋下一切逃出國呢？

此時三雲尊從西裝口袋裡拿出手機，看著螢幕皺起眉頭。那是和馬的手機，應該是趁和馬昏睡時搶走的。三雲尊咧嘴笑笑。

「滿滿都是未接來電，也是啦，新郎不見了，大家當然急著找人。這次又是誰打來？姓荒川的。」

小松川警署的荒川，他應該不知道和馬今天要結婚，想必是有什麼進展了。

「拜託，可以讓我接這通電話嗎？」

「不行，快決定，你想怎麼選？」

「真的拜託，這跟你們也有關係，我這樣說也不行嗎？」

三雲尊側首不解，對三雲悅子交換個眼色，然後站起身操作手機，拿到和馬耳邊。可以聽見荒川的聲音。

「櫻庭嗎？我荒川。你拜託我那件事，我查清楚了。」

「謝謝，結果如何？」

「嗯，小松川警署的探員裡沒人符合，剩下就是總廳的探員，有一個符合，名字是……」

和馬聽著荒川說的話，啞口無言，怎麼會有這種荒唐事——

「喂，櫻庭，你在聽嗎？」

「啊，有，謝謝，這下或許就能破案啦。」

「破案……你要不要解釋清楚啊？」

和馬轉頭離開手機，三雲尊看懂了，又將手機收回西裝口袋，問：

「你說的案子是什麼案？還說跟我們有關係，怎麼回事？」

「嗯。」和馬調整呼吸後說。「或許我查到殺害三雲巖的兇手了。」

「什麼？」

三雲尊倒抽一口氣，和馬接著說：

「而且那名兇手就在我今天這場婚禮的會場上。」

「你說你知道殺我老爸的兇手？是誰？喂！回話啊！」

三雲尊一臉凶樣，抓著和馬的肩膀邊搖邊喊，和馬冷靜地回答：

「我還不算完全確定，畢竟沒有確切的證據。」

「是誰？是哪個渾蛋殺了我老爸？快說啊！要不然……」

「能不能先鬆開這個？」和馬看看自己被綁住的手腳說。「我答應你們絕對不會反抗，畢竟我沒信心打贏你們兩位。」

三雲尊小心地打量著和馬，最後點頭，從西裝口掏出小刀切斷繩索。和馬終於重獲自由，鬆了一口氣。

「兇手是誰啊？」

「請先告訴我這裡是哪裡。」

床頭的電子鐘顯示上午九點四十五分，婚禮只剩一個多小時就要開始。三雲尊笑著說：

「別擔心，這裡就是東京帝王飯店十五樓的一間房間，不用五分鐘就能趕到朱雀廳了。」

和馬站起身，走到窗邊稍稍拉開窗簾，底下可以看見山手線，鐵路另一邊是東京車站，確實沒錯。

「我沒有確切證據，但是有一點我敢說，殺死三雲巖的兇手跟我奶奶當初遭到施暴的案子，不是毫無關聯。」

「你奶奶？你奶奶又怎麼啦？」

「小華沒有告訴你們嗎？」

三雲尊一臉不解，三雲悅子也不懂。沒辦法，和馬只好向兩人解釋櫻庭和一、伸枝以及三雲巖之間深厚的情誼。和馬盡量說得簡短，但還是花了七、八分鐘，現在應該要去休息室等進場了。

「竟然有這回事？我還是第一次聽說。」

聽完和馬的說明，三雲尊嘀咕一聲，三雲悅子接著說：

「我也沒聽說過，但是這最好不要告訴媽媽，要是她知道自己的丈夫，幫以前喜歡的女孩尋仇尋了五十幾年，肯定會傷心啦。」

「沒錯，這最好不要告訴老媽。」

「但是，和馬，你爺爺竟然讓兩家的孫兒碰面，真是愛搞鬼啊。果然你跟小華就是該在一起，良緣天注定啦。」

「這是兩碼子事。還有，」和馬說得正經。「這間房間可以隨我們使用嗎？」

「可以。」三雲尊回答。「我訂到明天才退房。你在打什麼算盤？該不會想把小華帶進來生小孩吧？這我可不准，要做人也得到了夏威夷再說。」

「我才沒有想這種事，重點是……」

和馬把自己的想法說給這兩人聽，三雲尊聽了交叉雙臂。

「也不是辦不到，不過光靠我一個沒辦法，需要更懂電腦的人。但是你這樣真的好嗎？難得的婚禮可能會泡湯喔。」

和馬不禁失笑，這人還真怪，不就是你打算搞砸這場婚禮的嗎？總之和馬點頭了。

「當然好，我已經有所覺悟了。」

「好，我知道了。」三雲尊說完後回頭。「喂，悅子，阿涉跑到哪裡去啦？他今天的職責是什麼來著？」

「我看看，阿涉的工作應該是開禮車，還有訂飯店房間吧。我們兩個都被通緝，身分不能曝光，只好靠他訂了。不知道他跑哪裡了？」

「我就在這裡啊。」

一名男子打開浴室門走出來，奇怪的是竟然穿著藍色運動服，運動服上還繡有名牌，名牌寫著大大的「凱文」。這人就是剛才開禮車的司機，看起來好像比和馬年長，又好像比較年輕。

「這個是我家大兒子阿涉，因為某些原因，現在叫做凱文。我精通機械，他也不遑多讓喔。」

和馬聽三雲尊這麼說，看看這位叫阿涉的男子，所以他就是小華的哥哥了。和馬點頭致意，男子也靦腆地輕輕點頭。

「阿涉，你聽到我們剛才說的話了吧，這需要你幫忙，你行吧？」

「嗯，我想可以，需要一個小時。」

和馬聽了之後說：

「大概中午之前會先換第一套衣服，這時候我會暫時離開，打算就趁這個機會動手。」

「了解。」三雲尊回話。「我們之所以幫你忙，是要抓出殺死我老爸的兇手，你可別忘了。」

「我明白，那我就回去了。」

和馬說，走向房門，突然又想起什麼而停下腳步，回頭對三雲尊說：

「對了，還想麻煩你兩件事。」

「還有事？你還真會使喚人啊。」

和馬迅速說明內容，三雲尊點頭。

「好，包在我身上。」

「拜託你了。」

和馬離開房間，看看錶，快到上午十點鐘。時間緊湊，但是應該來得及。和馬邁開腳步離去。

※

沒有動靜，現在還是見不到和馬的人，一直盯著手機卻沒有任何聯絡，爸媽到底在搞什麼鬼啊？

小華漫無目的走在休息室外面的走廊上，碰到兩名女子走出休息室，一名是年長的婦人，另一名是年輕的美女。兩人從橋元家的休息室走出來，或許年輕的這位就是和馬要結婚的對象？小華聽見兩人的對話。

「媽，怎麼辦？完了啦。」

「繪美里，別說喪氣話，和馬他一定會來。」

「可是只剩一小時了。一定是出車禍，還是發生其他意外了。」

叫繪美里的女孩哭喪著一張臉，看來她就是和馬的結婚對象沒錯。小華假裝看手機，偷偷觀察兩人的樣子。

「繪美里，不要擔心。」

「不要安慰我了，婚禮竟然要中止，笑死人了，臉都丟光了啦。」

這個女孩五官端正，給人豔麗的感覺，像個模特兒。小華很在意她的口氣，她不是擔心不能跟和馬結婚，而是擔心自己會成為笑柄。小華心想，難道是我個性扭曲才會這樣覺得嗎？可是不能怪她，小華自己沒有碰過新郎失蹤而取消婚禮的狀況，自然不懂那個心境。

母女倆又回到休息室，小華也準備離開，此時突然聽到一個熟悉的聲音。

「繪美里，對不起。」

是和馬的聲音，小華突然渾身緊繃，動彈不得。

「和馬，你到底跑到哪裡……」

「我等等再解釋，先換裝吧。誒，妳。」

小華以為和馬不是在叫她，但突然想起自己假扮成飯店員工，所以微微低頭回話：

「請、請問什麼事？」

「我需要馬上換裝，請幫忙安排一下。」

「好的。」

小華偷瞥和馬一眼，和馬擔心地看著繪美里，沒有注意到她。於是小華離開現場，對附近的飯店男員工說：

「櫻庭家的新郎到場了，新郎希望能馬上換裝。」

「這樣啊，總算到啦。」男員工放心地鬆了口氣。「這下可不能混了，我說妳……」

小華已經快快離開，她在走廊走了幾步後拐個彎，然後停下來靠在牆上。嚇死人了，想不到和馬竟然會找她搭話，她才大吐一口氣，這時口袋裡的手機震動起來。拿起螢幕看來電顯示，小華連忙摁下通話鍵。

「爸，你在搞什麼啦？」小華靠在牆邊，壓低嗓門講電話。「不要亂搞，快點回去啦。媽跟你在一起對不對？再不住手的話我要生氣了。」

「小華，我也是一頭霧水，但這下子好玩啦。」

阿尊在電話那頭說，感覺好像在憋笑。

「什麼好玩了……用禮車綁走和馬，是爸搞的鬼吧？你們對他做了什麼？」

「到這關頭就別說那麼多啦，頭都已經洗下去了。是說，妳現在在哪兒？」

「現在？在飯店裡啊。」有幾名精心打扮的女性經過，還看著小華，小華把嗓門壓得更低。「在休息室附近，而且剛才還碰到奶奶。」

「那正好，小華，有點事情要妳去辦。」

「我絕對不要幫忙。」

「安靜聽我講，第一件事呢……」

小華無奈地聽阿尊說話，聽完後對電話那頭的阿尊說：

「什麼啦？做這種事情有什麼意義嗎？」

「我也不懂，總之拜託妳啦。小華，現在不只是妳跟和馬的問題了，身為三雲家的一員，有義務見證到最後啊。」

「什麼……要見證什麼啊？」

「馬上動手，忘了嗎？偵查，計畫，執行。現在已經進入執行階段，懂嗎？」電話掛斷了。這人真是任性，小華一肚子氣，在走廊上回頭前往二樓大廳。她前往更衣室區那扇門，就是剛才阿松打開的那扇門，轉動門把發現沒有上鎖，她進門前往更衣室。

小華打開置物櫃，裡面有她剛才寄放的衣服跟皮包，拿出皮包，再拿出皮包裡的一條手帕。一年前，她最後一次造訪櫻庭家時，櫻庭和一把這條手帕交給她，是一條男用手帕，上面繡著英文字母M。這是爺爺的遺物，後來小華就一直把手帕帶在包包裡。

小華拿著手帕離開更衣室，又回到二樓大廳，發現眼前走來一名清潔員，是奶奶阿松。

果然是阿松先替小華開了更衣室的門，小華就往阿松走去。

兩人擦肩而過，小華趁機將手帕交給阿松，阿松若無其事地收下手帕，收進口袋，就走向電梯了。

把這條手帕交給阿松，是阿尊交辦的第一項任務，小華看看手錶，再過四十分鐘婚禮就要開始。如果賓客沒到齊，就很難完成第二項任務了。

現在到底什麼情況？小華一頭霧水，但現在只能照阿尊吩咐的去做，阿尊的企圖應該是要搶回和馬，照理說不可能放和馬離開，所以一定是狀況有變，讓阿尊的念頭想法改變。

小華經過大廳，前往朱雀廳。

距離婚禮開始剩下三十分鐘，賓客終於聚集在朱雀廳裡。小華偷偷弄到座位表，尋找目標人物。桌次是用植物名稱來分，她要找的人被分在「楓」這一桌，但是這人還沒入座。

看了座位表就一目瞭然，男方的賓客超過三分之二都是警方人士，男方賓客每桌都有種險惡、不確定的氣氛。小華難得感到有些緊張，那當然，會場上到處都是警察，周圍都是她的敵人。

「不好意思。」

突然有人拍她肩膀，小華回頭一看，瞬間僵住。在她背後的正是櫻庭香，阿香身穿黑色和服，想不到穿起來挺好看的。

阿香盯著小華的雙眼，小華微微轉身逃避她的視線說：「請、請問這位客人有什麼事嗎？」

「妳是三雲華吧？沒錯吧？」

「妳、妳認錯人了。」

「妳以為戴個口罩就算變裝，可騙不過我的眼睛。妳在這裡搞什麼鬼啊？」

沒辦法，小華放棄了，只好對阿香說實話。

「我在這裡上班啊，看就知道了吧。」

「不要說謊了啦。竟然這麼剛好在我哥結婚的會場上班？天底下哪有這麼巧的事情！妳有什麼計謀啊？」

「我沒有什麼計謀啦。」

「又來了，妳會出現在這裡，肯定是打算做什麼事情吧。」

「拜託了，阿香，不要告訴別人我在……」

「交給我！」阿香抬頭挺胸，她今天精心化妝，只要不說話，肯定很吸引人。「反正婚禮無聊得要命，其實我根本不想來的，不過幸好碰到妳，這下好玩啦。」

阿香說完就笑了，那是打從心底開心的笑容。但沒多久阿香又一臉正經，壓低嗓門說：

「偷偷跟妳講，我真的不太喜歡老哥的新娘，那個女的肯定心地不好，妳比她好一百倍，不過現在講也是馬後炮了。」

阿香說，輕輕拍小華的肩膀一下。

「我不知道妳打算怎麼做，但是祝妳成功啊。」

阿香走開了，好像不太習慣穿和服，腳步有點不順。她坐進男方最後面一桌，櫻庭家的人好像還沒有進會場，所以那桌只有阿香一個人就座。

小華看看楓桌，不知不覺已經有幾名男子就座，應該是在阿香跟小華交談時進場的。小華又看看座位表，確認目標人物已經就座，就走向楓桌。

半路上，小華從別桌上借用了一只玻璃杯，那桌已經有幾位賓客入座，但是沒有任何人發現小華拿走了玻璃杯。

小華靠近楓桌，就在目標人物的座位前方故意鬆手，玻璃杯掉在厚厚的地板上，所以沒有摔破。

「真是不好意思。」

小華說，彎下腰，左手撿玻璃杯，右手卻同時伸進口袋掏出紙片。紙片上寫了阿尊要她寫的字，她悄悄將紙片放進這人的西裝口袋裡。這男子似乎沒發現，對小華說：「沒事，沒關係。」又與同桌賓客繼續談笑風生。

小華完成後就離開朱雀廳，拿出手機傳了個簡短的訊息給阿尊：「任務完成」。如果有什麼動靜，那就是婚禮開始之後了。小華邁開腳步，準備前往洗手間。

※

「我在這裡，向兩家的親友真心道賀。今天不才承蒙兩家愛戴，就帶領大家來舉杯慶賀。今天的新郎和馬，是我兒子的同事，工作表現可圈可點……」

和馬手裡拿著香檳杯，婚禮已經開始，正由貴賓致詞帶領舉杯。致詞者是卷孝輔，他兒子卷榮一就是和馬在搜查一課的同事。卷孝輔擔任警察廳長官官房的審議官，通過國家公務員I種考試，即通稱特考組，階級為警視監。他在警視廳任職，又是新娘的親戚，所以受託帶領大家舉杯。

「……那我們就祝新郎新娘百年好合，兩家親家與在座親友幸福圓滿。請大家跟我一起舉杯，乾杯！」

卷的爸爸帶領大家舉杯慶祝，和馬喝了一口香檳，將酒杯放回桌上。穿著婚紗的繪美里坐在他旁邊，幸福地微笑著。

「麻煩拍一張好嗎？希望兩位可以拿起酒杯，擺個要乾杯的動作。」

攝影師說。和馬就再次拿起酒杯，跟坐在旁邊的繪美里碰杯。攝影師看著觀景窗說：

「新郎笑得太僵了，麻煩笑得開心點。」

和馬試著微笑，繪美里則是笑容滿面。繪美里剛才換裝時心情一直很差，可能是因為和馬遲到惹她不高興，但現在像換了個人似的笑盈盈。

閃光燈閃個不停，攝影師離開之後，和馬又拿酒杯喝了一口，但是喝不出香檳的味道。他現在情緒激昂，感覺卡在夢幻與現實之間，早上他遭人綁架，然後在飯店的房間裡醒來。不過是短短幾小時之前的事，而現在他坐在會場，實在難以置信。

主持人宣布大家可以自由交談了。眾多賓客迫不及待，擠到新人的面前。第一群人是群打扮漂亮的女人，看來是繪美里的大學同學。這群女人嘴上說著恭喜，和馬卻覺得她們的眼神不友善。

和馬與繪美里相親沒多久就決定要結婚，所以和馬幾乎沒見過繪美里的朋友。這群女人看和馬的眼光就像在估價，讓和馬渾身不自在，但和馬還是友善地笑著聽這群女人說話。

「繪美里，恭喜。」

「美沙，謝謝妳大老遠來一趟。」

「真沒想到我會是最後一個滯銷的。」

「沒關係啦，美沙，妳一定會找到好對象。」

和馬往最後面的櫻庭家桌瞥了一眼，和一、伸枝、典和、美佐子與阿香，五個人都已經入座，但是遠遠看也知道他們不怎麼興奮。目前只有阿香一個人在吃東西，還大聲叫服務生來加飲料。阿香感覺就是一直反對這場婚禮，和馬早知道阿香連出席婚禮都嫌煩，但現在阿香卻開心地大吃大喝，看不出來有哪裡不滿。

「繪美里，恭喜。」

「哇，麻美，幾年沒見啦？」

「高中畢業就沒見過了，有七年了吧？」

「麻美，妳都沒變。」

下一批好像是繪美里的高中同學，或許女性在這種場合會比較積極吧。每個人手上不是拿手機，就是拿相機猛拍照。

和馬因為罪惡感而心痛，因為他即將要搞砸這場婚禮，但是他知道這個場合是能夠逮住真兒的大好機會。對方可是個殺人犯，如果拖得太久，可能會被對方察覺他的意圖而反將一軍。

和馬真的覺得很對不起繪美里，但當這件事情曝光，兩人的婚姻遲早也要破局。必須在正式登記之前，把事情做個了斷。

「可以拍張照嗎？」

「當然，大家往後轉吧。」

和馬被繪美里的朋友們團團包圍，有點透不過氣，但還是親切地笑著面對陣陣閃光燈。

※

婚禮過了四十分鐘，新郎新娘已不在主桌，新娘大概十分鐘前就離席去換裝，五分鐘之後和馬也離席了。

「誒，小姐，再拿一瓶啤酒來好不好？」

「好的，馬上就送來。」

穿著飯店制服，就難免會被賓客叫住點飲料。小華已經跟其他員工一起送了好一陣子的飲料，而且沒有人質疑她為何戴口罩。看來大家都很忙，忙得沒時間關心別人。小華剛才在飲料檯附近聽到其他員工交談，說是今天其他廳正在舉辦什麼研討會，今天的飯店相當忙碌。

「久等了。」

小華將啤酒瓶放在桌上，正準備要離開，突然有人抓住她的左手腕。回頭一看，小華不禁懷疑自己眼花，因為抓住她手腕的人正是櫻庭典和。

「小華，呃，不對，妳，妳怎麼會在這……」

這裡是女方的桌子，小華不能被櫻庭家的人發現，所以盡量不靠近男方桌，但是她太大意，因為典和正拎著啤酒瓶到處寒暄呢。

「這、這位客人認錯了吧？我姓鈴木。」

「不要騙人了，妳騙不過我的眼睛，先過來這邊。」

「好痛，請你放手。」

典和拉著小華的手，就這麼拉到櫻庭家這桌來，正在吃沙拉的伸枝看到小華，訝異地說：

「哎喲，真是來了個稀客啊。」

典和要小華坐在空位上，那好像是美佐子的位子，美佐子正好離席。典和坐在小華旁邊，把啤酒瓶放在桌上說：

「給我解釋一下吧，這是怎麼回事？妳怎麼會在這裡？」

「我、我在這裡工作。」

「少來，妳在打什麼主意？還放不下和馬嗎？妳打算來攪局嗎？」

「不是，我沒想過要攪局。」

小華說得有點心痛，因為她沒有要攪局，但是她家裡人肯定在搞什麼鬼。此時，吃著開胃菜的阿香抬起頭。

「爸，這哪裡不好？也沒什麼好在意的吧，人家也是來祝賀老哥結婚的啊。」

「阿香，妳說這什麼話？妳只會吃喝個不停，既然是櫻庭家的人，就該到處去打聲招呼吧？」

「麻煩死了。」阿香對著恰好經過的服務生說。「喂，老兄，再來一杯烏龍酒。然後主菜上了沒啊？快點上菜啦。」

服務生行禮之後離開，接著換伸枝開口：

「小華，過得還好嗎？」

「啊，是，託您的福。」

「那真是太好啦，下次有空再來玩，我覺得老大也很想見到小華呢。」

「怎麼連媽都在胡說啊？」

典和板起臉說，但伸枝才不當一回事，繼續說：

「既然和馬要結婚，自立門戶了，她就沒理由不能來啦。老公，你說是不是？」

話題丟到和一手上，和一清清喉嚨說：

「我也覺得不錯。還有典和，我不覺得這場婚禮會平安落幕喔。」

「爸，你說這什麼意思啊？」

「你這樣也算和馬的父親嗎？你沒看到和馬的樣子嗎？就是瞞著天大祕密的表情，你想想看，飯店明明沒派車，今天早上他卻被禮車接走，下落不明。結果又突然現身，還若無其事，完全不解釋發生了什麼事，你都不覺得奇怪嗎？」

「難道，是三雲家幹的好事……」

「我沒這麼說，但是，典和，我敢掛保證，接下來肯定會出事。」

小華突然覺得後面有人，回頭一看是穿著黑色留袖和服的美佐子。小華連忙起身，美佐子默默地坐回座位。

「美佐子，是我發現她的喔，她假扮成員工混進來了。」

美佐子不聽典和說話，逕自拍手叫服務生過來，服務生一趕來，美佐子就說：

「麻煩加張椅子。」

「是，馬上拿來。」

服務生從窗邊搬了張椅子過來，放在阿香和美佐子中間，美佐子看著椅子說：

「坐吧？」

「啊，是。」

小華坐了下來，在旁邊的阿香邊喝烏龍酒邊說：

「妳是不是瘦啦？」

「或許有吧。」

「就因為被我老哥甩了？唉，算了，下次我們再去吃燒烤啦，換我請。」

「好懷念啊。」伸枝望向遠方，淡淡地說。「才不過一年而已吧，小華不是來我們家煮過咖哩嗎？那次的咖哩真好吃，和馬還吃了兩盤呢。半夜，我們家還有人偷偷熱了小華做的咖哩來吃呢。」

和一清清喉嚨，有些臉紅。

「媽媽，咖哩算不上是什麼料理吧。」

「美佐子，妳當時不也說了？說妳很嫉妒小華。」

「才沒有咧。」

美佐子有點動氣，除了典和之外大家都笑了。

「這是怎麼搞的？」典和終於忍不住說。「你們是不是頭腦有問題？想一想啊，你們該不會忘了這女孩的身分吧？」

美佐子坐直身子，對著典和說：

「老公，你還不懂嗎？」

「不、不懂什麼啦？」

「現在的情況啊。只是她一個人現身，我們家就回到一年前的樣子了。這一年來，大家每天都顧慮彼此的臉色，我真是悶得受不了。這桌坐起來根本不像婚禮，簡直像場喪禮。結果她一來，一切就復原啦。」

小華心想「可是我真的什麼也沒做啊」，而感到非常為難，動都不敢動，整個人都縮了起來。

「等等，妳在這裡幹什麼？」

抬頭一看，一名穿著飯店制服的男性在面前，小華身穿員工制服坐客席，當然會被懷疑了。這名員工看著小華胸前的名牌說：

「鈴木，可以麻煩妳馬上去顧飲料檯嗎？」

「沒關係，她是特例。」

美佐子說得理直氣壯。

「可是這位客人……」

「不必擔心，你就別管她了。」

該員工一臉為難地離開了。典和伸手去拿桌上的玻璃杯，但是杯中的啤酒空了，小華不自覺伸手拿了啤酒瓶要給典和斟酒。

糟糕，反射動作。小華在小松屋常常應付熟客，養成了這個職業病。典和先是猶豫片刻，但最後乾脆舉起酒杯，小華就在杯裡斟酒。典和似乎放棄了，一口氣把酒喝光。

「誒，小華啊。」伸枝開口搭話，她今天還是包著髮帶遮住傷疤。「和馬第一次帶妳回我們家時，我高興得都要哭了。我一眼就知道妳是巖哥的孫女，好久以前救過我一命的巖哥，她孫女竟然跟我家和馬交往，天底下還有比這更棒的好事嗎？」

伸枝回想起當時的光景，眼眶就泛淚。小華說不出話來，只能默默低著頭。

小華突然看到一旁的員工們交頭接耳，表情好像是發生什麼意外狀況。新郎新娘去換衣服卻一直沒回來，發生什麼事了呢？是不是該去看看情況？小華正在猶豫的時候，會場的燈光突然轉暗。

在朱雀廳的右邊是女方桌，這邊牆上的大銀幕亮了起來，那是用來播放賓客留言，或者親友製作的慶賀影片，現在銀幕上出現了影像。

整個會場安靜下來，大家以為是餘興節目要開始了，全盯著銀幕看。影像中是飯店的房間，鏡頭位於房間的斜上方，有名男子坐在一張椅子上，那是和馬。

「和馬那小子不是去換裝了嗎？」

典和嘀咕一句。美佐子接著說：

「是呀，他在做什麼？」

影像左下角細心地打上了「LIVE直播」的字樣，那批人到底在想什麼啊？只有三雲家的人才會幹這種事，竟然在婚禮會場上擅自開直播，除了這些人之外不做他想。只要有哥哥阿涉幫忙，這點小事輕而易舉。

小華的眼角看到會場大門稍微打開，一名女子從門縫裡探出頭來盯著銀幕，那是新娘橋元繪美里，一臉憂心忡忡。

銀幕上的影像有動靜，又有一名男子走到鏡頭前面來，他走進房間坐在床邊，雙手往後放在床上撐著。

「怎樣啦，櫻仔，竟然把我叫來這裡，是什麼餘興節目嗎？」

和馬一句話也不回，只是坐在椅子上，而這個坐在床邊的男子，就是剛才坐在楓桌的那個人。阿尊先前吩咐小華，在紙條上寫了飯店房間的房號與時間，偷偷塞進男子的口袋裡，這就是阿尊的第二項任務。

坐在床邊的男子接著說：

「不過命運真的是好奇妙啊，想不到你竟然要跟我表妹結婚了，這下我們就是親戚啦。是說櫻仔，我要做什麼？這應該是什麼驚喜的餘興節目吧？我也挺喜歡玩這類遊戲的。」

「這不是什麼餘興節目，卷哥。」和馬終於開口了，表情相當嚴肅。「我搞懂了，我總算搞懂了。」

「搞懂什麼了？」

「二年前的案子，荒川河濱的案子，你還記得嗎？」

會場一陣譁然，看來賓客們終於發現這不是什麼餘興節目，會場角落的女主持人拿著麥克風，不知所措。

「那件案子啊，結果是住在下游的流浪漢殺了人對吧？」

「對，就是那件案子，不過兇手搞錯人了。卷哥，是你吧？殺死立嶋雅夫，應該說殺死三雲巖的兇手，就是你。」

小華口乾舌燥，發不出聲音，這個人就是殺死爺爺的兇手？小華吞了口口水，只能靜靜盯著大銀幕。

※

和馬靜靜觀察卷的表情，卷看來一點都不驚慌，神色自若地說：

「櫻仔，你到底在胡說什麼？是不是腦袋壞掉啦？」

「我是認真的，卷哥。你可以把真相告訴我嗎？」

「我不知道你在說什麼，完全聽不懂。我們快回去吧，你的婚禮不是才舉行到一半？」

卷說，準備起身，和馬便攔住他。

「別這麼急啊，卷哥。我們往後不就是一家人了嗎？就別瞞著彼此啦。」

「你真的是瘋了，我要走了。」

和馬從西裝口袋掏出一條手帕，這條灰色手帕繡著英文字母M。三雲巖遇害的那一晚，爺爺和一在三雲巖的口袋裡找到這條手帕，為了作為遺物而帶走。原本手帕是交給了小華，剛才又由三雲尊轉交給和馬。

和馬將這條手帕放在床上，說：

「這個，你有印象嗎？」

卷瞥了手帕一眼，立刻別過頭。

「沒印象。」

「我們來整理一下案發當晚的經過吧。那天晚上，我們兩個接到通知說有刑案發生，立刻就趕往案發現場，荒川的河濱。我到的時候，卷哥已經在現場了。卷哥的家在成城對吧？竟然比住東向島的我還快抵達，當時我應該要起疑的。」

「我只是剛好在外面，就直接趕過去了，有什麼好在意的？」

「就算是這樣吧。接著我趕到現場的時候，你馬上就去了附近的公共廁所，還記得嗎？」

「抱歉，我不記得。」

那是一座清水模建築的老舊公廁，和馬等卷上完廁所，兩人才一起去案發現場。

「我上個星期去了那座公廁一趟，嚇我一跳，整間公廁都翻新了。所以我跑去區公所問，公所說大概是半年前翻新的，因為公廁的排水管約兩年前就故障，一直停用。也就是說一年前那件案子發生的當晚，廁所應該是禁止使用的。卷哥，你當時為什麼要去廁所呢？」

「這我哪知道？」

看來卷打算裝傻裝到底，於是和馬換了個方向。

「現場發現的屍體，臉部遭鈍器砸爛，為什麼兇手要想盡辦法隱瞞死者的長相呢？這我也搞不懂，但是後來總算懂了。其實很簡單，因為當晚現場除了被害人，還有另外兩個人在場。其中一個人殺了被害人，另一個人砸爛被害人的臉。所以實際殺害被害人的這個真兇，後來得知屍體的臉被砸爛，一定很驚訝吧。」

卷不發一語，只是焦躁地咬著唇，和馬接著說：

「好啦，問題在於這條手帕。第一個抵達現場的人呢，從被害人口袋裡拿出這條手帕，上面繡了英文字母M，所以這人就把手帕當作被害人的遺物給帶走了。」

這不是立嶋雅夫（Masao）的M，而是三雲巖（Mikumo）的M。和馬的爺爺和一就是這麼想，才會從現場帶走這條手帕，最後交給小華。但是一星期前，和馬在新宿的百貨公司看到相同的手帕，突然有了個想法，那條手帕真的是三雲巖所有嗎？

三雲巖已經準備好送死，準備了假身分，甚至篡改警視廳的資料庫。準備如此周全的人，實在不可能隨身帶著一條手帕，上面還繡有姓氏的英文縮寫。那麼這條手帕究竟是誰所有？

「所以我想這條手帕或許不屬於被害人，而是屬於兇手。被害人八成是知道自己活不了了，所以遭兇手攻擊的時候，使出渾身解數從兇手口袋裡摸出這條手帕，藏到自己的口袋裡。」

「別胡說八道了。」卷嗤之以鼻。「誰能搞出這麼巧妙的花招啊？」

「可以，是他就可以。」

傳奇扒手三雲巖，他肯定辦得到。為了揭穿兇手的身分，在死前使出了真功夫。然而命運捉弄人，這條手帕竟然被摯友櫻庭和一給帶走了。

「我在小松川警署認識了警探荒川哥，我請他幫忙查過，那天晚上所有進出案發現場的警察裡，誰的姓名縮寫是M，而且案發當時沒有不在場證明。小松川警署確實有些警探的姓名縮寫是M，但是所有人都有不在場證明。而總廳的刑警也有些人的縮寫是M，不過只有一個人沒有明確的不在場證明。卷哥，就是你[7]。」

「不愧是名偵探，查得真仔細。不過我有不在場證明喔，當天我跟家人一起吃飯，地點是淺草的天婦羅店，所以我才會那麼快就到現場。」

「卷哥，你應該也知道家人提供的不在場證明缺乏可信度吧？那天晚上你犯案之後就離開現場，應該是在半路上才發現自己的手帕不見了。你焦急地回到現場，可是已經有人報案，你不能輕舉妄動。等我到了之後，你才終於能進入現場。你一等我到就先去廁所，想必是因為殺了人要回去之前，你會經去廁所照過鏡子吧？你可能想看看身上有沒有血跡，或者整理凌亂的頭髮。既然你去廁所只是照鏡子，當然也不會注意到馬桶故障。回到現場之後，你想起這件事，想看看有沒有把手帕忘在廁所裡，才會藉故先跑一趟廁所。」

和馬伸出手，拿起床上的手帕，卷的臉色不太好，和馬繼續說：

「這條手帕上除了我的指紋，還有許多人的指紋。要是交給鑑識課，發現上面有卷哥的指紋，你該找什麼藉口呢？」

「好吧，櫻仔。」卷抬頭仰望天花板。「假設我就是真兇吧，那我的動機在哪？殺了那個老頭，對我有什麼好處呢？」

「動手的人是卷哥，但是有人吩咐你動手，這個人應該還在朱雀廳裡，就是你的爺爺，卷英輔。」

※

眾人屏氣凝神，緊盯著銀幕上的影像，全場鴉雀無聲。小華發現自己口鼻一帶猛冒汗，但是沒心情拿下口罩。

---

7 卷的讀音為Maki。

看來這個姓卷的人就是殺死爺爺的真兇，和馬竟然在自己的大喜之日揭發這個真相。

突然傳出沙沙聲，這是麥克風電源打開的聲音，女主持人以突兀的開朗口氣說話了：

「抱歉打擾各位，看來程序出了一點問題，我們會立刻停播這段影像，請見諒。各位請繼續用餐，繼續聊，如果需要飲料，請儘管向服務人員吩咐。」

突然傳出椅子倒下的聲音，只見阿香猛然起身，直接走到女主持人所在的講台上，雙手叉腰說：

「不行，繼續播下去，這是我的命令！」

阿香沒拿麥克風，但嗓門響徹整個會場，女主持人慌張地用麥克風說：

「這位小姐請回座，負責人馬上就……」

「我管你負責人要來，還是飯店老闆要來，誰都不准停播這段影像。我是新郎的妹妹，其實這是一段餘興節目，最後有個大彩蛋，敬請期待啦！」

「可是這位小姐……」

「囉哩八唆，要我講幾次啊。」阿香回過頭，對著會場裡的眾人大喊。「其他人也一樣，絕對不准關掉這段影像！有意見就來我的位子上說，我叫櫻庭香，完畢！」

阿香吼完之後，邁開大步回到自己的位子，女主持人過了一陣子才輕聲細語地說：

「那、那就請大家繼續欣賞了。」

影像還在繼續，美佐子身邊的典和舉起手，把在牆邊待命的飯店服務員叫來，兩人低聲交談，小華眼睛盯著影像，同時豎起耳朵聽典和說些什麼。

「如果有人想離開會場，千萬不要放行，拜託了。」

「這、這不行啊，怎麼可以這樣呢？」

「請看看這個。」典和把座位表拿到服務員面前。「我是櫻庭典和，新郎的爸爸，在警視廳的警務部工作。請把這件事情當成辦案的一環，務必阻止任何人離開這個廳。」

「不行啦，客人可能要去上洗手間。」

「那這麼辦吧，可以讓女士去洗手間，但是男士就請他多忍耐了。這樣可以吧？」

服務員考慮了一陣子，最後點頭。

「明白了，我去向主管報告。」

服務員離開，典和拿著酒杯，喝光剩下的半杯啤酒，然後喃喃自語：

「和馬，我只能做這麼多了，再來怎樣我不管啦。」

銀幕設在女方這邊的牆上，所以有些賓客是背對銀幕，他們大多挪動座位，專心地看著影像，就只有一個人，背對著銀幕卻完全不挪動座位，甚至連頭也不回，那就是櫻庭和一。

在場只有他一個人背對銀幕，閉著眼睛交叉雙臂，會場燈光昏暗，但是眼尖的小華看到了，櫻庭和一嘴角掛著滿意的微笑。

※

卷突然笑了，大笑一陣之後說：

「我爺爺吩咐的？真會扯。」

「不，我想就是這樣沒錯。距今五十多年前，有一位女子在武藏野的樹林裡遭到攻擊，歹徒沒有得逞，但是女子額頭受傷，到現在還不知道歹徒是誰。」

「五十多年前？」卷誇張地瞪大眼睛。「你未免扯太遠，跟這次的案子又有什麼關係？」

卷英輔，七十五歲，是卷的爺爺，也是卸任的警視廳警察官。和馬剛剛才聯絡警視廳，硬是拜託認識的刑警調查，結果發現卷英輔跟爺爺和一都是明成大學畢業。卷英輔當時比爺爺小兩屆，但確實曾經同時待過明成。所以和馬歸納出一個結論──攻擊伸枝的人正是卷英輔。

「當時有一名男子，原本決定要進貿易公司工作，但是發生那件案子之後，他就不斷尋找施暴的歹徒，想必是因為沒能保護好那女孩，讓他深深自責吧。最後他的堅持有了回報，終於讓他找到人。」

真是了不起的堅持，三雲巖花了五十多年追查是誰傷害了摯友的情人，終於有了結果。三雲巖追查歹徒的行為，其實跟刑警沒有兩樣，和馬不禁心生敬佩。

「卷哥，差不多該說實話了吧，難道你覺得我會去告你的狀？」

聽和馬這麼說，卷一臉訝異。

「難道你不會嗎？」

「那當然，我跟卷哥從今天起就是一家人了，絕對不會出賣你的。」

「那何必問？為什麼你想知道真相？」

「因為小松川警署的那個荒川，這人很危險，要是不管他，他可能會查出真相。不過我們或許可以趁現在拉攏他，所以我才要先問清楚真相啊。」

卷默默盯著牆壁好一陣子，似乎在觀察和馬有什麼盤算，最後卷開口了：

「櫻仔，我信不過你，你是不是別有用心？」

「要說沒有，那也是騙人的。」和馬皮笑肉不笑地說。「硬要說的話呢，我是想賣你個人情。如果我想往上爬，就需要卷哥——應該說是需要卷哥的爸爸幫一把。」

卷聽了這話，嗤之以鼻。

「哼，原來是這樣，我真不知道原來你這麼想升官啊。」

「想升官哪裡不好了？卷哥，我絕對不會出賣你，告訴我吧，在河濱殺人的就是卷哥對不對？是你爺爺吩咐的對不對？」

「是啊。」卷咧嘴笑說。「你也知道，我家一樣全都是警察。你知道我弟吧？他小我兩歲，小時候體弱多病，是個愛哭鬼，但是他很會念書，後來考上東大，還通過國家公務員I種考試，進入警察廳，我們兩個的地位就整個逆轉了。」

那就是所謂的特考組精英了，跟和馬他們這種非特考組可說是不同世界的人。

「現在也一樣，我是巡查部長，我弟是警部，而且大概兩年之內就會升警視。就算我們在警視廳的走廊上碰頭，我弟應該看都不會看我一眼。所以我很不滿，不覺得他跟屁孩一樣跩嗎？就在去年剛入秋的時候，爺爺把我叫去。

「爺爺說他年輕時曾不小心動過一個女人，那女人的同夥好像很記仇，最近突然纏上他，讓他困擾。」

「說實話我很開心啊，爺爺找的不是我弟，而是我。我照爺爺說的，查出那個纏著他的人是誰，然後主動接近，結果知道他是個居無定所的老人，名叫立嶋雅夫。」

卷主動接近這個立嶋，說自己是卷英輔的孫子，兩人談過好幾次，立嶋要求的不是錢，而是賠罪，要當著那女人的面賠罪，他的要求就是如此。

「如果可以用錢收買，那還算簡單，可惜那老頭子出奇的強硬。我沒辦法，打算修理他一頓。我這個人不太喜歡暴力，但是不給他吃點苦頭，他是不會讓步的。所以那天晚上我就把那老頭子找了出來。」

保險起見，卷還是帶了五十萬圓的現金，想不到立嶋竟然收下錢，而且還要求再多付一百萬，加上賠罪。兩人散會之際，老人說：「你有個弟弟吧？我看他是個人才，往後會飛黃騰達吧？如果你不聽話，我就將事情曝光，你弟弟也會受牽連吧？」

這句話讓卷暴怒，但是他不動聲色，假裝要離開現場，等那老人鬆懈下來，就抓準時機轉身撲上去。卷不自覺抓了附近的石塊，猛砸老人的後腦勺。

「我看一眼就知道他死定了。所以我連忙逃走，想說反正這個人居無定所，案子早晚會變成懸案。不過接下來就怪了，竟然有人砸爛的他的臉。後來警方開始偵辦，一公布被害人的大頭照，我一看嚇呆了。」

卷說完側頭，和馬可以感受到卷真的搞不清楚那是什麼狀況，也覺得哪裡不對勁。或許這件案子還隱藏了什麼謎團。

「老實說我真的慌了，根本不知道發生什麼事。但是無論如何我絕對不能被抓，所以我把之前藏起來的凶器——那塊石頭，藏在下游一間流浪漢住的小屋裡。」

「所以那個流浪漢也是卷哥殺的？」

「我可沒那麼冷血，只是去找個命在旦夕的人。幸好你老是單獨行動，我也就能自由活動了。案發三天之後，我找到那個人，想說非他莫屬。所以我偷偷跑進他的瓦楞紙小屋，把凶器放在裡面。」

卷說完就笑，是苦笑，然後起身，站到和馬面前。

「我早就想過，如果有誰能查到真相，非你莫屬，想不到你真的查到了。」

「卷哥，自首吧，拜託你。」

「自首？櫻仔你胡說什麼啊？」

「你必須要贖罪，一個警察殺了人，是絕對不能被原諒的。」

「你果然是在演戲。」卷皮笑肉不笑。「假裝要拉攏我，你這算盤打得還真精啊，但是我絕對不會自首。」

和馬暗暗嘆氣，這個人真是不見棺材不掉淚，這種人絕對不能饒恕，更何況就是他殺死小華的爺爺。

和馬舉起右手，指著卷的背後，也就是房門上方的天花板。

「卷哥，請你看那裡，有一部攝影機對吧？這裡的影像正在朱雀廳現場直播。」

卷轉過身，發現攝影機，那是小華的哥哥三雲涉安裝的小型攝影機，卷看了臉色大變。

「不、不會吧……」

「卷哥，我沒騙你，你就認命了吧。」

「櫻、櫻仔你……」卷瞪著和馬，嘴唇微微發抖。「罔顧我這麼照顧你，忘恩負義的傢伙，絕對饒不了你！」

卷說，從西裝口袋裡掏出匕首，用拇指抵著匕首的刀尖說：

「反正我完蛋了，就帶你一起上路吧！」

和馬坐在椅子上動也不動，只是抬頭看卷。卷已經面無表情，就像戴著面具。距離這麼近，想逃也逃不掉，和馬甚至沒注意到自己的腿正在發抖。

※

朱雀廳裡靜得出奇，所有人都屏氣凝神，緊盯銀幕。沒有人敢開口，只有幾桌賓客有人帶小朋友來吃喜酒，偶爾傳出了小孩的哭聲。

「喂，就是這間飯店吧？」

「應該是，幾號房啊？喂，你快看！」

看見那個叫卷的人竟然掏出匕首，小華不禁掩嘴。他背對著鏡頭，可能是背對加上離鏡頭太遠，聽不清楚他在說些什麼。

「去櫃檯確認！」

「我看，大概這裡的上面十層樓吧。」

幾名男子交頭接耳，同時站起來。這些人是男方桌的賓客，應該是和馬的刑警同事。看到這個狀況，想坐也坐不住了吧。

小華突然感覺自己放在腿上的手被人輕輕握住，原來是美佐子。美佐子伸出手，放到小華的手上。小華與美佐子對上眼，美佐子點頭，似乎是在對她說不要緊。

小華又望向銀幕，此時影像有了變化，鏡頭下方的浴室方位突然出現一名黑衣男子，用黑布包住口鼻。全場賓客一見這人，驚呼此起彼落。「喂，他想幹什麼啊？」「那是誰？」

小華一眼就認出那是爸爸阿尊，她不可能認錯自己的父親。阿尊躡手躡腳，小心地靠近卷。

就在卷舉起匕首的瞬間，阿尊伸出右手，小華眼尖發現阿尊手上拿著一支針筒。卷發現背後有人，轉身。

卷與阿尊立刻開打，阿尊手上的針筒被打掉。想不到這個卷還挺強的，小華第一次看到有人可以跟阿尊打到不分上下，持續一分鐘之久。一開始阿尊好像占上風，結果不小心踩到地上的床單，一個不穩跌倒了。

卷看準機會，認為情勢對他不利，就趕緊離開跑出鏡頭外。

「喂，他溜了？」

「應該是，我們是不是要幫個忙啊？」

鏡頭前又有了動靜，後方的衣櫃打開來，出現一名身穿紫色禮服的女子，而且是胸前開到肚臍的性感設計。這女子戴著化裝舞會風格的華麗面具，小華一眼就認出那是悅子。

悅子走向倒地的阿尊，把阿尊扶了起來，然後走向和馬，拿出一條白手帕摀在和馬鼻子上。和馬掙扎踢了幾腳，最後就在椅子上躺平了。

你們兩個想做什麼啊？小華在意得不得了，只見阿尊突然消失在鏡頭前，沒多久又拿了一本素描簿回來。阿尊手裡有支奇異筆，想拔起筆蓋卻拔個半天，這動作實在滑稽，會場裡不少人失笑。小華感覺大家是在笑她，頭低低羞紅了臉。

阿尊好不容易拔下筆蓋，快快在素描簿上寫了幾個字，然後轉向和馬坐的椅子。椅子上的和馬失去意識，阿尊把和馬給踹下來，搬著椅子靠近鏡頭，然後站到椅子上，把素描簿對準鏡頭。

「搞定」。

素描簿上寫著潦草的兩個字。阿尊又在椅子上，將素描簿翻頁，快速地寫了什麼，然後又秀給鏡頭看，這次寫了這幾個字：

「新郎我收下了。L的女兒」。

阿尊對著鏡頭比出勝利的V字，眼神看來很開心，小華看到這一幕則是陷入絕望——我爸媽到底在搞什麼啊？

「讚啦！」

隔壁傳出一聲，轉頭一看原來是阿香站起來握拳拉弓。周遭的賓客看了阿香的舉動，都是一頭霧水。

「阿香，快住手。」

典和開口警告，阿香才坐下。小華看看這桌的櫻庭家成員，和一與伸枝微笑對望，美佐子望向遠方裝傻，阿香笑容滿面，典和則是為難地對眾人陪笑臉。

會場的燈光又亮了起來，同時銀幕的影像也消失。朱雀廳的大門打開，五名穿西裝的男子走進來，後面還跟著大概十名制服警察。其中最年長的西裝男子走向小華這桌，男子鞠躬之後對典和說：

「櫻庭，抱歉搞亂了令郎的婚禮，我收到線報，三雲尊和三雲悅子兩人躲藏在這間飯店裡。恕我冒昧，我要帶人來搜了。」

「這、這下可糟啦！」典和故做訝異。「就是那兩個強盜對吧？我當然全力配合，你們儘管搜。」

在場有隻警犬，跟老大一樣是德國牧羊犬，但是年紀較輕，表情也更精悍。一名穿著深藍色制服的年輕女子帶著這隻警犬，女子一看到桌邊的伸枝，馬上立正敬禮。

「櫻庭教官，久違了。」

語氣聽來很緊張，伸枝和藹地笑笑，對女子說：

「我已經不是教官啦。這隻狗看來真機靈，叫什麼名字？」

「牠叫麥斯，是很優秀的警犬。」

「這樣啊，麥斯，過來。」

仲枝說，麥斯搖著尾巴走到仲枝腳邊。仲枝摸摸麥斯的頸子，麥斯顯得很舒服。竟然能輕易馴服陌生的警犬，不愧是日本史上第一位女性警犬訓練師。

「加油喔，祝你好運啊。」

嗯？眼尖的小華發現仲枝的手在麥斯的項圈上摸了摸，或許可以瞞過其他人，但逃不過小華的眼睛。

「謝謝教官！」

女子再次敬禮，旁邊穿西裝的男子說：

「那我們要開始搜飯店了。」

西裝男子說完後轉身，跟警察隊一起離開朱雀廳，等這批人全都離開，小華才問仲枝：

「奶奶，您剛才做了什麼？」

「唉呀，妳看到啦？小華好厲害呢。」仲枝說，輕笑兩聲，手裡拿出一只小瓶子。「這是美佐子的香水，我塗了一點在那孩子的項圈上。可憐歸可憐，但是受香水味影響，那孩子幾乎不可能找到小華的家人啦。」

「奶奶……」

就在此時，朱雀廳入口有人吵鬧，有幾名賓客正打算離開朱雀廳，卻被一名老先生擋住，正是悄悄離開座位的櫻庭和一。

「櫻庭兄，讓個路吧。」

有位跟和一差不多年紀的老先生說，這人目光精悍，後面還跟著剛才帶領大家舉杯祝賀的人。看來這就是剛才那個年輕刑警卷的家人吧？沒錯，所以這位老人，就是年輕時曾攻擊伸枝的真兇。

「不行，你不能過。」和一站得抬頭挺胸。「你這混帳，知道自己幹了什麼好事嗎？不只是傷害伸枝，竟然還慫恿自己的孫子去殺人，你知道這樣有多下流嗎？」

「現在還不能確定我孫子真的是殺人犯吧，你讓開。」

老人伸手要抓和一的肩膀，結果撲了個空，原來是典和突然現身，一把拍掉老人的手。典和板著臉說：

「別用你的髒手碰我爸，我不想看到你們，你們沒資格待在這裡。滾出去，再也不要讓我看見。」

卷一家人被典和的氣勢震懾，速速離開，其他賓客只能在一旁觀看。現在會場裡完全沒有婚禮的氣氛，女主持人也愣在原地。

小華心想，一切都是自己家人害的，立刻起身鞠躬。

「真的很抱歉，都是因為我跟我家的人，把和馬的婚禮給搞砸了，我真不知道該怎麼賠罪才好。」

「不是妳的錯啦。」阿香一派輕鬆地說。「是我老哥自己搞出來的，妳不用放在心上。」

「可是……」

小華望向朱雀廳大門，剛才躲在門後看銀幕的新娘已經不見蹤影，她剛才看影像時臉色很蒼白，小華也知道她看到都哭了。人生最美好的場合就這樣搞砸，小華很能體會她的心情。

「那我告辭了。」小華再次鞠躬。「真的很抱歉。」

小華轉身離開，也不聽後面的阿香說了什麼，離開了朱雀廳。

※

「喂，和馬，醒醒啊，喂。」

有人在搖晃肩膀，和馬睜開眼，看到是爸爸典和，後面還有媽媽美佐子跟妹妹阿香。

和馬想起身，但是被典和制止。

「還早，你先休息一陣子。」

這裡是剛才的飯店房間，和馬突然遭人從後方摀住口鼻，暈了過去。今天未免也太常被迷昏了啊。

「啊，卷哥呢？」

和馬問，典和遺憾地搖頭。

「逃走了，還不知道下落。」

美佐子伸出手，在和馬的鼻子附近搧風聞了聞，然後點頭說道：

「是氯仿，不必擔心，只要休息一陣子就沒事了。」

「我對不起你們。」和馬躺在床上道歉。「都是我把婚禮給搞砸了，真不知道怎麼跟人家道歉。」

典和只是笑笑，和馬早想說會被罵一頓，現在覺得白操心一場。典和笑著說：

「你就別擔心了。想不到你竟然在婚禮上揪出歹徒，真是了不起的刑警性格。和馬，你是刑警的典範啊。」

「爸……」

「婚事吹了有什麼辦法？就只是沒緣分啊，你應該有更合適的對象吧。」

「老公，你真不老實。」美佐子取笑起典和。「一年前的那場餐會上，你跟三雲家的先生不是意氣相投嗎？不是還想一起去打高爾夫嗎？」

「沒那種事，我只是覺得小華……」

「小華？你說小華？」

和馬忍不住坐起身，然而一時頭昏，搖搖晃晃地又快倒下。他發現伸枝站在牆邊，擔心地看著他，阿香則是攙扶著和馬說：

「小華一直跟我們在一起喔。」

「怎麼回事？」

「她扮成飯店員工混進來，被我發現啦，我們一直看著老哥大顯神威喔。」

和馬完全搞不懂狀況，但是想想就明白了。三雲尊跟三雲悅子能在這裡待了那麼久，他們的女兒小華會混進飯店也不是什麼難事了。

「櫻庭，有空嗎？」

一名男子跑進房間，這人很眼熟，應該是警方的人，也是典和的朋友。男子激動地說：

「卷家逃跑的兒子抓到啦，趕來支援的警察已經逮住他了。」

「太好了。」典和點頭說。「我還以為他已遠走高飛，想不到這麼快就被逮啦。」

「是啊，說來奇怪，有隻老狗追著卷跑，是德國牧羊犬。巡邏警察發現跑到精疲力盡的卷，腳踝還被狗咬住，現在先送到醫院去了。」

男子一臉不解地離開房間。眼尖的和馬發現牆邊的伸枝握著右拳小拉弓。卷該不會是被老大給……。

「好啦。」典和說，站起身。「難得來一趟有樂町，現在也沒辦法回會場去了，大家去吃頓好吃的，如何？」

「老公，這個提議不錯。不如就去那裡吧？一年前跟三雲家吃飯的那間日本餐廳啊。爸爸跟媽媽還沒去過，不是正好嗎？就帶爸媽一起去吧。」

「阿香，妳也想去？想來的話就讓妳跟啊。」

「誒，那我呢？」

「怎麼這樣講？超火大。」

這感覺真令人懷念，和馬很久沒聽到家人這樣鬥嘴了，簡直就像回到了一年前。

「對，這樣好。」典和對阿香說。「去請爸爸過來，他應該在走廊上吧。」

「嗯，好。」

阿香離開房間，沒多久和一跟著阿香回來。和一看到和馬，放心地點頭。

「好，大家都到齊啦，現在召開家庭會議。」
典和高聲宣布，到底要討論什麼？和馬一頭霧水，抬頭看著典和。
「今天的議題來了。和馬自作主張，搞砸了婚禮，害我們櫻庭家名聲掃地，這個罪過非常重大，所以我打算把和馬逐出家門，請各位提供意見。」
「沒意見。」
第一個舉手的就是美佐子。
「那就這樣吧，我本來想光是逐出家門還不夠罰呢。」
「我也沒意見。」阿香也舉手。「我的臉都被丟光了，警察圈這麼小，消息很快就會傳開了。」
「我也沒意見。」
和一說，也舉起手，旁邊的伸枝也舉手。和一表情嚴肅地說：
「破了案是很了不起，這點值得誇獎，不過和馬，或許你是及格的刑警，但是想當個男子漢還得好好磨一磨。」
「這下全員贊成啦。」典和滿意地點頭，然後對和馬說：「和馬，從今天起你就不是櫻庭家的人，以後不准再踏進櫻庭家一步，聽懂了嗎？」
「等、等一下啦，爸，怎麼突然要把我逐出家門……我、我是很對不起大家，把婚禮給搞砸了，但這也有苦衷啊，其實是三雲家……」
「這我知道。」典和打斷了和馬。「我也知道三雲家的人跟這件事情有關，我也反省過了。不只是我，櫻庭家所有人應該都在反省。一年前，我們把小華趕走，就只是因為她出生在盜賊之家。我們選擇趕走她，但是三雲家的人今天又來到這裡，為了小華，要把你從這裡偷走，這種氣魄令我動容，所以我才決定把你逐出家門。」

和馬一頭霧水，被三雲家打動是很好，但是為什麼要把我趕出家門呢？

「爸，麻煩你解釋一下，為什麼要把我趕出家門……」

「和馬，你還不懂啊？」美佐子說。「你從小到大都在這家裡過，從來沒有獨立過，爸爸是說你也該自立門戶啦。」

接著換阿香開口：

「老哥，想不到你這麼笨啊。你不懂大家的用心嗎？既然老哥被趕出家門，就必須自己找個地方過生活，不管跟誰同居，我們都不能插嘴，就算對方是小偷的女兒也一樣。如果要結婚，警方是會查她的背景，但是同居就沒問題了吧？生米煮成熟飯就好啦。」

和馬總算懂了，自立門戶，與小華在一起，才是爸媽他們真正的用意。接著，典和說：

「和馬，快點，她或許還沒走遠。」

和馬聽了之後立刻起身下床，想邁開腳步卻重心不穩，扶著牆壁。他慢慢地吸氣，吐氣，小心邁開腳步，一步又一步。和馬扶著牆走，和一走上前來，從口袋裡拿出某樣東西交給和馬說：

「和馬，這你拿去。」

是一副手銬。和馬不知道已退休的和一怎麼會有手銬，也不知道為何要給他，真是一頭霧水。但是和一硬把手銬塞進和馬的西裝口袋，說：
「那女孩可不好搞定，畢竟是三雲巖的孫女啊。」
「爺爺，告訴我，三雲巖他……」
「之後再說。」和一說，閉上眼。「總之你快去，別讓她等啊。」
「啊，好，我知道了。」
和一催著和馬離開，和馬在走廊上走了幾步，然後開跑。摁下電梯按鈕，感覺電梯上升的速度超慢。好不容易等到電梯，進去之後又不知道小華身在何處，猶豫片刻後摁下一樓的按鈕。
不可以欺騙自己的心，這輩子只能活一次，這女人是我真心所愛，絕對不能再放手，因為我就是愛她。
電梯抵達一樓，和馬邊跑邊四處觀察，但是找不到她的身影。走進交誼廳仔細看，還是沒有。在哪兒？到底在哪兒——
「小華！」
和馬大喊一聲，跪倒在地。藥效還沒完全退嗎？身體好沉重。就在這時候，他眼角看見一名女子，穿著大紅色制服，長相好眼熟——是小華。
小華似乎在跟一家子旅客交談，然後那一家子留下小華離開，和馬站起身，往小華走過去。

※

小華先前往一樓大廳，想找到爸爸他們，但是他們不在大廳。她不時感覺到銳利的視線，恐怕是因為到處都有便衣刑警也想抓到他們吧。搞不好爸爸他們早就溜之大吉了。

「Excuse me.」

突然有人從後面搭話，小華回過頭，以為自己眼花。眼前有一家子旅客，衣著很高貴，感覺像是中國來的暴發戶。但是騙不過小華的眼睛，這群人就是她的家人。

「這附近有好的咖啡店嗎？」

阿尊用英文發問，所以小華也用英文回答。

「我哪知道什麼咖啡店，爸，阿和他怎麼啦？」

「哪有怎麼了，現在應該在這飯店房間裡睡覺吧。」

「你不是說新郎你收下了？」

「哎喲，我嚇唬人的啦。我想說沒有講得誇張點，人家聽不懂。而且，接下來就是對方家裡面要解決的問題啦。」

阿尊還是說著英文，他一向主張一個好賊必須具備國際觀，所以從小就教小華說英文。在這裡說英文，看起來或許就像一群來日本玩的中國觀光客，配上一個被動要招呼旅客的飯店服務員。

「小華，保重喔。」悅子也說著流暢的英文。「這次我們玩得太過頭了，所以我跟妳爸爸要躲一躲，避個風頭。」

「奶奶呢？奶奶要怎麼辦？」

「我嗎？我就回安養院去啊。安養院只准我外出這一天，可別小看我，我在裡面是個大紅牌呢。」

「哥哥呢？」

「我？」阿涉抬頭，他穿著短褲配藍色毛衣，一副標準小學生打扮。「我有工作啊，公司才剛成立呢。」

阿尊上前一步，搭著小華的肩膀說：

「就是這樣啦，我的女兒啊，我們這陣子還是得分道揚鑣，但是妳千萬別忘記，無論妳在天涯海角，都是三雲家的人，是我心愛的女兒，而且妳身上流著偉大扒手三雲巖的血脈啊。」

小華感覺到周圍的人在看她，看起來應該像是旅客在感謝飯店服務員帶路吧。

「妳爺爺三雲巖是個偉大的人。今天，終於找到殺害他的兇手，都要歸功一名刑警。我最討厭條子，條子是我的天敵，但是我不討厭櫻庭和馬這個人。悅子、老媽，還有阿涉，應該都是這樣想吧。」

「不要管這麼多啦，我的事情我自己決定，我不是小孩子了。」

阿尊好久沒有這麼正經地說話了。小華不禁紅了眼眶，但是說出來的話卻跟心聲相反。真受不了自己這樣口是心非。

「好吧，隨妳便，那就保重啦。」

阿尊放開小華的肩膀，走過小華的身邊，接著悅子、阿松和阿涉都走過小華的身邊。小華回頭，目送家人的背影離去。

「小華！」

身後突然有人喊她的名字，小華回過頭，看到和馬就站在那裡。

「小華，我找妳好久。」

和馬說，走上前來，氣喘吁吁，臉色不太好。小華在朱雀廳看到的影像尾聲，和馬被悅子下藥迷昏，或許藥效還沒完全退吧。

「阿和，對不起。」小華鞠躬說。「都是我家的人把你的婚禮搞砸了，我真不知道要怎麼向你賠罪，請原諒我。」

小華感覺一雙手搭住肩膀，她站起身，和馬說：

「我不在意，都無所謂了。小華，我錯了，我錯了啊。」

錯了，是什麼錯了呢？小華看著和馬，他身上還穿著燕尾服。

「我終於懂了，我只要妳。小華，我們在一起吧。」

小華以為自己聽錯，剛才那句話是求婚嗎？不對，除了求婚還會是什麼？小華好在意周遭的眼神，連忙壓低嗓門對和馬說：

「等、等一下啦，阿和，你怎麼突然講這個？這當然不行啊，我們不可能結婚。」

「或許沒辦法結婚，但我們可以在一起生活。我剛才被趕出家門了，我們從明天起——不對，從今天起就一起過日子吧。」

和馬的眼神很認真，看起來不像開玩笑，他接著說：

「什麼警察，什麼小偷的女兒，這些都不重要了。我總算搞懂了，關鍵是跟最愛的人共組家庭啊，小華。」

「阿和，謝謝，謝謝你這份心意。」小華是說真的，只要知道和馬這麼愛著她就夠了。「但是我們真的沒辦法在一起，有太多阻礙了。」

警察家族與盜賊家族，兩家完全水火不容，就像永遠沒有交集的平行線。

「看來，沒得選啦。」

和馬嘆口氣，嘟噥一句，突然就抓住小華的左手腕，小華瞪大眼睛的同時，竟然被上了手銬。咦？逮捕？我、我被逮捕了嗎？

「小華，我是認真的。」和馬一臉嚴肅地說：「這下妳再也沒辦法離開我，絕對沒辦法。」

和馬把手銬另一頭銬在自己的右手上，這下小華的左手跟和馬的右手就被銬在一起了。

小華看著和馬的身後是飯店的大門，她的家人正準備走出飯店。有幾組退房的房客在門口等計程車，阿尊他們就排在最後面。

「小華，我們在一起吧。」

和馬說，握起小華的手。由於兩隻手被銬在一起，還傳出鐵鍊碰撞的聲音。就在此時，小華感覺肩頭被人碰了一下，好像是名男性房客，撞了小華的肩頭就走向飯店大門去。是一位戴著扁帽，壓低帽緣的老先生。

「小華，妳聽到了嗎？小華？」

小華感到一股巨大的暖流包圍著她，頓時無比安心。這股懷念的感覺是什麼？她只想到一個答案，但是不可能啊——

小華望向正要離開的老人，老人悠然地走過大廳。再往飯店外面看，阿尊他們正要搭上計程車。阿尊和悅子坐上後座，阿涉坐前座，阿松沒有上車，大概打算自己搭下一輛吧。接著，爸媽搭的計程車開走了。

「喂，小華，妳到底怎麼啦？」

「呃，爺爺……」

「妳說什麼？」

「阿和，對不起！」

小華說，拿下髮夾，三秒鐘就拆開了左手上的手銬。小華五歲時就跟阿松學了怎麼解手銬，而且不分國內外任何廠牌的手銬都能解開。

「小華，妳搞什麼啦？」

和馬脫口驚呼，小華可能是太驚慌了，解開的手銬竟然銬回和馬的左手上，和馬看來就像個被抓的罪犯，雙手都被銬住。一對中年夫妻房客經過，訝異地看著和馬。

「啊，抱歉！」

眼前走來一名拉著行李箱的女子，是個白人，一看那身制服就知道是空姐。小華跟空姐錯過的時候，叨擾了空姐脖子上的絲巾，然後包在和馬手上遮住手銬。

「阿和，對不起。」

小華留下這句話就跑開，她看到飯店門房送阿松坐上計程車後座，門房正準備關上後座車門，剛才那個戴扁帽的老先生就像特技演員一樣，一溜煙鑽進計程車。

計程車關上門，小華還是不停跑著。

※

和馬抬頭仰望摩天大樓，小華也在他身邊。聽說三雲家住在這棟大樓的最高層，和馬為難地說：

「怎麼辦？我好像緊張到要肚子痛了。」

「沒事啦，只是來打個招呼而已。」

「嗯，也是啦。」

和馬跟小華已經一起生活了三個月，和馬還是繼續當刑警，小華還是在錦系町的居酒屋工作。兩人都很忙，很少一起吃晚餐，但是兩人之間有個默契，就是早餐一定要一起吃。

今天是星期天，早上一起吃早餐時，和馬說他也放假，兩人思考著去哪裡走走。小華突然提議，三雲家最近搬到西葛西的摩天大樓，就去拜訪一下吧。

老實說和馬不太願意，因為他沒問過三雲家就擅自跟小華過起新生活，有股罪惡感。

再說空手拜訪也不是道理，所以路上經過百貨公司的和菓子專櫃，買了最貴的煎餅禮盒當伴手禮。

小華好像事先聽家人說過密碼，摁了幾個數字，大樓的自動門就靜靜打開，兩人走進大樓搭上電梯。

「我會不會突然挨拳頭啊？」

「難說喔，不過我想沒事啦。」

電梯抵達最高層，兩人走出電梯往前進，小華停在走廊的盡頭，這一戶沒掛門牌，小華摁了門鈴，便聽到開鎖聲。

「我開門嘍。」

小華打開門，門裡就是三雲悅子，懷裡抱著一隻貓。和馬立正站好，然後九十度鞠躬。

「伯母，好久不見，我是櫻庭和馬。」

「和馬，好久不見啦，進來吧。」

小華已經脫鞋走進屋裡，和馬也連忙脫鞋。鞋櫃上擺著一張照片，好像是三雲家的全家福。照片裡的小華應該是高中生，穿著制服，三雲家全家圍著一塊石板，比出勝利V手勢。

「那個喔？那是大英博物館的羅塞塔石碑。」小華興趣缺缺地解釋。「我們家慶祝我高中畢業，去了英國旅行。」

「哇，這樣啊。」

「而且這是半夜拍的照片喔。我們全家溜進大英博物館，不過要是真偷了羅賽塔石碑會天下大亂，所以只拍了紀念照。我哥當時還差點踩到紅外線警報器，被我爸罵了一頓，我還以為要被抓了呢。」

和馬搖搖頭，暗自告訴自己振作點。你早知道三雲家的行為不能用常理解釋了吧？

「和馬，這邊請。」

悅子領著和馬進客廳，客廳很大，到底要賺多少錢才能住這樣的房子呢？三雲尊和三雲松坐在沙發上，明明是大白天的，三雲尊已經拿著葡萄酒杯喝酒了。

「哦，和馬，你來啦。好久不見，過得還好嗎？」

「託您的福。」和馬鞠躬說。「很抱歉，我這麼晚才來打招呼。目前我跟小華住在一起，我發誓，一定會讓她幸福，請原諒我的魯莽。」

阿尊沒回應，只是喀喀地啃著煎餅，和馬突然發現左手提的紙袋變輕了，抬頭一看，阿尊跟阿松已經打開紙盒，吃起和馬帶來的高級煎餅。

「葡萄酒跟煎餅不搭啊。老媽，能不能泡點茶來？」

阿松起身走向廚房去，接著一名穿運動服的男子走進客廳，從桌上的紙盒裡拿了幾片煎餅，又回頭要走，阿尊把男子叫住。

「喂，凱文，呃，阿涉，怎麼不打個招呼？和馬等於是你的妹夫啊。」

運動服男子停下腳步，對和馬點頭致意，便走開了。這是和馬第二次見到阿涉，阿涉還是穿著深藍色運動服，但是身上的名牌已經從「凱文」改回「三雲」了。

「阿和，這裡。」

小華招手，和馬就離開客廳。沿著走廊前進，小華在盡頭的拉門前停下腳步，敲敲門之後拉開拉門。裡面大概是五坪大的和室，裡面坐著兩個男人，在將棋盤兩邊對弈。一人是三雲巖，另一人是櫻庭和一。

「咦，爺爺？」和馬走進和室，脫口驚呼。「你在這裡幹什麼啊？」

「和馬，好久不見啦。我做什麼跟你沒關係吧？除非你想來抓三雲家的人，那就另當別論，我可絕對不准喔。」

「和一，就別嚇他啦。」三雲巖笑著說。「你們兩個坐下吧，應該有話想問我們，不是嗎？」

和馬跪坐在榻榻米上，小華坐在他身邊，小華對三雲巖說：

「爺爺，您看起來不錯喔。」

「小華也是啊。」

兩人互相凝視了幾秒鐘。小華三個月前看見爺爺的身影之後，就一直沒能見到爺爺。這段期間曾通過幾通電話，但是真的很久沒有見到面，只見小華眼眶都泛淚了。

「爺爺，好歹……好歹說一聲吧？好歹告訴我們您還活著吧？」

「小華，抱歉啦。」巖向孫女道歉。「我也有很多苦衷的。我不想傷害妳，應該說剛好相反，我一心想讓妳幸福，才會搞出這件事啊。」

「請告訴我吧，我有些地方搞不懂。」

三雲巖會不會還活著呢？和馬是在三個月前婚禮當天，在飯店房間裡聽到卷說話的時候，才有了這個想法。也就是說卷當時殺了立嶋雅夫，但是上面發下來的偵辦資料裡面，卻是三雲巖的照片，也難怪卷會糊塗了。

「事情的開端就是你們剛開始交往不久。」三雲巖開始解釋。「我照常跟和一在錦系町喝酒，和一突然說：『能不能想辦法讓這兩個孩子結婚呢？』正常來說根本不可能，可是我覺得值得一試。」

只是結婚也沒意義，巖與和一真心希望，兩人要知道一切祕密，包括彼此家族的背景、伸枝的傷疤、兩家的因緣，知道了還願意結婚才行。

「為什麼？」和馬坦率地問。「為什麼要想盡辦法讓我跟小華結婚呢？」

巖回答：

「警察跟小偷的關係是有你就沒我，簡直是水火不容，所以讓水火相容，才有它的意義。說起來好像挺深奧的，不過實際上我也沒想那麼多，只是覺得刑警跟小偷的女兒結婚，應該很有意思吧。」

巖豪爽大笑，所以這只是老人家一時興起，要著年輕人玩嗎？但妙的是，和馬並不覺得生氣，他明確感覺到三雲巖的笑容有股吸引人的魔力。

「剛好就在這個時候，我總算找到當初是誰攻擊伸枝，但是隨便接觸可危險了，因為我一查，就知道對方是退休警察，所以我才利用立嶋去接近卷英輔。」

大概兩年前，巖在池袋的地下道裡發現了流浪漢立嶋雅夫，兩人體型差不多，所以巖打算讓立嶋當他替身。前年六月，巖得知立嶋雅夫身體出了狀況，就把他軟禁了起來，將他的病養好，當成手下使喚。

「想不到立嶋起了貪念，擅自接觸卷的孫子，而且還倒楣地被殺了。當時我也在現場，但是沒想過要救立嶋，因為想到要是不小心被卷的孫子看見我的長相，那可就麻煩啦。」

巖跟蹤逃離現場的卷，突然有個想法，能不能利用立嶋雅夫的死呢？最後他想到個主意，就是假裝自己死了。

「我自認這點子真妙，所以馬上聯絡和一，要在現場會合。我偷偷跟著卷的孫子，在電車上看準時機，從他身上偷了手帕，然後馬上回到現場。」

和一已經抵達現場，並且聯絡過之前在警視廳的手下，得知和馬這一組要承辦這件案子。巖與和一想好一套計畫，就是讓三雲家的人相信巖死了，往後和馬也會這樣懷疑。

「接下來只要順水推舟就好啦。事情比想像中還順利，和馬開始懷疑死者究竟是誰，小華也盯上我跟和一的關係，一切都符合我跟和一的計畫。」

和馬還有兩點不懂，直接問：

「我有兩點不懂，首先是警視廳的資料庫，資料庫裡的立嶋雅夫檔案遭人篡改，所以改掉的只有照片嗎？」

立嶋雅夫的臉被砸爛，身上又沒有遺物，警方是根據警視廳資料庫裡的資料比對遺體指紋，才認定死者就是立嶋雅夫。如果照片和指紋都被換成三雲巖的資料，應該查不出死者是誰才對。

「嚴格來說不對。」三雲巖笑著回答。「我是打算把立嶋雅夫當成完美替身，所以剛開始確實是吩咐阿涉把立嶋的資料全部換成我的。想不到半途出了差錯，必須讓大家都相信那就是立嶋雅夫，就只有和馬懷疑不對。所以我拜託和一，把檔案裡的指紋換回立嶋雅夫的了。」

「這點小事易如反掌啊。」和一挺胸說。「我是用典和的ID更改了資料庫，可沒有駭進去喔。我是都內防犯協會的榮譽理事，每個月都會回去警視廳一趟開會。九月那場例行會議開完之後，我就在一大群警察之中，光明正大地改寫資料庫啦。」

這兩個人真是亂來，和馬聽完都愣住了，一旁的小華聽得倒是很開心。和馬打起精神，繼續發問：

「還有一點，我透過池袋的『NPO法人向日葵協會』弄到毛髮，應該是立嶋雅夫的沒錯，把毛髮送去鑑定DNA之後，證實在荒川河濱發現的屍體，跟池袋流浪漢立嶋雅夫，DNA不一致。這又是怎麼回事呢？」

回答的是三雲巖，還揚起嘴角。

「當時真是頭痛了。我做夢都沒想到，你竟然會弄到立嶋的毛髮，真不愧是和一的孫子。其實很簡單啊，我溜進小松川警署，偷走你找到的毛髮，再拔我自己一根頭髮放進去就好啦。」

「這對巖來說輕而易舉。還有，那個時候也挺頭痛的。」和一微笑說。「和馬，就是你跟小華分手的時候。我們沒想到你們會分手，也沒想到典和他們竟然堅持不肯接納小華。不過我們認為肯定還有機會，就慢慢觀察狀況。過了一年，和馬要結婚，我跟巖就把這條消息透漏給阿涉。我們想說，疼妹妹的阿涉應該會採取什麼行動吧。」

默不作聲的小華聽到這裡突然開口：

「果然是這樣沒錯，我就覺得奇怪，哥哥怎麼會突然卯起來做事呢？」

「小華，就是這麼回事啦。到我跟和一這個境界，就能猜到下面幾步棋。這就叫做經驗值吧？我跟和一就像拿樹葉做小船，把小船放在河裡，靜靜看它隨波逐流。有時候吹口氣，調整一下航線，就這樣啦。」

「是啊，和馬，你跟典和差我差得遠了，多學學吧。」

和一說完就笑，和馬沒見過氣色這麼好的爺爺，沒有在家裡那樣一臉不高興，而是真心享受人生的表情，或許這才是和一真正的模樣吧。

但是和馬又想這兩人真亂來，傳奇天才扒手與退休刑警魔鬼櫻庭，兩人搭檔，天底下還有辦不到的事嗎？

一旁的小華挑釁地笑說：

「誒，爺爺，還有和一爺爺，你們兩個認為一切都照自己的計畫走，不過就有一件事你們都想不到，知道是什麼嗎？」

巖與和一交叉雙臂沉思，和馬也沒有頭緒，會是哪一樁呢？

「大家果然都猜不到啊。」

小華說，把雙手貼在自己的肚子上，和馬看了這舉動才恍然大悟。該不會——

「小華，幹得好！」

「小華，真的嗎？」

巖與和一同時站起來，驚慌地你一言我一語。

「這、這下可不能悠哉啦。和一，我要跟阿松說，要她快來煮個紅豆飯，還要一隻有頭有尾的大鯛魚！」

「沒、沒錯，我也得馬上通知家裡，想不到我這輩子能見到曾孫啊！」

「這個曾孫會是男生。」

「為什麼？巖，你怎麼知道會是男生？」

「直覺啦，悅子跟美佐子，第一胎不都是男生嗎？我們兩家的血統就是這樣啦。」

「原來如此，有道理！」

兩人你一言我一語，急忙離開和室。和馬看看身邊，小華也看著他，微微一笑。

和馬伸手牽住小華的手，一路走來風風雨雨，能像這樣跟小華共度人生，實在是太幸福了。要說不擔心是不可能，畢竟兩家人都太有特色，真不知道生下來的孩子長大了會是什麼樣。但是——

和馬趕走不安。不必擔心，櫻庭家和三雲家，是最棒的兩家人了。

gr 類型閱讀 44
魯邦的女兒
ルパンの娘

作者　橫關大
譯者　李漢庭
社長　陳蕙慧
副總編輯　戴偉傑
責任編輯　王淑儀

讀書共和國出版集團社長　郭重興
發行人兼出版總監　曾大福
出版　木馬文化事業股份有限公司
發行　遠足文化事業股份有限公司
地址　231 新北市新店區民權路 108-4 號 8 樓
電話　（02）2218-1417
傳真　（02）8667-1891
Email　service@bookrep.com.tw
郵撥帳號　19588272 木馬文化事業股份有限公司
客服專線　0800-221-029
法律顧問　華洋國際專利商標事務所 蘇文生律師
內頁排版　宸遠彩藝有限公司
印刷　前進彩藝有限公司

初版一刷　2020 年 05 月
定價　360 元
ISBN　978-986-359-795-7

國家圖書館出版品預行編目

魯邦的女兒 / 橫關大作 ; 李漢庭譯 . -- 初版 . -- 新北市 :
木馬文化出版 : 遠足文化發行 , 2020.05
面 ;　公分 (GR 類型閱讀 ; 44)
譯自 : ルパンの娘

ISBN 978-986-359-795-7（平裝）

861.57　　109005048